SUEÑOS DE FRONTERA

ANTONIO GUADARRAMA COLLADO

SUEÑOS DE FRONTERA

la historia de un indocumentado

Barcelona · México · Bogotá · Buenos Aires · Caracas
Madrid · Miami · Montevideo · Santiago de Chile

Sueños de frontera
Primera edición, noviembre de 2012

D. R. © 2012, Antonio Guadarrama Collado
D. R. © 2012, Ediciones B México, S. A. de C. V.
Bradley 52, Anzures DF-11590, México
www.edicionesb.mx
editorial@edicionesb.com

ISBN: 978-607-480-383-9

Impreso en México | *Printed in Mexico*

Todos los derechos reservados. Bajo las sanciones establecidas en las leyes, queda rigurosamente prohibida, sin autorización escrita de los titulares del *copyright,* la reproducción total o parcial de esta obra por cualquier medio o procedimiento, comprendidos la reprografía y el tratamiento informático, así como la distribución de ejemplares mediante alquiler o préstamo público.

Para Pitu, Lolis y Vicky

I

Viernes 15 de junio de 2007

Son las cuatro con cuarenta y cinco de la tarde y el vuelo doscientos sesenta y seis de Aeroméxico con destino a Reynosa, Tamaulipas, se anuncia demorado en el Aeropuerto Internacional Benito Juárez de la ciudad de México. En la sala B, el pasajero con boleto correspondiente al asiento 19 E se despoja de la mochila que trae en hombros y se sienta justo donde puede ver claramente el monitor que pronto anunciará la salida de su avión. El lerdo y retorcido avance de segundos lo llena de inquietud y lo obliga a ponerse de pie; toma su mochila y deambula entre pasajeros delirantes.

—Mamá está muy grave, ¿puedes venir? —dijo Isabel moqueando al hablar con él la tarde anterior.

Da media vuelta y continúa merodeando por la sala B. Se detiene frente al monitor. Su vuelo sigue demorado. Vuelve a los asientos, abre su mochila y saca un libro. Comienza la lectura y sin percatarse llega al final de la página sin haber retenido una sola idea: se perdió en el camino pensando en la frontera.

Sabe que en otra ocasión, una tardanza como ésa no le incomodaría, pero en ese instante resulta todo lo contrario: su tolerancia se calcina en el hornillo de la neurosis. No se debe al tránsito de la ciudad ni al exceso de gente, sino a una urgencia de filtrarse por la frontera entre México y Estados Unidos.

Su madre le había comentado por teléfono un mes atrás que estaba enferma. No le dio importancia. Isabel le habló una semana antes para anunciarle que su madre tenía un tumor cerebral que terminaría consumiéndola.

—Ya no es uno —agregó Isabel entre sollozos—, el médico dice que le han encontrado casi cuarenta.

—¿Eso es posible?

—Sí. La van a intervenir el lunes —dijo con acento agringado—. Mamá quiere verte. ¿Puedes venir?

¿Puedes venir? ¿Debes venir? ¿Quieres venir? ¿Cuál sería la pregunta más apropiada? Poder es físicamente fácil; legalmente, demasiado complicado.

Ni Isabel ni su madre lo fueron a ver mientras estuvo detenido en la cárcel de San Antonio. La distancia entre Houston y San Antonio era mucho menor.

—Sí —responde y añade mostrando fortaleza—: salgo mañana. No te preocupes, ya no llores.

Sabe que la quimioterapia es la cazuela donde se cocinan los malestares.

—Mamá ha perdido mucho peso —le dijo Isabel. Imaginarla enclenque lo entristece. Vuelve la mirada al monitor. Por fin su vuelo está programado para las seis de la tarde. Sala dieciocho. Si todo resulta como espera llegará a las siete y media. Abre su libro nuevamente e intenta leer pero es imposible.

La lectura le remonta al río Bravo, entonces, una tempestad de recuerdos lo zarandea y lo desconcentra. Su madre en cama, la frontera, la migración, el dinero, sus papeles, la sentencia del juez, su empleo en México, y nuevamente su madre.

El reloj avanza veinte minutos. Un empleado de la línea aérea llama por el altavoz a los pasajeros. En cuestión de segundos ya se encuentran todos en la fila listos para entregar sus boletos. Algunos de ellos se apresuran como si por ser los últimos les tocara viajar de pie.

Ya en el interior del avión, la sobrecargo pide que sean apagados celulares y computadoras; da más instrucciones y anuncia que en cuestión de minutos estarán despegando y volando a treinta y cinco mil pies sobre el nivel del mar.

Se siente la presión y un poco de turbulencia. Las turbinas se imponen. En cuestión de segundos ya están en el aire. Los autos, edificios y calles se encogen resignados a tatuarse en un simple mapa con líneas y puntos diminutos. En un instante las nubes se doblegan bajo la aeronave y se postran cual inmensa alfombra de algodón. La nave se endereza y parece que el piloto ha puesto el motor en pausa. En el fondo, el sol aparece impune y soberbio.

El silencio es un gran compañero de viaje, piensa el hombre. Pensar le lleva a una imagen: su madre en una cama. Vuelve a su mente la última ocasión que intentó cruzar la frontera ilegalmente.

Al final del pasillo las sobrecargos ya se encuentran sirviendo bebidas.

—¿Gusta algo de tomar, señor? —pregunta la sobrecargo.

—Un tequila —contesta el hombre.

El trago recorre su garganta y lo devuelve a las persistentes evocaciones que no dejan de sacudirlo. Observa sus manos: ya no son las mismas; ahora se ven más acabadas. Está por cumplir treinta y un años de edad y se siente como de cuarenta y cinco. La vida le ha dado numerosas maromas, lo ha zarandeado con frecuencia, le ha redactado tantos episodios que ya no sabe cuándo cruzó el límite de la adolescencia y la madurez. Se siente a destiempo desde hace mucho. No se reconoce.

El avión vuela por las orillas del golfo de México. Mira por la ventana y sabe que pronto llegarán a su destino. El tiempo de cruzar la frontera se encuentra a una vuelta de tuerca. Experimenta, una vez más, un temor indomable. Enfoca la mirada en su libreta e intenta escribir algo. No puede.

El vuelo doscientos sesenta y seis de Aeroméxico, con destino a Reynosa, aterriza poco después de las siete y media de la noche.

Al abrirse la puerta lo golpea un calor seco. El sol se rehúsa a dormir. Todos tienen familiares que los esperan, menos el pasajero del asiento 19 E, que sólo tiene como procedimiento contactarse con Rubén, el que le proporcionará refugio el tiempo que tome la llegada del coyote.

2

Si me vieras, Verónica.

Ya no soy el mismo. Emigrar es fingir una sonrisa al despedirse y sufrirla en el camino. Es vaciarse y vivir sin identidad. Cuántos años. Quién lo imaginaría. Lo sé, prometí escribirte aquel día en que partí camino a la frontera y te quedaste sin palabras en la entrada de tu casa. Recuerdo bien aquel gesto tuyo de patear la puerta.

Créeme, se me desmoronó el mundo. Te aseguré que cada semana recibirías noticias mías y que volvería acaudalado en pocos años. No lo cumplí. Hay tantas cosas que no pude ni supe cumplir. Te debo tantas explicaciones. Pero ¿cómo empezar? Cuesta tanto ver al pasado y descubrir que uno ya no es el mismo. Los años y el cambio de nación desvanecen al que partió, lo disuelven como pastilla en el agua, el inmigrante sufre una metamorfosis de la cual no se puede escapar. O lo que es peor: no se percata. Lo siento. Era un joven torpe e inmaduro. Ahora el pasado parece tan pasado que apenas si recuerdo tu rostro.

No sabes cuánto daría por poder cerrar los ojos y observar el universo que habitas. Me muero de ganas por saber qué haces desde que amanece hasta que anochece, saber qué te gusta y disgusta, pero sé que no podría, eso implicaría pedirte la receta para los malos ratos y no toleraría conocerte completamente. No hay nada como descubrirte poco a poco; y de vez en cuando dejar que me engañes otro poco.

Quizá por eso quiero que me conozcas como soy ahora, te canses de mí, y uno de estos días me tires por la ventana y al verme caer al vacío te asomes y digas: «¡Ay!, ¿qué hice?, creo que ya lo extraño. ¡Espérame, voy contigo!». O si no, que te dé gusto y grites al vacío: «¡Eso te ganas por mentiroso!».

Ahora que si quieres evitarte problemas puedes dejar de leer esto, quemarlo o hacer una bolita de papel: jugar un poco de basquetbol y pedantemente decir: «No me interesas. ¡Adiós!».

Tengo ganas de pedirte que seas mi novia, pero eso no es posible. Además, caeríamos en las mismas farsas de toda la vida, que en muchas ocasiones resultan ser las peores. Mejor te hago otra propuesta: ¿quieres ser mi psicóloga?

Mira que tengo una historia sin final, un montón de secretos acumulados, aclamando ser descubiertos, encuerados, quizá juzgados, pero absueltos. La manera más honesta de escribir es avanzar como los caballos, sin mirar atrás, sin hacer tachones ni borrones.

Confieso que no soy quien era ni fui quien conociste. ¿Te cuento mi historia? ¿Cuál quieres, la oficial o la clandestina? O mejor dicho: ¿cuál de los tantos *yos* quieres conocer? ¿Todos?

Una parte de esta historia ya la sabes. O por lo menos espero que aún la recuerdes. Porque yo no he logrado olvidar aquel momento en que entré a la tienda sólo para estar unos centímetros cerca de ti. ¿Cómo borrar del recuerdo aquella falda tableada que se meneaba con cada paso que dabas?

No tenía nada y lo tenía todo en ese momento: la fortuna de haberte encontrado. Te vi de frente, creo que tú ni notaste mi presencia. Pero te seguí, caminé hasta la tienda y fingí que también pensaba comprar algo. Hacía gestos como si mirara algún producto, pero la verdad te observaba las piernas con tus calcetas escolares hasta las rodillas, tu falda y tu suéter atado a la cintura. Qué linda te veías con ese uniforme azul y camisa blanca.

Claramente te escuché pedir un cuarto de queso manchego y una paleta. No sé cuánto tiempo pasó, pero yo seguía viéndote, perdido. Saliste de la tienda y te perseguí hasta tu casa. A partir de ese día ocupé mi tiempo en espiar todo lo que hacías. Caminé tras de ti a todas partes. En mí no había otro objetivo más importante que enamorarte.

Era un joven enamorado, por primera vez, puerilmente idiotizado. Debía hacer algo con mi vida, aquella existencia inútil. Lo tenía todo con tu sonrisa, pero no tenía nada para mantenerla viva.

Acepté venir con la promesa de que estudiaría en Texas y que regresaría pronto. No sé, no medí el tiempo. Imaginé que podría volver un día con mucho dinero y que nos encontraríamos tú y yo como antes, con el mismo deseo de estar juntos.

Aunque no lo creas, es el cuarto de los *yos* el que exige hablar en este momento. Antes debo advertirte que la memoria es subjetiva: guarda en sus archivos polvorientos sólo lo que le da la gana, reproduce a conveniencia, y si se le antoja deforma la información. Te contaré, según mi versión, lo que recuerdo, o por lo menos lo que crea conveniente esa bruja maldita llamada *mi memoria*. A ti te toca rasguñar entre líneas, desmenuzar las palabras y encontrar detrás de cada párrafo todas mis patologías.

Fue en el taller de llantas de Hixinio, a mis dieciséis años, en 1992, donde realmente comenzó mi vida en el gabacho, en Texas, en Corpus Christi, en el mundo de los chicanos y el de los mojados, el inicio del cuarto de los *yos*.

Esperanza —debería decirte quién es ella pero no sé ni cómo empezar a explicártelo—, me llevó una mañana. Bajé mis pertenencias de la Van y ella se marchó tranquilamente. No hubo melodrama. Ni a ella ni a mí nos interesaba continuar con esa relación. No la extrañé ni sentí nostalgia; por el contrario, me sentía libre. No me dio miedo la incertidumbre. Hixinio me recibió como si tuviera toda mi vida viviendo en el taller. Debo aclarar que ya tenía varios meses trabajando ahí. Por eso no hubo un solo gesto de bienvenida. Su trato hacia mí era de amigos. Siempre me llamaba camarada.

El taller se encontraba en Ayers street, frente a una tienda de libros usados. Cuando entraba, aunque sólo iba para que me cambiaran un billete o para avisarle a algún cliente que su carro estaba listo, trataba de ver los libros. A veces sentía ganas de comprar uno pero no sabía cuál. A un lado de la librería se encontraba la bodega que, antes de que Hixinio la comprara, había sido un bar que cerró debido a un asesinato que ahí se cometió. Sé que dos tipos estaban jugando billar cuando de pronto entró un hombre y comenzó a soltarle de balazos a uno de ellos. Según Hixinio, el hombre logró correr al baño, pero el otro lo siguió hasta cumplir con su objetivo.

El asunto es que después de saber eso a mí me daba miedo estar solo en la bodega, que seguía teniendo el aspecto de bar con las paredes tapizadas de espejos y la barra al fondo del lado izquierdo. Claro que eso no se veía a simple vista. La mayor parte del tiempo estaba sepultada bajo las llantas. Cuando no había clientes en el taller a mí me mandaban a la bodega a acomodar las diez o quince mil llantas. Lo cual ocurría casi cuatro veces por semana. Hixinio vendía llantas usadas por mayoreo.

Sus clientes, en busca de las mejores, hacían un desorden. Parecían topos. Rascaban y rascaban lanzando las llantas por todas partes. Entonces yo debía ponerlas todas en un extremo de la bodega para luego reacomodarlas por tamaño. Ahí es cuando la barra del antiguo bar quedaba al descubierto, donde supuestamente también estaban las mesas de billar y la puerta que daba a los baños, a donde yo no tenía permiso de entrar.

A veces me imaginaba que el cadáver seguía en el baño; otras, llegué a pensar que Hixinio lo había matado y que escondía las pruebas del delito. No sé. Pendejadas que me pasaban por la mente.

Lo que sí es cierto es que a veces del puro miedo me salía de la bodega, cruzaba la calle y me sentaba en alguna de las sillas del taller con la excusa de que quería descansar.

—¿Qué hay en los baños de la bodega? —le pregunté en alguna ocasión a Gil.

—No te preocupes, camarada —me respondía tajante el panzón.

Era obvio que no me lo diría. Gil, un hombre excesivamente mofletudo, de cara muy hinchada, la nariz boluda y llena de agujeros, simulaba ser un perro fiel, más perro que fiel, a decir verdad: ¡lambiscón!, algo que no le sirvió de mucho el día que Hixinio lo despidió cuando descubrió que le estaba robando. Entonces dejó a Javier al frente del taller y a mí como su chalán.

La oficina se encontraba en un edificio de un piso a un lado de la bodega, en la esquina de la calle. Al frente no tenía ventanas, sólo la puerta de la entrada que daba a la recepción. Del lado izquierdo estaban dos oficinas, de las cuales Hixinio sólo utilizaba una; la otra sería a partir de ese día mi recámara. Me alegraba mucho saber que por primera vez tendría mi propia recámara... y con aire acondicionado. Luego estaban una sala y el baño; y al fondo un enorme garaje que daba a un amplio patio donde guardaba muchos carros.

Apenas llevé mi ropa a lo que sería mi nueva recámara, Hixinio —como siempre en la mano su teléfono celular que parecía ladrillo— me ordenó que me fuera a trabajar. Javier tampoco se mostró interesado por saber mis motivos para irme a vivir al taller.

Esa tarde platicamos de cosas triviales. Javier era un hombre muy solitario que nunca me contaba de su familia ni de su pasado. Lo único que sabía de él era que había nacido en Puebla; que había llegado de ilegal; que estaba casado con una mujer llamada Yolanda; que tenía un hijo llamado Agustín; y que le gustaba la música de Silvio Rodríguez, Pablo Milanés, Luis Eduardo Aute, Facundo Cabral, Alberto Cortes y Mercedes Sosa. Le encantaba alburear, criticar a todo el mundo y comparar a la gente con personajes famosos. Ese cabrón chaparro, gordo, cachetón, sin una pizca de atractivo se daba el lujo de ponerle apodos a todos. A uno de los amigos de Hixinio lo bautizó como don Ramón, a Gil le llamó el Ñoño, a Hixinio como Pedro Vargas y, para acabarla de chingar, a mí me comenzó a llamar Kiko. Me cagaba que me llamara así. ¿No podía escoger personajes de una serie que no fuera tan estúpida? Nunca he soportado a Chespirito.

En el taller había mucha gente todo el tiempo. Siempre llegaban amigos de Hixinio: hombres adultos y mujeres muy jóvenes, la mayoría casi de mi edad. La curiosidad no me dejaba en paz. Entonces le pregunté a Javier:

—¿Qué hay en el baño de la bodega? ¿Qué esconden?

Tan sólo se dividió los labios con el dedo índice e hizo: «Shhh».

En mi primera noche como inquilino en la oficina no había forma de dormir. Apenas cerramos el taller comenzaron a llegar los amigos de Hixinio. Pronto la oficina se vio opacada por nubarrones de nicotina y contaminada por los tufos de cerveza. A muchos de ellos ya los conocía. Habían ido al taller en horas de trabajo. La música tex-mex y las cumbias estaban a todo volumen en el garaje donde se llevaban a cabo el baile y las pláticas interminables. Yo solamente observé. Hixinio era el centro de atención: todos escuchaban atentos sus anécdotas y reían con sus bromas. Los invitados sacaban y sacaban cervezas de las hieleras. Y cuando se acabaron:

—¡Traigan más cervezas, yo pago, camaradas! —exclamó Hixinio con una sonrisa soberbia y un fajo de billetes en la mano. El que debía ser mi cuarto llevaba varias horas ocupado. Lina, Jessica y Priscila entraban y salían con distintos hombres. La mayoría no tardaba más de veinte minutos.

Luego de varias horas, la música tejana, las cumbias y las norteñas fueron remplazadas por la discografía de Los Bukis, Los Yonic's, Leo Dan y Julio Jaramillo. El número de invitados disminuyó. Las pláticas se tornaron más personales. Experiencias para ellos inolvidables. Ahí me nació el gusto de observar y escuchar historias.

A las tres de la mañana comencé a bostezar. Los tres amigos de Hixinio, que se rehusaban a marcharse, se burlaron de mí.

—¿Qué pasó, camarada? No aguantas nada.

—Ya vete a dormir, camarada —dijo Hixinio.

Al amanecer sólo quedaron Lina, Michael y Priscila amontonadas en una de las camas. Hixinio se fue a su casa. Vivía con una mujer con quien tuvo una hija, otra más para su disgusto, pues Hixinio siempre quiso tener un hijo varón a quien pudiera heredarle el apellido y el negocio que tanto trabajo le había costado levantar. Seguido alegaba que no le dejaría todo eso a una hembra, que con el tiempo se casaría con un tipejo cualquiera y que a fin de cuentas terminaría disfrutando de su dinero. Con el tiempo llegó a presumirles a todos que yo —un desconocido que había llegado como niño huérfano a su taller— era su hijo.

ENTRE EL REFRIGERADOR y una alacena de puertas corredizas que abarca una pared completa de la cocina, hay espacio suficiente para que quepa una persona. Mamá ha descubierto que ahí está el lugar idóneo para vigilarme. Sólo ahí me puede mantener quieto estudiando las tablas de multiplicar. Ya me aprendí la del dos y hasta la del siete; las otras nomás no se me pegan. «Y no sales de ahí hasta que te las aprendas», me dice. Mientras tanto, ella se dedica a hacer la comida. Entra y sale de la cocina. Yo pienso en todo, menos en las tablas. Soy un niño de ocho años que ha sido castigado y mi cabeza es como una autopista de coches de carreras. Mis ideas corren a alta velocidad sobre motocicletas y coches. Sé que pronto darán las cinco de la tarde y por fin se acabará mi penitencia. Mamá olvidará que debo aprenderme las tablas.

Mis papás están divorciados. Mi papá tiene una cantina y seguido vamos a verlo. Es un lugar oscuro y solitario. No entiendo por qué siempre huele a cigarros y cerveza.

Mamá tiene una guardería. A la casa llegan muchos niños cada mañana. Ahí están todos mis cuates, mi vida, mi mundo. Mis aliados son mis hermanos Valeria y Gonzalo, con quienes paso la mayor parte del tiempo. Gonzalo me invita a hacer todo lo atrevido, lo irreverente; mientras que Valeria me da el mejor ejemplo, es la niña de la casa. En nuestro menú, las tortillas fritas en aceite y bañadas con limón y sal son nuestra especialidad. Mientras ella abre la bolsa de las tortillas, yo jalo dos sillas y las pongo frente a la estufa. Saco la sartén y ella prende el fuego. Los dos subimos a las sillas y de pie podemos ver perfectamente cómo se cocinan. También tengo otro vicio: las galletas. Mamá tiene que escondérmelas. Yo tengo la visión de detective. Las busco por todas partes cuando ella no está. Si las encuentro, las devoro todas.

Tengo más hermanos. Memo, Natalia, Ana y Cecilia. Memo y Ana ya están casados. De la boda de Memo no sé ni cuándo ocurrió; y de la de Ana tengo un solo recuerdo sobre aquella fiesta donde las trompetas dieron inicio a la cumbia. Había muchísima gente. Todos aplaudían mientras el tío Pepe —un hombre delgado y bigotón— y mi hermano Memo comenzaron a bailar con unas copas de cristal sobre sus cabezas. Fue divertido ver cómo ágilmente movían los hombros y las caderas al ritmo de la cumbia, con los brazos extendidos, sin tirar sus copas. *Mama, el negro está rabioso... ¿Mama qué será lo qué quiere el negro?* Tal vez era 1983.

Más tarde el tío Pepe me cargó en hombros y comenzó a bailar. Carro Show cantaba: *Es un veneno, tu amor es un veneno, sin embargo lo quiero para poder vivir...*

De pronto el tío Pepe perdió el balance. Yo no me acuerdo, pero él dijo después que del susto le enterré los dedos en los ojos. Caímos sobre unas cajas de botellas de cerveza.

—¡Muévanse! —una voz femenina gritó.
—Toñito, ¿estás bien? ¿Te golpeaste? —preguntó Ana.
—¡Tienes toda la espalda sangrada! —le dijo Cecilia al tío Pepe y la atención se dirigió sobre él.
  Poco a poco le empezaron a quitar los vidrios de la espalda mientras el tío Pepe con sus manos sangradas se limpiaba el bigote canoso, como burlándose de sí mismo.
—¿Te golpeaste, hijo? —me preguntó con risa.
—No —le contesté.
Nadie acusó al tío Pepe de haber estropeado la fiesta ni le reclamó por su borrachera; por el contrario, le siguió una cadena de chistes y risas. Unos imitaban la caída, otros simplemente la narraban según su recuerdo:
—Como tabla, Pepe.
—Ni las manos metiste, cabrón.
—Pues, pinche chamaco, me estaba sacando los ojos.

Ya casi no veo a Ana y Memo. Mis recuerdos sobre ellos se desvanecen con rapidez. «Tienen que vivir su vida», dice mamá un día que le pregunté por ellos.
  Mi mundo está con Valeria, Gonzalo, Naty y Cecilia. Cecilia y Natalia son adolescentes. Mi hermana Natalia es criadora de perros. Siempre usa pantalones Jordache, muy ajustados, pelo muy corto. Muchos le dicen que tiene aspecto de chica ruda. Es como una segunda madre para Valeria, Gonzalo y yo. Nos cuida y nos defiende. Yo voy con ella a todas partes. A veces nos lleva al autocinema en su vocho.
  Paso mucho tiempo con ella cuidando a los más de veinte perros que se encuentran separados por rejas en la azotea de

la casa. Me gusta mucho alimentarlos y bañarlos. Aunque nomás me hago menso jugando con el agua.

Cecilia es menor que Naty. Creo que está en la preparatoria. Dice que quiere ser aeromoza. Es muy guapa y delgada.

Mamá, luego de cuidar niños todo el día, llega a la sala y se acuesta a ver sus telenovelas.

—Quítame las canas, mijo —me dice.

Y ahí estoy yo descaradamente feliz. Luego me voy al cuarto y paso largos ratos jugando con Valeria y Gonzalo, mi ejemplo a seguir.

Nuestra recámara está tapizada con pósteres del grupo Kiss. La verdad ni Gonzalo ni yo le entendemos. El que escuchaba eso era Memo. Y a pesar de que ya no vive en la casa, no hemos quitado sus cosas, sus recuerdos.

Gonzalo y yo estamos en la calle. A dos cuadras de la casa hay un río de aguas negras. Un tubo de drenaje lo cruza. Es lo suficientemente grueso para que un niño camine sobre él. Gonzalo lo pasa de ida y vuelta sin temor.

—Es tu turno —me dice.

Tengo miedo, pero si mi hermano lo hace yo también puedo. Siempre puedo. Me acerco al tubo del drenaje y pongo un pie.

—¿Y si me caigo?

—Pues doy un salto al agua y te saco.

Sonrío, alzo los brazos para balancearme y comienzo a caminar.

—No mires hacia abajo —me dice Gonzalo.

—No miro, no miro —le respondo, pero siento miedo de caer en esas aguas sucias. Sigo caminando. Lo logré. Mi hermano me premia con sus halagos.

—Vámonos a la casa —dice mi hermano.

Ninguno de los dos tiene permiso para estar tanto tiempo en la calle, pero él casi nunca obedece. Me deja en la casa y se va.

Esa misma tarde Gonzalo vuelve llorando con sangre en la cara.

—¿Qué te pasó? —pregunta Naty.

—Tres niños me pegaron.

—¿Y por qué no te defendiste?

—Porque eran tres.

—¿Dónde están?

—En la otra cuadra.

La gente dice que somos montoneros, pero no es cierto. Si algo nos enseña nuestra hermana Naty es a no serlo. Así que Naty, Gonzalo y yo caminamos a la otra cuadra. En cuanto vemos a los tres niños que golpearon a mi hermano, Naty los confronta sin miedo. Una, porque es mayor y otra, porque la calle es cerrada.

—¿Ustedes le pegaron a mi hermano? —pregunta enojada.

—Sí —responden sin temores, pues no imaginan lo que está por ocurrir.

—Pues ahora, Gonzalo les va a partir su madre, cabrones…, él solo —dice Naty, nadie esperaba esa respuesta—. Uno por uno. Para que se les quite lo montoneros.

Gonzalo no le tiene miedo a los madrazos. En este momento tiene ganas de venganza.

—Así que comienza tú —ordena Naty. Mi hermano se lanza sin avisar ni pedir permiso. Los otros dos chamacos intentan escapar, pero Naty los detiene—. El que sigue —lo empuja al centro de la calle. Para entonces los niños tiemblan de miedo. Gonzalo se desquita. O como dice Naty: hace justicia.

Para ella el asunto no está en darse de trompadas con todos, sino simplemente no dejarse. La humillación no existe en su vocabulario ni en sus metas. Ella todo lo puede. Si no nadie más. Entre ella y Gonzalo me van enseñando a no rajarme. A lo que vas. No te dejes, pase lo que pase.

4

Viernes 15 de junio de 2007

El sofocante calor de Reynosa fragua espejismos de ánimas en pena que flotan a lo lejos sobre el horizonte; los minutos se fosilizan indiferentes a la temperatura; el pequeño aeropuerto se vacía cual hormiguero cañoneado por descomunales gotas de pesticida.

Al hombre lo atrae una camioneta blanca que se estaciona frente al aeropuerto. Un claxon estridente anuncia la llegada de Rubén. En cuanto sube a la camioneta siente el clima frío del aire acondicionado.

—¿Qué tal el viaje? —inquiere Rubén sosteniendo un palillo de dientes entre los labios.

—Tranquilo —el futuro inmigrante encaja la mirada en la avenida.

Los Tigres del Norte cantan en el disco compacto: *Cuando te fuiste mis hijos preguntaron, ¿A dónde está mamá? Ni modo de decirles que tú me traicionabas así que una tragedia les tuve que inventar...*

La música rasca entre los escondrijos del olvido las moléculas del pasado, emergen del ayer inmensas fotografías añejas.

—¿Cómo has estado? —el conductor dispara la mirada a la derecha.

—Bien... en lo que cabe. ¿Cómo están tus hijos? —el futuro ilegal se peina la cabellera con los dedos.

—Ahí van —Rubén arruga la cara—. El mayor ya está en la secundaria. ¿Y qué tal la capital?

—Como siempre: caótica y desorganizada —baja los párpados.

Ahora que volviste, ¿qué quieres que les diga?, ni modo que reviva a la que se murió...

—¿Cuándo compraste esta camioneta?

—No es mía. Es del trabajo.

La charla divaga entre la ambigüedad y lo simple, resultado de una familiaridad que les otorgan catorce años de relaciones diplomáticas. Rubén, hermano de Israel; y *él* amigo de su hermano mayor. Luego de los cuestionamientos obligados y las respectivas elucidaciones, el protocolo llega a su inevitable y codiciado desenlace: no hay más por contar.

Pronto llegan a una colonia popular de Reynosa. La esposa de Rubén y su suegra se abanican sofocadas, sentadas en el exterior de la casa.

—Nos salimos porque ahí adentro hace mucho calor —explica de forma innecesaria una de ellas mientras agita un pedazo de cartón.

—Vamos por unas cervezas —invita Rubén disparando la barbilla a la derecha.

—¿Dónde estás trabajando? —le pregunta mientras caminan a la tienda.

—En una empresa que renta pipas.

—¿Y qué tal?

—Pues el negocio es cuando hay que pasar petróleo para el otro lado.

—¿Cómo?

—Sí. Estos cabrones roban petróleo de los ductos de Pémex y lo venden a las refinerías gringas. Ya todo está arreglado en el puente. Yo sólo tengo que manejar.

—¿No te da miedo?

—¿Qué? Estamos en la frontera. Aquí todo se puede. ¿Ves esa casa? —Rubén señala una vivienda monumental en comparación con las otras—, ese cabrón empezó a pasar droga pal' otro lado y en un año tiró su casita de Infonavit, compró los dos terrenos de al lado y se construyó esa madrezota.

Dos niños pasan corriendo.

—¡Ivan! ¿Ya hiciste la tarea? —cuestiona Rubén.

—¡Sí! —el niño muestra indiferencia a la pregunta.

—¡Más te vale; si no te voy a dar una putiza, cabrón!

Al regresar se sientan afuera de la casa. Rubén le da una lata de cerveza Modelo. Una niña de cinco años de edad se acerca y amorosamente le da una hoja de papel a su progenitor:

—Toma, dibujé esto para ti —una sonrisa infalsificable desnuda el intenso apego hacia su padre.

—¿Qué es esto, mamita? —su voz y sus ojos se doblegan ante ella.

—Éste eres tú —señala con un dedo—, ésta es mi mamá, ésta es mi abuelita y ésta soy yo.

—¿Y dónde está tu hermano? —Rubén arquea las cejas.

Los ojos de la niña deambulan y sus hombros se encojen:

—¡Allá, corriendo! —apunta con el índice a la calle. Rubén sonríe.

—Gracias, mamita —dice y le estampa un beso en la frente a su hija, toma el papel, lo dobla y lo guarda en el bolsillo de su camisa.

—Yo te lo guardo —la pequeña rescata el papel como un invaluable tesoro y se marcha.

—Por esto que acabas de ver —dice Rubén orgulloso— no me voy pal' otro lado. ¿Para qué? Aquí tengo lo que quiero. Esa chamaca es mi tesoro.

En ese momento cruza la puerta la esposa de Rubén con el teléfono inalámbrico:

—Te habla tu hermana —le dice.

Recibe el artefacto como una bomba de tiempo.

—¿Cómo estás? ¿Qué tal el vuelo?

—Bien. ¿Cómo está...? —le cuesta terminar la pregunta.

—Pues, sigue con dolores. Ya no quiere comer. Todavía no le he dicho que vas a venir. No quiero que se preocupe. ¿Ya te dijeron quién te va a pasar?

—No. Estoy esperando que me llamen.

—Acaba de despertar mamá. Le voy a poner el teléfono. Si no responde no te preocupes, ella escucha y está consciente.

—Hola.

Sólo se escucha un murmullo.

—Sé que no puedes hablar. Quiero que te mejores.

—Sí. Sí —interrumpe un tortuoso silencio—. Me van a operar el lunes.

—Ya me dijo Isabel. Esperemos que todo salga bien.

—Yo también. ¿Cómo estás? —dice con dificultad.

—Preocupado por tu salud —piensa inmediatamente que no debería hacer ese tipo de comentarios.

—¡Me duele! —dice su madre y se queja. Comienza a llorar—, ¡me duele!

—Voy a tener que colgar —Isabel toma el teléfono—. A mamá le duelen mucho las piernas. Ya viene la enfermera.

Cuelga el teléfono y permanece atónito. Enciende un cigarrillo y se queda con la mirada perdida, indiferente a la presencia de Rubén y su familia. Hay muchos años de ausencia, de distancia. La última ocasión que su madre viajó a México ninguno de los dos acumuló el valor suficiente para dialogar de lo impronunciable. La bóveda de secretos permaneció intacta, una vez más. Ninguno imaginó que el tiempo devoraría las escasas oportunidades restantes. Se escucha nuevamente el timbre del teléfono en el interior de la casa. Minutos más tarde aparece la esposa de Rubén con el teléfono inalámbrico en la mano.

—Te habla Imelda —dice la esposa de Rubén.

—Ya está todo arreglado. El señor que te va a pasar se llama Raúl. Mañana tienes que ir en la mañana a Camargo. Él te va a esperar a las siete en el hotel Arturo's. Deja todas tus cosas en casa de Rubén. No puedes llevar nada más que el dinero. Apunta el número telefónico...

Tras terminar la llamada se queda en silencio. Su cigarro se ha consumido. Rubén lo observa y sin preguntar le extiende otra cerveza.

Luego de vivir varios meses en el taller, todos me llamaban Kiko. Laboralmente tenía las mismas obligaciones, en mi vida privada era completamente libre. Podía salir de noche y volver a la hora que quisiera. Comía hamburguesas de Whataburger o *chilidogs* de Wienerschnitzel.

De pronto Hixinio le decía a todos que yo era su hijo.

—Tú eres mi hijo —me decía ya borracho—. Chíngale, trabaja y todo esto será tuyo. ¡Tú vas a ser más cabrón que yo, camarada! ¡Vas a ser chingón!

Era una oferta seductora. Claro, si se veía con ojos codiciosos. Pero a esa edad no me interesaba heredar ni la tina donde se revisaban las llantas ponchadas. Además, si se veía con tranquilidad, se podía ver al fondo una cláusula que obligaba a uno a casarse con el taller por el resto de la vida de Hixinio. Y a él todavía le quedaban como unos treinta o cuarenta años de vida.

Total que con el paso del tiempo, terminé siendo su guardaespaldas y chofer. La oficina además de ser mi casa y un antro por las noches lleno de música, alcohol y drogas servía de hotel de paso para las jovencitas, hundidas en la miseria y en la drogadicción, que constantemente llegaban a instalarse, en ocasiones por meses, traídas por Lina, para después prostituirse.

¿Y qué pensaste? ¿Este güey apañó? Pues no. Tardé mucho tiempo en entender la situación. Era un escuincle, calenturiento, pero a fin de cuentas un chamaco. No sabía qué hacer frente a las novias de Lucifer. Era un miedo que nadie comentaba, pero que muchos sentíamos.

Claro que con el tiempo uno va agarrando callo y ya no tiene que andar con pendejadas. Pero mientras ese momento llega, uno se orina en los calzones. Y te lo digo porque luego hasta me hacían burla las chamacas. Al principio salían de la regadera envueltas en sus toallas y se rasuraban las piernas frente a mí. Tú no sabes lo peligroso que eso puede ser en la pubertad. Y ahí estaba, de menso, babeando. Pero según yo, ni las miraba. Ya cuando de veras no les prestaba atención pasaban frente a mí y se desnudaban. Pero no era nada porno; más bien algo que parecía accidental, primero como que se les caía la toalla, ya luego como que no se daban cuenta de que ahí estaba yo, y se paseaban desnudas por todo el cuarto, pero dime tú: estás en tu recámara, te estás cambiando y ves que la puerta del guardarropa está entreabierta, ¿no te vas a dar cuenta de que hay alguien mirándote? Claro que ahí no había closet.

Deambulaban por todo el cuarto y aparentemente yo estaba haciendo otra cosa. En ocasiones nada más platicaba con ellas, en otras según yo estaba haciendo tarea, porque supuestamente seguía en la escuela, pero nada, ya nomás iba por estar con los cuates y hacía como que estudiaba en mi cuarto por verlas a ellas. A veces Priscila o si no Jessica me preguntaban: «¿Cuál brasier me pongo, éste o éste?». O si no, me pedían que les diera algún objeto o cualquier favor que se les ocurriera para hacer que me pusiera de pie. Y ahí era cuando me hacían burla. No me podía parar. ¿Pues cómo? Si estaba a punto de hacer erupción. Me ponía de pie y caminaba casi agachado.

—*What's wrong, Kiko?* —me preguntaban y se reían a carcajadas—. *Is Donkey Kong awake?*

Con el tiempo llegó la confianza, las cartas estaban puestas sobre la mesa, podía ver pero no tocar. Y no porque ellas no quisieran, sino porque yo no sabía cómo. ¡Carajo! Y para rematar, dormían en mi cama. Tú no te imaginas el martirio en el que me encontraba. Ni siquiera me avisaban. Cuando menos me daba cuenta ya estaban una o dos de ellas acostadas a mi lado. Se me pegaban y me abrazaban. Yo sentía ganas de acariciarlas pero no podía, sentía miedo de que se levantaran y me dieran una cachetada.

Muchos en el taller hacían bromas porque Hixinio les contaba que ellas amanecían en mi cama, pero no tenían ni la más mínima idea del dilema en el que me encontraba. No podía dormir. Bueno, al principio, ya después ni sentía cuando se metían en mi cama. Con tantas pinches horas de trabajo no me podía mantener despierto tantas noches.

Me gustaba Priscila. Y mucho. Pero hasta el momento no habíamos tenido ni una mirada verdaderamente comprometedora. Pero yo malinterpretaba cualquier risita. Y Priscila se percató de eso. Tenía la certeza de que ella era diferente, que no pensaba como las demás, que con mi cariño sería suficiente para cambiarla. Era un torpe miedoso en el flirteo pero no se lo decía a nadie. Hixinio me preguntó varias veces si seguía siendo virgen, lo cual me cagaba. Lo tuve que soportar los últimos años en la escuela. Mis amigos no tenían otro tema de conversación. Presumían de haberse acostado con una y otra. Pero la única que les hacía caso es la Gordita de los Mamones.

—¿A poco ya cogiste, camarada? —me preguntaba Hixinio cuando le decía que ya no era virgen.

Pero seguía siéndolo. Y no por voto de castidad, sino porque no había tenido la oportunidad para deshacerme de esta maldición que parecía acechar a todos los de mi edad.

Una noche, nos encontrábamos Lina, Hixinio y yo en la oficina escuchando música y tomando algunas cervezas.

—Voy a la tienda por más cervezas —dijo Hixinio.

Yo sabía que la hielera estaba llena.

—¿Bailamos? —me dijo Lina en cuanto Hixinio salió.

No sabía bailar y ella lo sabía. Me enseñó un par de pasos mientras su mano se deslizó por mi cintura. Sentí sus senos apretados a mi pecho. Su pelo olía a champú y nicotina. Estábamos bailando muy despacio. Sus labios rozaron mi cuello, se deslizaron por mi barbilla hasta llegar a mi boca. Yo según ya sabía besar, pero creo que no tenía idea de lo que se debía hacer. Con decirte que no sabía si tenía que pedir permiso o avisar antes del ataque. La cosa es que estaba verde. Y si no me apuraba terminaría amarillo como las hojas que se secan y se caen. Y yo nomás no hacía nada. Ella me coqueteaba. Me inundaba en su pecho. Se me pegaba y me acariciaba por aquí y por allá. ¿Qué, creías que yo era un facilote? ¡Pues no! ¡Claro que no! Me daba a desear. Estaba congelado. No sabía qué hacer ni qué decir, y lo de decir lo digo porque, según decían en mi casa: con la boca llena no se habla. Con el besote que me plantó

Lina no había forma de hablar. En lugar de beso parecía que me estaba haciendo una limpieza bucal con la lengua.

Yo nomás me dejé llevar.

Nunca había besado a una mujer con aliento a cerveza y cigarro. De hecho nunca había besado a una mujer, menos de esa manera. Tú y yo éramos unos niños. Lo que hacíamos era más simbólico y emocional que carnal. Apenas si tocaba tus labios y sentía que tenía el mundo a mis pies. Nunca probé el sabor de tu lengua, ni siquiera el de tus labios. Estos besos que Lina me propinaba eran otra cosa, algo muy cercano a lo asqueroso. Pero me gustaba.

De pronto que empieza a quitarme la camisa. Me miraba con lujuria. Yo quería hacerle creer que era todo un experto. Sin darme cuenta ya estaba como llegué al mundo: encueradito. Para esto, ya había visto unas cuantas películas porno, y quieras o no, eso ayuda. Todo fue muy lento y suave, pero a la vez rapidísimo. Fui su muñeco, su juguetito, su… lo que fuera, menos su amante. No sabía lo que estaba haciendo. En cuanto todo terminó, Lina me regaló un par de minutos: me abrazó, me besó y se despidió diciendo que tenía que ir a una fiesta.

A la mañana siguiente, Javier y otros cuatro amigos de Hixinio me recibieron en el taller con sonrisas.

—Ya nos contó Hixinio —soltaron las bromas.

No sabía qué responder. Sabía que debía decir algo. Pero no se me ocurrió nada.

Javier me miraba con curiosidad. Yo veía en él un deseo por saber qué había hecho la noche anterior. Me molestaba ver eso en los ojos del pinche chaparro porque no era la primera vez.

—¿Qué tal coge Lina? —habló y pude ver entre sus dientes superiores e inferiores la baba que se estiraba chiclosa.

—Bien.

—No es la mejor puta que tiene Hixinio. ¿Sí sabes cómo llegó Lina aquí? —me preguntó y no esperó que le respondiera—. Su padrastro había abusado de ella repetidas veces y ella terminó huyendo de su casa. Vino a dar al taller donde, a fin de cuentas, tuvo que darle las nalguitas a Hixinio. Pero todo eso tuvo un propósito. Le pidió a Hixinio que le dieran al padrastro «un correctivo». Según me contó Lina, Hixinio y ocho de sus conocidos fueron un día tras el tipo y le partieron su madre. Días más tarde lo esperaron cuando salió del hospital para darle una segunda madriza, sólo que en esta ocasión le metieron un palo de escoba por el culo.

Lina entró a mi cama cuatro veces. Yo no la buscaba ni ella daba señales de querer algo serio conmigo. En cuanto terminábamos, ella se vestía y se iba. Sólo en una ocasión me interceptó en la bodega para darme un beso en la boca. Aun así no me atrevía a preguntar sus motivos. Creía saber por qué lo hacía, pero tampoco me aventuré a interrogar a Hixinio.

La vida seguía y yo estaba cambiando, mucho. En las noches que Hixinio se iba a su casa, como todo un hombre de familia, yo comenzaba a fumar y a beber, y sin su permiso, con el arrebato de aprender a manejar, tomaba una camioneta vieja, un pedazo de hojalata sin placas ni estampilla de verificación, ni focos ni cinturón de seguridad, ni siquiera vidrios.

Hixinio tenía más carros en el patio trasero de la oficina: tres Corvette (un 1969, un 1974 y un 1982) y un Camaro 1990, comprados en el Auction (subastas de objetos decomisados que hace el gobierno de la ciudad), por menos de la cuarta parte de su valor. También compraba carros como todos los demás: tenía una Ford Custom van 1983, un Impala dos puertas 1981, un Pontiac Grand Prix 1969.

Los primeros días daba vueltas por unas cuadras; semanas después en las avenidas grandes; para terminar con el Camaro nuevo de Hixinio, en compañía de Jessica, Priscila y Michael.

Según nosotros nos íbamos de *cruise,* como se le llama aquí a eso de salir en el carro toda la noche sin destino fijo. Con ellas, la música era distinta a la que escuchaba en el taller. Si nos paseábamos por los barrios de los negros escuchábamos rap: MC Hammer, Dr. Dre, West Coast, Wu-Tang Clan, entre muchos más. Era una forma de enviar el mensaje de que éramos iguales o nos identificábamos con su raza. Porque aunque lo nieguen, los negros se sienten despreciados por los blancos; y por ende son resentidos y celosos de su territorio. Ese mismo dolor los hace sentir empatía con nosotros, los mexicanos y chicanos. Por eso, entrar a su barrio a esas horas en que la noche y las calles cobraban vida no era un conflicto para nosotros. Además, entrar con un Camaro apendejaba a cualquiera. En las esquinas había pandillas de negros: mujeres en minifalda, hombres vestidos con camisas y pantalones coloridos y abultados, y cadenas y brazaletes de oro. Fumaban marihuana y bebían cerveza sin que la policía se atreviera a entrar al barrio. Abundaban los *lowraiders*: carros de los sesenta y setenta remodelados y arreglados con rines cromados, llantas diminutas, interiores extravagantes, sonidos estruendosos y lo más esencial: los amortiguadores hidráulicos con los cuales hacen que el carro brinque como pelota.

En cuanto nos deteníamos en alguna esquina se acercaban los negros. Jessica, Priscila y Michael parecían conocer a todos. Por ello la droga les llegaba gratis a todas horas. Y cuando no, lo solucionaban fácilmente: compraban refrescos de lata, los vaciaban y luego los llenaban con pintura de aerosol hasta quedar bien pachecas.

En otras ocasiones nos íbamos a la calle Leopardo, en el barrio de los cholos y los chicanos, en donde podíamos transitar por cuadras y cuadras y seguir viendo calles llenas de prostitutas. Escuchábamos música que los adolescentes llaman *oldies*, como «The Night Chicago Died» de Paper Lace; «Gypsys, Tramps and Thieves» de Cher; «I Will Survive» de Gloria Gaynor; «Don't Let Me Be Misunderstood» de The Animals.

Gracias a Priscila supe por qué Don McLean había escrito la canción de «American Pie».

—Pongan la canción de Ritchie Valens —dijo Priscila en una ocasión.

Michael cambió el casete.

Comenzó a sonar «American Pie».

—Ése no es Ritchie Valens —dije. Sabía poco de música pero tenía la certeza de que él era famoso por «La bamba».

—Es su canción —explicó Jessica—. Don McLean se la escribió. El avión donde viajaba se estrelló un 3 de febrero. Por eso la canción dice: *the day the music died*.

Frecuentemente nos íbamos a las cantinas rascuachas en donde obviamente no había problema que fuéramos menores de edad. Tomábamos y bailábamos por varias horas. En una ocasión, al salir de la cantina, Priscila me pidió que la dejara manejar. Todavía recuerdo cómo me lo dijo:

—*Please, Kiko, let me drive* —y me hizo cariñitos con los dedos en la cara.

Y ahí voy de calenturiento a dárselo, porque con la forma en que me lo pidió no había manera de negarme. Total que cuando me bajé del carro para pasarme del otro lado, arrancó el Camaro y se fue. Me imaginé todo menos que me iba a robar el carro. Cuando vi que se iba me quedé petrificado. Estaba que me cargaba la chingada. Caminé hasta el taller y me quedé esperando en la banqueta por quién sabe cuántas horas. Pues, obvio, ellas tenían las llaves. Y ni modo que le hablara a Hixinio: «Qué cree, que se me perdieron las llaves. Y también su Camaro».

—*We were just kidding, Kiko* —me dijo Priscila al llegar.

Le grité y le reclamé. De pronto comprendí que debía cuidar mis palabras. Ellas podían acusarme con Hixinio.

Todos los domingos mi mamá nos compra pan dulce para desayunar. La casa es un caos. Siempre hay mucho ruido. Alguien debe ir por el pan a la tienda.

—¿Por qué yo? —dice Cecilia—. Que vaya Gonzalo.

—Siempre yo —responde y nos señala a Valeria y a mí—. Que vaya ella o él.

Me toca ir por primera vez.

—Escúchame bien, Toñito —me dice Naty—. Pase lo que pase no regreses sin el pan; aunque te atropelle una bicicleta, ¿entiendes?

Tengo una misión. *Pase lo que pase, volveré con el pan*, voy pensando. Me propongo cruzar la calle. Miro a la izquierda, luego hacia la derecha para asegurarme de que no vengan carros. El paso está libre. En cuanto pongo el primer pie en la calle siento un golpe en la cara y en el cuerpo. Voy a dar al piso. Al abrir los ojos, un hombre me levanta.

—¿Estás bien? —me pregunta.

Me veo las manos y las rodillas. Tengo tierra y sangre.

—Sí, estoy bien —le respondo y me voy directo a la tienda, sin mirar atrás. Si dejo que me haga una pregunta más no podré contenerme y comenzaré a llorar. Debo cumplir con mi misión. El hombre recoge su bicicleta y se va. Llego a la tienda más asustado que adolorido. Me apresuro a escoger el pan que me pidieron. No me debe faltar ni uno.

Finalmente logro llegar a casa. Mamá me ve entrar a la cocina, traigo manos y rodillas raspadas y sangre en la nariz. Todos se levantan y me rodean.

—¿Qué te pasó?

—Me atropelló una bicicleta, pero hice lo que me dijeron: no regresé sin el pan —comienzo a llorar.

Ese día soy el más consentido. Ser el menor también tiene sus privilegios. Mamá me castiga, me regaña, pero me da premios, a veces más que a los demás.

La vida pasa muy lentamente. Las semanas son largas. El año escolar está por terminar en algunas semanas. Estoy con mis cuates jugando caballazos sobre los hombros de Manuel. Gabriel está sobre los hombros de Daniel. Entonces yo debo luchar para tirar a Gabriel y viceversa. Mamá nos ha regañado muchas veces por jugar eso. Dice que un día nos vamos a lastimar. Pero no le hacemos caso. Debo derrumbarlo. Me empuja y me golpeo con la pared. Caigo al piso, me río, me llevo la mano a la nuca. No imaginaba que el golpe hubiera sido tan fuerte. Me lleno de miedo al ver la palma de mi mano repleta de sangre. ¿Qué me está pasando? No puede ser. Hay mucha sangre en el piso. Corro al interior de la guardería.

—¡Mamá! —lloro.

Mamá me lava la cabeza, me rapa alrededor de la herida, me limpia con agua oxigenada, me cura con Merthiolate y me pone una gaza. Hay una mujer gorda que me observa. No me asombra ver mujeres en la casa. Las mamás de los niños entran y salen todos los días de la guardería. Lo que sí me sorprende es que me informan que ella es mi *tía*.

A los ocho años uno no se pregunta de dónde salen las tías. Cualquiera puede recibir el título: un vecino o amigo de la familia. A mí eso no me importa. Menos si ella me compra con un par de juguetes que me ayudan a olvidar el dolor y el susto. Nadie podría encontrar en eso un rastro de malicia. A mi edad no voy por la vida evaluando la maldad de la gente ni mucho menos buscándole la trampa a los regalos. De haber sabido habría devuelto los juguetes en ese momento. Quizá ésa debió ser la primera lección en mi vida: No confiar en los regalos de los extraños.

La tía vino con dos niños que dicen ser sus hijos. Ninguno parece estar interesado en ser mi amigo. Mauricio es un par de años mayor que yo. Eso es más que suficiente para que él me ignore. Jacinto es dos años menor que yo. Tampoco tiene interés en dirigirme la palabra. No entiendo qué está pasando.

—Ve a jugar al patio —me dice mamá—. Sé perfectamente que cuando hacen eso es para que no sepa lo que está sucediendo. Se meten a la cocina. Entonces debo dar la vuelta a la casa y asomarme por la ventana. Hacer eso es mucho más riesgoso. Me pueden ver. Así que decido sentarme detrás de la puerta, pero no puedo escuchar porque hay muchos niños gritando. Comienzo a pensar: *¿Qué estará ocurriendo?*

Finalmente la tía desconocida se va. Mamá me manda llamar. Debo correr alrededor de la casa para que no me descubran.

—Despídete de tu tía —dice mamá—. Supongo que no debe ser tan extraña si insisten en que es mi tía. Pero ya no confío en lo que está pasando. ¿Por qué debía traerme regalos sólo a mí? ¿Por qué no a Gonzalo y a Valeria? ¿A ellos no los quiere? En cualquiera de los casos debería ser Valeria la premiada. Gonzalo y yo somos unas bombas de tiempo. Les pregunto a Gonzalo y a Valeria de dónde salió la tía y no saben responder. No la conocen.

—Jamás la hemos visto —me dice Valeria.

Han pasado muchos días. No llevo la cuenta. No me importa saber cuándo vino la tía. No la conozco y no quiero saber más de ella. Tengo muchas cosas más divertidas en qué pensar. O en qué entretenerme. Por lo tanto, ya la debería haber olvidado de no ser porque mamá me acaba de decir que la tía quiere llevarme de vacaciones a Estados Unidos.

Suena fantástico. ¿Qué hay ahí además de Disneylandia? En mi salón, cuatro compañeros ya fueron. Según ellos los indios van al parque de Chapultepec, los nacos a Reino Aventura, y ellos a Disneyland.

Pienso en lo divertido que será tomarme una foto con Naty, Gonzalo, Valeria, Tribilín y el Pato Donald.

—¿Cuándo nos vamos? —le pregunto a mamá.

—Mañana.

En lo que no me fijé fue en que dijo: «llevarte», no que nos llevaría a todos. Aunque no utilizó el plural, yo asumí que así sería. Nunca hemos ido de vacaciones separados. Luego lo aclara y eso ya no me gusta, no le encuentro la diversión. Menos con la tía desconocida y sus dos hijos.

—Yo creo que mejor no voy, mamá —digo.

Total, ¿qué puede pasar si no voy?, pienso. *Mejor para la tía. Así ya no tiene que gastar en mi boleto de avión.*

Si yo fuera un poco mayor tendría las herramientas suficientes para saber que se trata de una mentira. Es imposible que yo viaje a Estados Unidos si ni siquiera tengo pasaporte. Pero como todavía tengo ocho años no tengo idea de lo que está por ocurrir.

—No le podemos decir que no a tu tía —me dice mamá.

—¿Por qué no? —insisto, me siento en su pierna y pongo mi brazo sobre su hombro.

—Porque ya compró los boletos de avión y no los puede devolver.

Paso parte de la noche pensando en el viaje. Jamás he viajado en avión. Ni siquiera conozco el aeropuerto. Me imagino lo que ocurriría si no llego al aeropuerto. Podemos pagarle a la tía lo de los boletos en abonos. Suena fácil. Pienso también en lo que me podría estar perdiendo. Finalmente no a cualquiera lo invitan a Disneylandia. Tampoco me han dicho que me llevaría a ver a Tribilín o al Pato Donald. No sé en qué momento asumí que así sería. Ya es muy tarde para percatarme. Ya es de noche y el sueño me está derrumbando. Amaneceré sin haberme detenido a pensar por un instante que en ningún momento me invitaron a Disneylandia. Como si el país fuera Disneylandia y Estados Unidos su capital.

Amanece y voy a la cocina. Mamá me ha preparado un gran desayuno. Un pastel, leche con chocolate, donas azucaradas y mi favorito: huevos con jamón. Gonzalo y Valeria se comportan como siempre. Saben que voy a ir a la casa de la tía desconocida. No se muestran envidiosos ni curiosos. Sigo sin comprender por qué me invitó, si sólo nos hemos visto una vez. Ana y Memo no están en la casa. Cecilia, Naty y mamá tienen unas caras muy serias. Pienso que ellas también querían ir a Disneylandia y por eso están tristes.

—Si no quieres, no voy —le digo a mamá. La verdad lo digo porque me aterra ir de viaje con una desconocida.

—Está bien, mijo. Ve, diviértete.

El desayuno transcurre en silencio, un silencio raro, un silencio desconocido. A medio día, Naty me ayuda a hacer mis maletas. Con lo que está guardando parece que me voy a ir de vacaciones por dos años. Es hasta este momento cuando me detengo a preguntar cuánto tiempo me voy a ir de vacaciones.

—Hasta que termine el verano —me dice mi mamá.

En mi mundo el verano es un periodo muy largo y divertido, pero que termina el día en el que uno vuelve a la escuela. Seguramente Disneylandia es muy grande y se necesitan muchos días para recorrerla.

Un par de horas más tarde Naty sube las cosas al carro. Mamá no está. Ni Gonzalo ni Valeria ni Cecilia. Debería sospechar. O por lo menos preguntarme por qué no están. También sirve para darme confianza. Cuando la gente se va para siempre se despiden. Cuando vuelven pronto no siempre hay abrazos ni llanto. En realidad no me detengo a pensar en nada de eso. No sé lo que me espera. Así que me subo al carro y me distraigo mientras Naty maneja. Ella me da instrucciones sobre mi comportamiento. Me dice que no haga travesuras, que estudie, que sea buen niño.

—¿Por qué tengo que estudiar si voy de vacaciones? —ahí estaba mi razón para bajarme del carro y volver a la casa corriendo. A fin de cuentas todavía estaba cerca y conocía el camino de vuelta. Si tengo que estudiar es porque algo está por pasar.

—Para que cuando vuelvas a clases saques mejores calificaciones. ¿O qué, no podrías sentarte un rato a estudiar las tablas mientras estás de vacaciones?

Vacaciones. Eso me reconforta.

Por fin llegamos a la casa de la tía. No recuerdo cómo llegamos. Sé que manejó a la derecha y luego a la izquierda. O quizá fue al revés. Todavía me cuesta trabajo ubicarme en las calles. Aunque salgo con Gonzalo todos los días, sólo conozco nuestra colonia. Si por lo menos me hubiera memorizado el camino, quizá no tendría que sufrir al contar esto.

Nos abre la empleada doméstica. Es un lugar muy extraño. Tiene extensos tapetes de plástico transparente que recorren toda la casa. Si fueran rojos y estuvieran en el centro se vería como un palacio. Parecen calles en medio de la casa. Lo cual indica que si uno quiere ir de la entrada a la escalera debe seguir el caminito: derecho hasta la pared, luego a la derecha; tres pasos adelante a la izquierda; dos pasos y a mano derecha está la escalera. Y si uno va de la escalera al comedor debe tomar la desviación a la derecha, porque a la izquierda es para la sala; y derecho es para el baño. Los sillones están cubiertos con sábanas; y sobre éstas hay carpetas tejidas a mano. Las mesas están llenas de muñecos de porcelana. Las paredes están tapizadas de pinturas y retratos. La mesa del comedor parece basurero.

—Mira, tienen un piano —digo mientras esperamos a que baje la tía.

—Se llama órgano —dice Naty y se sienta en el banco del instrumento musical que se encuentra en la sala. Me abraza y de pronto veo en su rostro una lágrima. Se limpia rápidamente.

De pronto aparece la tía por las escaleras. Nos saluda. Pretende platicar con mi hermana, pero ella hace todo por salir de ahí lo más pronto posible.

Sábado 16 de junio de 2007

La madrugada se extiende elástica, se rehúsa a rasgarse y se declara interminable. La puerta y la ventana están abiertas. El ventilador de piso sopla, girando su cuello de izquierda a derecha. El futuro ilegal se encuentra acostado sobre una cobija en el piso de la sala. Si sus planes resultan de acuerdo a sus expectativas, debe estar en Houston a más tardar a medio día.

Las manecillas del reloj se arrastran con lentitud. Todos duermen, menos él.

Por fin el haragán marca las cinco y media de la mañana. El candidato a mojado se pone de pie, dobla la cobija en la que permaneció acostado sobre el suelo. Camina al baño y se introduce en la ducha. Hace tanto calor que hasta el agua sale tibia. Al salir, Rubén ya lo espera en la cocina con una taza de café y unas piezas de pan dulce.

—Yo creo que llegamos en unos cuarenta y cinco minutos a Camargo. ¿Llevas dinero suficiente?

—Dos mil pesos.

—Pues vámonos porque yo tengo que regresar a trabajar.

Al salir, un deseo por llevarse uno de sus libros lo embiste, pero recuerda que Imelda le recomendó no llevar más que lo esencial.

El camino a Camargo aparece luctuoso. El horizonte se pinta despejado; ocasionalmente aparece una que otra vivienda construida al estilo estadounidense.

—Necesito comprar dólares —le dice el hombre.

—Pues yo creo que a esta hora va estar difícil. La mayoría abre después de las nueve de la mañana —contesta Rubén.

Justo a las seis y media llegan a Ciudad Camargo, un pequeño poblado fronterizo, prácticamente relegado.

Luego de un par de vueltas llegan al pequeñísimo Hotel Arturo's, con escasas veinte habitaciones. En el estacionamiento, los muros con un fondo anaranjado y con más de quince anuncios pintados a mano con citas bíblicas evidencian el profundo arraigo cristiano del dueño.

—Ya me tengo que ir —anuncia Rubén luego de unos minutos de espera—. Háblale al coyote —Rubén le extiende su teléfono celular.

—Señor Raúl. Ya estoy en Camargo —dice el hombre.

—Sí, mira. Van por ti como a medio día. Yo estoy acá en Refugio, Texas. Yo te recibo en Victoria, Texas, y en la tarde ya te llevo a Houston. Mientras, renta una habitación.

—¿Quién va a venir por mí? —arquea las cejas el candidato a ilegal.

—No sé. Pero esa persona te va a decir que va de parte de Raúl.

La incertidumbre adopta grandes proporciones, el miedo devora de un bocado al futuro inmigrante.

—¿Qué pasó? —Rubén arruga el gesto.

—Pues dice que alquile una habitación y que espere —una recua de temores lo zarandea.

La inmensa soledad en la calle es el diagnóstico de un abandono social absoluto.

—Pues vamos —responde Rubén, abre la puerta de la camioneta, sale apresurado y camina a la recepción donde se encuentra un hombre de imagen desgastada.

El hombre arrojado en un sofá bosteza al verlos entrar, se pone de pie con pereza, se levanta forzadamente los pantalones holgados, se cuadra los testículos y se talla los ojos. La resaca del desvelo es sin más su carta de presentación.

—Buenos días, quiero una habitación.

—¿Para ustedes dos? —inquiere el hombre de manera apática y saca una libreta retorcida.

—No. Sólo para mí. ¿Cuánto cuesta?

—Cuatrocientos pesos hasta hoy a las doce.

—¿Usted conoce a Raúl? —pregunta Rubén.

—¿Se va ir de mojado? —cuestiona el hombre mirando a ambos personajes.

—Sí.

—Entonces no creo que llegue temprano por usted. En el cuarto número diez hay unos muchachos que tienen esperando tres días. Siempre se los llevan ya tarde.

—¿Y si no vienen por ti antes de medio día? —pregunta Rubén—. Mejor paga por dos días.

—¿Y cuánto cuesta hasta mañana?

—Ochocientos pesos.

—Pero de hoy sólo son cinco horas —dice el prospecto a mojado con tal abuso.

—Deme seiscientos. Pero si le preguntan a qué hora llegó diga que entró a las once.

Frunce el seño, dispara una mirada de enojo; desea arrojarle un par de verdades al tipo pero encarcela al verdugo de su ira, esa impotencia de no poder reclamar ni ahí ni en ninguna parte del país.

—Está bien, deme la habitación por hoy y mañana.

—Su habitación es la catorce.

Rubén sonríe, se despide con un abrazo y se retira apurado. Ya cumplió con la parte que le toca. Ser conocidos no implica sufrir con él. A fin de cuentas, ni si quiera son amigos. Un mero trámite familiar, sólo porque se lo pidió su hermano.

El huésped de la habitación catorce ahora sólo debe esperar.

AL DÍA SIGUIENTE Hixinio me pidió que moviera uno de los carros del taller al patio trasero de la oficina. Yo, que supuestamente aún no sabía manejar, no supe qué hacer en ese momento.

—¿Qué pasa, camarada? Apúrate que no tengo tu tiempo.
—No sé manejar —puse cara de pendejo.
—Entonces, ¿por qué ocupas mis carros?

Imaginé lo peor. Pensé que me iba a quedar sin chamba y sin casa. *Puta madre*, pensé, *ni modo que me regrese a la casa de Esperanza a estas alturas que ya conocí la libertad.* Entonces ocurrió lo que menos me esperaba: Hixinio comenzó a darme clases de manejo, haciéndome que estacionara los cinco carros, ubicados en el taller, en diferentes posiciones hasta que me hartara. Luego me llevó al *freeway* a que diéramos vueltas interminables.

—Si vas a usar los carros quiero que aprendas a manejar bien. Quiero que te pongas a estudiar el reglamento de tránsito para que la semana que viene vayamos a sacar tu permiso de manejo —comentó Hixinio en cuanto regresamos al taller—. Ahora limpia todas las colillas que dejaron anoche en el Camaro —ordenó, sin expresión de enojo—. Y de una vez lávalo.

Hixinio podía ser espléndido cuando quería. O le convenía. Era calculador, frío, egoísta, vanidoso, desconfiado, avaricioso, materialista, rencoroso pero principalmente muy carismático: hacía reír a todos con sus bromas espontáneas. Era la estrategia perfecta para llevarse a las chamacas a la cama. Jugaba con ellas, les compraba lo que ellas querían, las consentía, nunca las contradecía: ellas siempre tenían la razón. Pero a sus espaldas, de putas y rateras no las bajaba.

Yo creía las historias que ellas me contaban. En particular Priscila que me estaba taladrando la cabeza con sus sonrisas. No me importaba que me hubiera robado el Camaro. Quizá porque no era mi carro. Tal vez porque me gustaba tanto el tono de su voz. Me sentía feliz cada vez que la veía llegar al taller. Teníamos la misma edad y algo me hacía pensar que eso nos hacía compatibles. Estaba casi seguro de que ella no se acostaba con Hixinio.

Un día la vi entrar a la oficina mientras yo estaba ajustando dos llantas. Claro que la había visto entrar ahí infinidad de veces, era un lugar de uso común. Eran las dos de la tarde, mi hora de comida. En ese momento pensé en invitarla a comer una hamburguesa. Necesitaba llevármela a un lugar privado, o por lo menos alejado del taller, para decirle lo que sentía por ella.

En cuanto terminé, me lavé las manos y caminé a la oficina. Crucé la puerta de la entrada y justo al poner un pie en la recepción vi la puerta de la oficina de Hixinio abierta. Giré mi cabeza y vi la espalda y las nalgas de Hixinio que se inflaban y se desinflaban. Estaba de rodillas, sus manos sostenían un par de piernas que le rodeaban su cintura regordeta. Reconocí una voz, esa voz femenina, esos gemidos. Ese *fuck me* estridente era de Priscila.

No avancé ni hice ruido. Tenía un deseo irracional por interrumpirlos. Pensé en alguna excusa. Caminé a la puerta y la vi. Estaba acostada bocarriba, con los ojos cerrados, recibiendo los empujones del llantero.

Yo era tan solo un imbécil con buenas intenciones. Me sentí decepcionado y encabronado. Toqué la puerta. Hixinio se detuvo y volteó la mirada. Priscila también me vio y preguntó:

—*What do you want, Kiko?*

Me encabronó aún más saber que ella no se sentía avergonzada, que no le importara que yo la viera ni que me sintiera así. Claro que no tenía por qué saberlo si nunca le había dicho una palabra de amor. Yo sentía que ella ya debía haberse dado cuenta.

—Te hablan por teléfono, Hixinio —dije.

—Diles que no estoy.

—Dice que es importante.

—Me vale verga, cabrón.

El grupo británico The Animals cantaba: *I'm just a soul whose intentions are good. Don't let me be misunderstood.* A veces quiero adoptar esta canción como himno.

Ya no sé bien cuáles son mis propósitos pero sí sé que no son malos. O por lo menos eso quiero pensar o mostrar ante el mundo. Sólo espero que la gente no malinterprete mis intenciones.

Después de aquel acontecimiento ni Priscila ni yo hicimos comentarios al respecto. En cambio, Hixinio aprovechó la anécdota para contarla una y otra vez en las borracheras:

—Estaba cogiéndome bien rico a Priscila y de repente que nos interrumpe el pinche Kiko —y toda su audiencia reía a carcajadas—. Luego ella tuvo que mamármela para que se me parara otra vez.

Era dueño del show. Presumir era su gran adicción. A veces gastaba enormes cantidades en ropa de marca y otras se compraba cualquier camisa en Target y Kmart. Le fascinaba alardear de los doscientos mil dólares que tenía en el banco y del pedazo de cuadra que le pertenecía: el taller, la bodega, la oficina y dos casas a la vuelta de la esquina. Claro, hay que entenderlo. Es mucho más rico el que presume el dinero que el que lo despilfarra.

¿Tanto así le daba a ganar un simple taller de llantas usadas?, sí. Cada mes llegaba un tráiler lleno de llantas. Cada una le costaba entre cinco y quince dólares, dependiendo del tamaño. Y las vendía al triple o más. De la venta ganaba un promedio de mil dólares al día y además las vendía por mayoreo a las llanteras que no tenían ni los contactos ni el dinero para comprar un cargamento de llantas. Llegaban de muchos pueblos vecinos a comprarle, incluso del lado mexicano de la frontera.

Un día llegaron como diez patrullas al taller. Yo estaba arreglando una llanta. Los policías se bajaron rápidamente apuntándonos con pistolas.

—¡No se muevan! —nos tiraron a todos al piso.

A patadas abrieron todas las puertas del lugar. A Javier —que estaba cagando en el baño— lo sacaron y lo tiraron al suelo exigiéndole a gritos que no se moviera.

—¿Tú eres Hixinio Galván? —preguntaron.

—¡No! —respondió Javier.

—¿Dónde está?

—¡En la oficina!

—¿Dónde está la oficina?

—Es el edificio de la esquina.

—Ya se pueden parar. Pero no se muevan de aquí —ordenó el policía y salió del taller—. Está allá enfrente.

Dos policías permanecieron afuera del taller, los demás corrieron a la oficina. Los policías tocaron la puerta, luego salió Hixinio. Le ordenaron que se llevara las manos a la nuca, lo esposaron y lo subieron a una de las patrullas.

Javier y yo observamos desde el taller. De pronto me percaté de que Javier, que estaba a mi lado, apestaba a caca.

—Ahora sí se lo chingaron —dijo en voz baja.

—¿Por qué? —le pregunté.

—Seguramente por corrupción de menores.

—¿En serio?

—Incluso lo pueden meter a la cárcel por darte trabajo a ti.

En ese momento entraron los oficiales a la oficina y a la bodega. Luego de un rato sacaron de la bodega herramientas, televisores, estéreos, videocaseteras, joyas, pistolas, rifles, de todo, menos llantas.

—¿Dónde estaba todo eso? —le pregunté a Javier con asombro.

—En los baños.

No sabía si reírme o sentirme un imbécil.

—Si supieran que las cuatrocientas llantas que están ahí son robadas —dijo Javier con sarcasmo.

Al taller llegaban casi todos los días varios raterillos a los que Hixinio les compraba objetos robados: desde un taladro hasta un rifle. Uno de ellos, un chicano de bigote con los brazos tatuados, le vendía llantas nuevas que les robaba a las pickups Chevrolet: la refacción ubicada debajo de la batea. Llegaba en un Toyota viejísimo y pedía —en caso de que hubiera clientes— que le arregláramos una llanta, la bajaba del carro, se metía al taller, se iban a algún rincón, Hixinio le pagaba veinte dólares (las vendía a setenta y cinco); el ratero decía en voz alta que volvería luego, daba las gracias y se iba. Acto seguido, debíamos desmontarla, lavarla, pintarla y guardarla.

Hixinio salió libre al día siguiente bajo *probation*. Nos contó que días antes la policía le puso un cuatro, enviando un agente *undercover*, disfrazado de ratero para grabarlo cuando decía estúpidamente: «Sí, tráeme todo lo que tú quieras, camarada, yo te lo compro».

¿Hixinio se hizo un santo de la noche a la mañana? ¡Pues no! Se limpió el trasero con la sentencia del juez: se hizo «amigo» de su *parole officer* y lo invitó a que se emborrachara con él; luego le mostró su catálogo de pirujas y le regaló varios acostones con las más jóvenes y bellas. Priscila entre ellas. Le dio menores de edad para tenerlo en sus manos. ¿Cómo se iba a poner difícil el baboso después de saber que había amanecido con una quinceañera en sus brazos? Bueno, Priscila no es quinceañera pero suena mejor que dieciseisañera.

Entonces lo grabó. En otra borrachera puso el video frente a él y todos nosotros como quien exhibe la repetición de una boda. Primero, las bromas. Después, la bailada y el primer resbalón, el idiota se había caído de nalgas de tan pedo que estaba. Y para finalizar la función, la entrada triunfante del oficial a uno de los cuartos, desnudándose a lo loco y tratando de encuerar a Jessica.

Hasta decía el *parole officer*: «Mira cómo me la chingo, camarada». Aunque en el fondo sabía que al que se estaban chingando era a él. Mucha risa, pero el ambiente estaba tenso. Por mucho que hubiera querido sacar la pistola y darle un plomazo a Hixinio o llamar a sus colegas para que lo arrestaran, no podía.

A fin de cuentas le convenía. *Bitch time for free.* El tipo terminó por firmar una docena de papeles que aseguraban que Hixinio iba a sus citas semanales del *probation* y que había dejado de beber. ¿Alcohol? Sí, que era un ciudadano ejemplar, que iba a misa los domingos y que… bueno, creo que me proyecté con esto último, pero lo que sí es cierto es que Hixinio es muy hábil. A pesar de no haber terminado la secundaria y de no saber inglés, se codea con empresarios y políticos, hasta el cónsul de México, un tal Gustavo, que por cierto es bien marro.

Ya que se había ido Naty, la tía Cuca me muestra la casa. Confirmo que la acumulación de objetos es general. Parecen coleccionistas de adornos y cajas. Guardan todo. Absolutamente todo. Bodas, cumpleaños, bautizos, quinceaños y fiestas de navidad a las que van, se regresan con los adornos: floreros, vasos, ceniceros, globos y saleros de mesa.

Me presenta a la que dice que es mi abuela: una mujer de cabellera corta y blanca, de cara blanca y muy arrugada, jorobada, delgada pero con una panza que parece de embarazada. Tiene los dedos de las manos tan torcidos que ya no los puede utilizar. Le cuesta mucho trabajo caminar. Tiene puestos unos vendajes en los pies. Dicen que tiene úlceras.

Me pregunto de quién es mamá. ¿De mi mamá o de mi papá? Pero no le pregunto a la tía Cuca. Luego aparecen los que supuestamente son mis primos. Mauricio y Jacinto. La tía Cuca me enseña la recámara donde voy a dormir.

—¿Cuándo nos vamos a ir de vacaciones?

—Pronto, José —responde la tía Cuca.

¿José? ¿Por qué me llama José? Ése no es mi nombre.

—Me llamo Antonio —le digo. Pero lo que digo a ella parece importarle lo mismo que una corcholata.

Mis primos no se interesan en jugar conmigo. El día pasa muy lentamente. Ya me quiero regresar pero no me atrevo a decirle a la tía. Me da pena que se vaya a sentir mal o que se moleste. Qué tal si ya en su enojo le dice a mi mamá que le pague lo de los boletos y que ahí le regresa a su hijo malagradecido.

Pasan los días y me presentan al tío Alberto, su esposa María y sus cinco hijos que viven en la calle de atrás. De ellos sólo las dos hijas, Marta y María, quieren ser mis amigas. Lidia tiene meses de nacida, el que sigue, Alejandro, apenas tiene tres o cuatro años, Marta tiene unos seis o siete y Ramsés es un poco menor que yo pero casi no habla. María tiene mi edad.

La situación en la casa de la tía Cuca me incomoda más cada día. Le molesta mi forma de hablar. Todo el tiempo me corrige: «No se dice "cuarto", se dice "pieza". No se dice "agarrar", se dice "coger", no tienes garras».

Si los adultos están hablando de algo y pregunto, me responde apuntándome con el dedo índice: «Los niños no preguntan». No tengo derecho a razonar. Y siempre bombardea con la misma pendejada de que su papá decía esto, lo otro y aquello.

Del viaje a Estados Unidos ya no se habla. Caigo en la conclusión de que me han engañado. Quiero volver a mi casa. Insisto todos los días. La tía Cuca responde que muy pronto. Pienso en salir de ahí un día y volver a casa por mi cuenta, pero ahora tengo un grave problema. No sé cómo llegar. El día que vinimos no me fijé en el camino. Sé que estamos cerca, pero no tengo idea de qué tanto ni qué camión tomar. Si por mí fuera no me importaría llegar a pie, siempre y cuando encuentre el camino.

Me declaro secuestrado. Mis ánimos no están para jugar con nadie. Veo a la tía Cuca y pienso en una secuestradora de niños. Debería salir a la calle y buscar a un policía para denunciarla. Los días siguen transcurriendo y no veo para cuando volveré a mi casa. Ya no me interesa ir de vacaciones ni mucho menos conocer al pinche Tribilín. Me desquito con Jacinto que ya me tiene hasta la madre con sus berrinches. Por todo llora. La tía Cuca se enoja. La abuela también. Tienen razón. Si yo estuviera en su lugar pensaría: *¿Por qué este chamaco viene a madrear al pequeño Jacinto, si él es el bebé de la casa? Sáquenlo de aquí.*

Mañana se acaban las vacaciones de verano. Ha llegado el día en el que debo regresar a mi casa. Le he insistido a la tía Cuca todos los días y sólo me responde: «Luego hablamos, más tarde te digo, no desesperes». Pero no me lleva a mi casa. El domingo en la tarde me da un uniforme de escuela. Se ve desgastado.

—Es para mañana —me dice—. Para tu nueva escuela.

—¿Mi nueva escuela? ¿Por qué? ¡No! —me rehúso. Y peor aún si es un uniforme usado. Es de los que ya no le quedan a Mauricio.

A la mañana siguiente continúo con mi negativa.

—No me voy a poner el uniforme.

—Se hace tarde.

Los minutos avanzan con mucha rapidez. Entonces llega el tío Alberto y me obliga a que me ponga el uniforme. De ahora en adelante él será el que tendrá que llegar a la casa de la tía Cuca a regañarme y obligarme a hacer las cosas que no quiero hacer. Estamos en guerra. Si ellos no me dicen por qué me tienen aquí, yo tampoco pienso obedecer. Pero finalmente me pongo el uniforme y voy a la escuela. Me toca estar en el mismo salón que María. Ella se sienta en la banca delante de mí. La maestra pasa lista. Y de pronto dice:

—José Antonio Sánchez Rangel.

Nadie responde.

—José Antonio Sánchez Rangel.

Mi prima María voltea y me dice:

—Responde «presente».

—¿José Antonio qué? —le pregunto.

—Ése eres tú —insiste María.

—¡No! ¡Ése no soy yo!

Tengo ganas de decirle a la profesora que hay un error. Pero no sé ni cómo explicarle.

Todas las mañanas la tía Cuca nos grita desde su recámara para que nos levantemos para ir a la escuela. Si acaso me jala la cobija, pero jamás me mueve la cama. Una mañana me despierta un movimiento extraño. Algo mece la cama de manera muy fuerte. Lo primero que me viene a la mente es que alguno de mis primos me está molestando. Me levanto dispuesto a cobrar venganza. No veo a nadie. De pronto entra la tía Cuca cargando como costal a Jacinto sobre el hombro.

—¡Párate, José, está temblando! —me dice.

Bajamos rápidamente, al llegar al patio veo cómo el carro se mece por unos segundos. La abuela apenas llega a la puerta cuando deja de temblar.

Ese día no vamos a la escuela. No sé cuántas veces se han repetido los temblores pero sé que han sido bastantes ocasiones en que la calle se llena de gente. Todos salen asustados y hablan entre sí. Dicen que el Distrito Federal está destruido. En donde nosotros vivimos no se cayó ni una sola casa. No sé si fue el mismo día o al día siguiente que volvieron las transmisiones de televisión y las líneas telefónicas. La tía Cuca habla por teléfono casi todo el día. Los noticieros hablan de muchos muertos y edificios destruidos. Las imágenes en televisión son terribles. Yo le pregunto a la tía Cuca por mi mamá y mis hermanos y ella dice que están bien. Le digo que quiero hablar por teléfono con ellos y me responde que no tienen teléfono por el momento.

Hace unas semanas fuimos al Distrito Federal a visitar a una señora que dicen que es mi tía Maro. Yo digo que está muy vieja para ser mi tía. La ciudad se ve peor que en televisión. Hay calles por las cuales no se puede transitar. El terremoto ya no es noticia en televisión desde hace varias semanas. La vida cambió para muchos, pero para los niños que vivimos en el Estado de México volvió a ser la misma. En verdad ignoramos la dimensión de lo sucedido.

En casa de la tía Cuca las cosas siguen igual. Me quiero ir a mi casa. Pienso mucho en escapar. Sería la mejor solución. Pero no tengo idea de lo que haría al salir. Le he preguntado muchas veces a la tía Cuca por qué me cambiaron el nombre para entrar a la escuela. Pero nunca responde. Y si lo hace es para decir que está ocupada o para preguntarme si ya hice la tarea. Insisto que no soy José Antonio Sánchez Rangel y que me quiero ir a mi casa.

Una tarde, para terminar de descalabrarme, la tía Cuaca me manda a la casa de mi madrina. Le avienta el paquete a ella. Así de simple. Que ella se haga bolas. Mi madrina me lleva al cementerio y me platica sobre su mamá muerta. Luego me echa un choro que en realidad no me interesa.

—A veces las mamás tienen que hacer cosas que los hijos no entienden, pero que debemos valorar —me dice.

Me da miedo lo que me va a decir. Tengo dos hipótesis. Una, que mi mamá tuvo que dejarme ahí porque éramos tantos que ya no podía con los gastos; y la otra, quizá la más cruel, que mi mamá necesitaba dinero y me vendió con la tía Cuca. Pero estoy seguro que esto se trata de un secuestro. La engañaron diciéndole que me llevarían de vacaciones y luego ya no quisieron devolverme con ella.

—La señora Ernestina no es tu verdadera mamá —dispara mi madrina para acabar pronto.

Veo que mi pasado se aleja rápidamente y niego con la cabeza.

—No es cierto —digo—. Estás mintiendo.

Siento ganas de salir de ahí, correr, buscar un muro y estrellar mi frente hasta reventármela. Es una pesadilla. Sí. Una puta pesadilla. O en el peor de los casos, una broma. Una pinche broma muy pesada.

—Tu verdadera mamá se llama Esperanza y vive en Estados Unidos. Ella te tuvo que dejar con la señora Ernestina porque no te podía llevar. Estabas muy chiquito.

No lloro. Y quizá ése sea mi peor error. Debería hacerlo, berrear, tirarme al piso, soltar de patadas. Llorar hasta quedarme sin lágrimas. Peor en silencio para que no lo noten y a escondidas para que no se burlen.

—Ella te quiere mucho y muy pronto va a venir por ti —insiste en convencerme mi madrina.

No me interesa el amor de una desconocida. Si me dejó, ya se chingó. ¿Quién le manda a andar abandonando hijos? Mi mamá es Ernestina. Mi mamá Tina es la única. Aquí no tengo nada que hacer. Quiero volver a casa, con mis hermanos. Y si no son mi familia, ya me las arreglaré: les pediré que me adopten. A fin de cuentas ya tengo su apellido. Yo soy Antonio Guadarrama Collado.

No me importa que mi madrina me abrace. No quiero sus cariños. Necesito ir a dormir para luego despertar de esta profunda y ojete pesadilla. Vuelvo a la casa de la tía Cuca. La veo con odio. Quiero que lo note en mis ojos para que así me odie y me lleve con mi mamá Tina. Que me corra a gritos y me lance un zapatazo. Ahora soy el enemigo de todos. Hagan lo que hagan seré el peor de los sobrinos. No me importan las fotografías que me muestran de esa señora que dicen que es mi mamá ni de esa niña que según ellos es mi única hermana. ¿Isabel? ¿Quién es Isabel? No conozco a ninguna Esperanza o Isabel.

Repruebo todos los exámenes de la manera más cínica y ridícula posible. De ochenta preguntas tengo cuatro aciertos. No me tomo la molestia de leer las preguntas. Respondo canturreando: De-tin-marín-de-do-pingüé, cúcara-mácara-títere-fue.

Creen que no tengo la capacidad para aprender y me da lo mismo. No pienso estudiar. A fin de cuentas, si yo no soy yo, no tengo por qué preocuparme por las calificaciones de un tal José Antonio Sánchez Rangel.

Sábado 16 de junio de 2007

SOBRE LA CABECERA de la cama yace un anuncio que demanda: «Prohibido fumar, beber alcohol y decir groserías en estas instalaciones». Tras un letargo de dos horas, el huésped de la habitación catorce sufre de impaciencia, resuelve exiliarse e inhalar los aromas de la calle. Todo parece anunciar que el coyote no llegará pronto. Decide salir en busca de un lugar donde pueda comprar dólares y a su vez aprovechar para conseguir algo de alimento.

El pueblo fantasma ha resucitado. El sol está determinado a calcinar lo que se le atraviese. Los autos que transitan por las calles son la evidencia de que en la frontera abunda el dinero. Por lo menos en Camargo. El puente fronterizo se encuentra a unas cuantas cuadras. La sucursal de Cash at daily price presume abrir en veinte minutos. Suficiente para rondar por el pueblo en busca de algún desayuno. Es sábado. Todos los negocios inician labores hasta las nueve.

Dadas las circunstancias, el huésped de la habitación catorce decide detenerse en una pequeña tienda y comprar un poco de pan dulce, un yogurt y una botella de agua. Al salir se cruza con un anciano que sin preámbulo responde una pregunta que carga en la cabeza desde hace mucho:

—¿Por qué más va a ser? ¡Por la corrupción!

El huésped de la habitación catorce no sabe qué responder.

—Los asesinos fueron esos pinches policías.

—¿A quién mataron?

—Pues a Lorenzo Parra.

—¿Por qué?

—¡Te lo estoy diciendo! ¡Por corruptos! Parra fue el único que se atrevió a denunciar las irregularidades en este pinche lugar. ¿Y qué pasó? ¿Qué pasó? Dímelo tú, cabrón. No lo sabes. La verdad. ¿Quieres saber la verdad? Una mañana amaneció con dieciocho tiros en la sala de su casa.

—¿Y qué fue lo que denunció?

—¿Tú quién eres? ¿De dónde vienes? Seguro eres de esos que buscan información. ¡Entiende! ¡De mi boca no saldrá una sola palabra! A su esposa no la van a encontrar. Ya se encuentra muy lejos. ¡Aléjate, narco maldito!

El anciano sigue su camino sin mirar atrás. En ese momento la joven empleada de la tienda expresa:

—¡Ah, qué don Parra!

—¿Él es Lorenzo Parra?

—Sí.

—¿Qué le pasó?

—Hace muchos años hizo una denuncia ante las autoridades. Entonces le empezaron a llegar amenazas de muerte. De la preocupación envió a su esposa e hijos a otro lugar, nadie sabe a dónde, y permaneció algunos años luchando en contra de unos narcos que le habían robado sus tierras. Un día lo secuestraron, lo torturaron y le deformaron la cara. Quedó loco. Dice que a Lorenzo Parra lo asesinaron. Será porque ni él mismo se reconoce.

—¿Y su familia?

—Nunca se supo de ellos. Al parecer se enteraron de la desgracia y decidieron dejarlo en el olvido.

La demencia a veces es menos nociva en libertad que en el encierro, piensa el huésped de la habitación catorce y sigue su camino sin dejar de pensar en el anciano.

Al llegar al hotel deja de pensar en el anciano Parra para devolver a su demencial realidad. Enciende el aire acondicionado en la ventana y se sienta en la cama mientras ve un canal tejano. Las firmas de abogados se anuncian insaciablemente como productos de primera necesidad. *Remember, you're not alone, you've got an attorney.*

En ese momento alguien toca la puerta. El huésped de la habitación catorce se pone de pie y abre ansioso. Una joven le anuncia que tiene una llamada.

—Sí, diga.

—¿Tú estás esperando a Raúl?

—Sí.

—Ya van por ti. Dame el número y nombre de la persona que te va a recibir del otro lado.

—Isabel, mi hermana.

—¿A dónde vas?

—A Houston.

—Muy bien. No te muevas de ahí. Yo le voy a hablar a tu hermana para decirle que ya vas en camino.

—Bien.

Al terminar la llamada la recepcionista anuncia que el costo por recibir llamadas es de treinta pesos. El huésped de la habitación catorce arquea las cejas.

—¡Pero yo no marqué!

—Son las políticas del hotel —responde con impunidad.

El huésped de la habitación catorce frunce el seño.

—¿Me das algún recibo de pago?

—No tenemos recibos.

Todo parece indicar que es tan sólo el reglamento de la recepcionista.

—Me encabrona este país de leyes inservibles, donde comerciantes desenfrenados crean costos desmedidos, con los cuales aparecen empleados oportunistas como tú.

—Así son las reglas.

Tras saberse inhábil de reclamar, el huésped de la habitación catorce paga la cuota y sale de la recepción. Camino a su habitación nota la presencia de dos hombres de humilde apariencia. Intuye que ellos también procuran perforar la línea fronteriza. Los saluda con una mueca y ellos le responden con un ligero levantamiento de manos.

Al entrar lo recibe nuevamente el anuncio: «Prohibido fumar, beber alcohol y decir groserías en estas instalaciones».

—¡Chinga tu madre! —espeta y decide quitar el anuncio de la pared para guardarlo en uno de los cajones donde encuentra un folleto y una biblia.

Por fin algo para leer, piensa y toma el folleto.

«Fulano de tal vivió en las drogas por muchos años [...] Un día encontró a Dios en su camino [...] Hoy es pastor de la iglesia [...] A ti, que te encuentras [...]».

No le interesa continuar leyendo. Arruga el panfleto, lo tira al piso y decide demoler el tiempo viendo el televisor. Telemundo ahora ofrece programación bilingüe para los niños. Se anuncia un concierto el próximo domingo: «Los boletos están a sólo treinta dólares. No te lo puedes perder. [...] Venga a Bodget used cars y llévese el auto de sus sueños, sin enganche. *No down payment!* [...] Yo bajé diez libras en tan sólo una semana. [...] Wilson & Sons, *the law firm you trust*».

El huésped de la habitación catorce decide apagar el aparato. Se arrepiente de no haber llevado uno de sus libros. Total, de no haber podido cruzar con él, lo habría regalado. Sería éste el cuarto libro que no volvería a sus manos. El primero fue *Las muertas,* de Jorge Ibargüengoitia. El segundo, *Bestiario,* de Juan José Arreola, que tampoco dio rastros de vida. La última víctima fue *El laberinto de la soledad*, de Octavio Paz.

A partir de entonces decidió prestarle libros sólo a un amigo, Víctor Báez, el mismo que le prestó *Ulises Criollo*, de José Vasconcelos; *De fusilamientos*, de Julio Torri; y *Continente vacío,* de Salvador Novo.

Víctor propuso y condenó lecturas, siempre con el mismo recordatorio: «Lee y juzga por ti mismo».

Un día le confesó su interés por la escritura. Y Víctor aceptó ayudar, leyó el primer manuscrito ahogado en menoscabos ortográficos. Elogió con un: «me gustó», pues sabía que a los escritores novicios no se les debe apagar la mecha, pero ya en el vuelo despedazó las primeras cuartillas de la segunda entrega: «No me gusta lo que estás escribiendo ahora». Con ese balde de agua helada estuvo a media vuelta de jubilarse.

—¿Para qué escribes entonces sino para que te lean? —le dijo—. El escritor quiere vivir de su escritura; no morir por culpa de su mediana narrativa. Los malos relatos matan a sus autores y los envían al destierro de jamás ser leídos. O en el peor de los casos los remiten al patíbulo de la demagogia literaria, el cuento barato, el parloteo de la autoayuda.

»Está comprobado que un *best seller* no es precisamente un *bestwritten*, que mil páginas no necesariamente hacen un buen libro ni un buen libro necesariamente debe tener mil páginas. La grandeza literaria no siempre se ve, porque la fama, que vive a un lado, tiene una casona que la tapa y la opaca. Claro que hay mamotretos que en verdad valen la pena; pero también hay basura disfrazada. Contrasta y compara ideas. Descubre los plagios. Pero entiende que no siempre habrá autenticidad. Hay ideas que no por ser similares son imitaciones. Por el contrario, son ecos. Y hay ecos que son indispensables repetir.

Víctor Báez se mudó una mañana de abril y el joven aprendiz se quedó sin la compañía de un gran conversador.

Ahora que algunos años han pasado, el huésped de la habitación catorce se pregunta qué será de su vida. Total, debe estar bien. Las malas noticias corren rápido. Llegan sin buscarlas.

Entre todos los carros que tenía Hixinio había un Chevrolet Impala 82, dos puertas, color vino. Tenía apenas diez años de usado y estaba en buenas condiciones. Hixinio me dejaba usarlo todo el tiempo. Llegué a creer que pensaba regalármelo porque un día me dijo algo que no me esperaba:

—Ya deberías pintar tu carro —me dijo con una sonrisa.

Hixinio tiene un amigo que pinta carros que se llama Enrique, es poblano y además es hermano de la esposa de Javier. Un día hablé con él y le pregunté cuánto me cobraría por pintar el carro. Cuatrocientos dólares no parecía mucho. Saqué cuentas. Ganaba doscientos dólares semanales. Gastaba en promedio veinte de gasolina, cien de comidas y cincuenta de renta. Si ahorraba, en poco tiempo podría pintar el carro.

Priscila ya no iba al taller. Nadie supo qué ocurrió con ella ni les importó porque llegaron nuevas chamacas. El ciclo siempre era el mismo. Lina se la presentaba a Hixinio y luego él se encargaba de engatusarlas. Javier decía que Hixinio me utilizaba para atraer más jovencitas.

—Tú las entretienes y él se las coge.

Tenía razón. Pero ¿qué podía hacer? El del dinero es Hixinio. Ellas no buscaban un novio sino un padrote. No me quedaba otra más que aguantarme. Mientras tanto, Hixinio me llevaba a todas partes. Comíamos en buenos restaurantes, me llevaba a buenos bares; aunque era menor de edad entraba cuando decía que yo era su hijo.

¿Quieres que te diga la verdad, Verónica? Pues ahí te voy: ¡Mentira! Es mentira todo lo que te conté cuando vivía en México.

Crecí con la idea de que la familia con la que vivía era sin más explicaciones la que me había asignado la vida. La imagen materna era la de Ernestina, quien, en ausencia de mi progenitora, tuvo que registrarme con su apellido para inscribirme en la primaria. A esto se le adhirió el cariño que germinó entre mi familia adoptiva y yo. Confesarme mi origen les resultó cada vez más espinoso. Total, si se me habría de espinar el corazón, que fuera cuando tuviera la edad apropiada. Por el momento era su niño. Un día una tía salió del sombrero de un mago y me llevó a su casa. Entonces me despertaron y me confesaron que mi mamá Tina me había adoptado. A partir de ese instante me cargó la chingada, sufrí una metamorfosis que me arrastró del desconsuelo a la ira. Adopté una rebeldía infantil hasta azotarme con la realidad. Fui un malcriado que desquitó su enojo con quien pudo, incluyéndome a mí. Inicié una huelga académica que provocó lo inimaginable. Viví cuatro interminables años en casa de esa tía, hasta que te conocí y comencé a mentir. Tras una larga espera pude penetrar clandestinamente la línea fronteriza entre Tamaulipas y

Texas, y conocer a la mujer que me había cargado en el vientre y que había emigrado once años atrás. Me salí de su casa a los quince.

En ese año Esperanza iba al taller todas las mañanas para dejarme de desayunar: cuatro tacos y una limonada. No me sermoneaba ni me preguntaba cómo estaba ni me ofrecía algún tipo de ayuda. Su interés a veces parecía de vitrina. Ella creía que Hixinio era un gran hombre. Si supiera de las borracheras que se ponía y de la media docena de adolescentes que entraban y salían alcoholizadas y drogadas quizá jamás habría permitido que me fuera a vivir al taller.

Tal vez, sigo buscando esa súplica que jamás recibí. «Quédate. No te vayas». Pero según yo, eso ya no me importaba. No lo decía ni lo pensaba. Se trataba de esos pensamientos que uno guarda para sacarlos a la hora de evaluar su vida.

Era un nuevo *yo*. Pero no era mejor. A veces pienso que en el fondo me esmeraba por hacerme peor. ¿Para qué quería ser mejor? ¿Para quién? Cuando uno no tiene a quién agradar no busca la receta para ser mejor. La indiferencia es el resultado de otra indiferencia.

Tenía un año entre prostitutas drogadictas. Decirles que con esa vida iban a morir pronto, más que una condena, era una promesa de amor.

A fin de cuentas quién era yo para darles lecciones de vida. Ahí las cosas eran muy distintas. No había gente feliz aunque pretendiéramos serlo. Todas ellas tenían sus propios problemas emocionales, algunos peores que los míos. Sentía empatía por ellas, me solidarizaba porque sabía que no era el único con las uñas enterradas en el borde del precipicio.

Hixinio no pretendía ser mi padre, aunque dijera que era su hijo. Las responsabilidades cansan. Tenía vía libre para hacer lo que me diera la gana; aunque hiciera pendejada tras pendejada. Hixinio me dijo un día que los padres que les solucionan los problemas a sus hijos no hacen más que premiar sus errores. Por lo mismo decía que Esperanza hizo muy bien en jamás pedirme que me quedara a vivir con ella o que volviera.

—Tú te lo buscaste, camarada —tenía una botella de cerveza en la mano—. ¿Querías libertad? Ahora chíngale y asume las consecuencias de tus errores.

—Ella me jodió la vida —le dije y le di un trago a mi cerveza.

—Todos los padres les joden la vida a sus hijos. De cualquier forma. No hay escapatoria. No hay factor más dañino en la vida de un individuo que la basura psicológica de los padres. Tras comer algo en mal estado el vómito es el método de cura. La rebeldía de un adolescente es el vómito que expulsa la basura familiar. La rebeldía en los adolescentes no es el problema sino la cura para el podrido sistema familiar.

—Conozco gente que dice que gracias a sus padres han alcanzado muchas metas.

—Sí, hay padres que saben hacer la tarea mejor que otros, pero eso no los vacuna de hacer estupideces, camarada.

—Pero no los juzgan.

Hixinio se paró y sacó otra cerveza de la hielera.

—Porque son agachones. Incapaces de juzgar a sus padres. Entonces lo hacen por medio de sus triunfos. Una revancha. Una forma de demostrarles a sus padres que pueden ser más cabrones que ellos.

Destapó una cerveza y me la dio; luego sacó otra y la levantó para que brindáramos de lejos, sin chocar las botellas.

—Hay quienes dicen que uno nunca debe juzgar a sus padres.

—¿Por qué no? ¿De qué pinche paraíso se cayeron? Ser padres no los hace intocables ni mucho menos perfectos. No te confundas, camarada. Una cosa es querer a tus padres y otra muy distinta ponerlos en un pedestal sin jamás evaluarlos. Yo tengo hijas y eso no me hace mejor. Por el contrario, soy un padre incompetente. La paternidad es una tarea de mierda. Cambiar pañales y cantar canciones de cuna no te hace buen padre. Aunque uno no quiera, siempre la termina cagando.

Si al principio no tomaba era por miedo, pero en cuanto tuve mi primera borrachera me agarré bien de la botella. Hixinio tiene tres vicios: dinero, mujeres y borracheras. Es unególatra de alto calibre, lo que le hace recibir más veneración que desprecio. La misma gente que se desvive por criticarlo, es la que le barre el piso para que camine.

—No importa lo que pase, camarada —me decía cuando me enseñaba a beber— nunca pierdas el control. No hay nada peor que un borracho llorando o peleándose por pendejadas. Si te vas a dar en la madre o si vas a llorar que sea en tus cinco sentidos. Tampoco seas de esos que se sienten cabrones con las viejas sólo porque están pedos. Tú tranquilo, camarada. Siempre con todo bajo control: tus llaves y tu cartera. Mira a ese pendejo —señalaba a uno de los invitados—. En menos de media hora va a terminar vomitando. No sabe tomar. ¿Cuándo me has visto así?

Tenía razón, jamás lo vi totalmente borracho. Quizá sí pero no al grado de causar vergüenza. Cuando estaba borracho se encerraba en su oficina y no salía hasta el día siguiente. Para eso estaba yo, para cuidar del lugar hasta que se retiraran todos. Pero eso ocurría muy pocas veces. Sabía fingir: les hacía creer a todos que el alcohol no le hacía cosquillas.

Apenas iba a cumplir diecisiete años y ya no tenía amigos de mi edad. Si acaso las chamacas que entraban y salían del taller. De ahí en fuera, mi vida transcurría con personas de entre veintisiete y sesenta años. Con tantas borracheras no tenía tiempo para pensar en mi pasado. Hixinio me había enseñado a ignorarlo.

—Ya pasó, camarada, para qué te preocupas —me dijo en otra borrachera—. No ganas nada con hacerte preguntas. Qué importan las razones por las que tu mamá te dejó de niño. Y si no se llevaron bien, pues ni modo. Salud. Ahora dedícate a chambear. Trabaja. Piensa en ti y sólo en ti. La gente entra y sale de tu vida. Si piensas en ellos o en lo que dirán te desgastarás. Les vales madre. Pueden decir que son tus cuates pero la verdad es que mientras les sirvas te van a buscar; y cuando dejes de servirles te olvidarán.

Hixinio prefería decir que lo mejor era ignorar el pasado para no hablar del suyo. Siempre que lograba sacarle algunas verdades resultaba que había sido muy pobre en su infancia en la Merced.

—A «yo tuve» se lo chingó «yo tengo» —decía siempre que alguien le presumía que había tenido un negocio o que había sido eso y aquello.

Odia tanto la pobreza en la que vivió que al llegar a Estados Unidos enterró sus recuerdos y se inventó otros. Para su mala suerte su hermano se dedicó a contarlo todo. Por eso también lo odiaba. Tenían quince años sin hablarse, aunque eran vecinos. Germán tenía un taller de servicio electromecánico a un lado del taller de llantas. Ambos son dueños de sus terrenos así que en la decisión de compra nació la condena. Cuando todavía había una relación amigable creyeron que sería buena idea poner sus negocios juntitos como buenos hermanos. Ahora ninguno quiere mudarse por el imbécil placer de mentarse la madre cada vez que se encuentran. Hixinio se ha dedicado a comprar todos los terrenos disponibles en la cuadra para pintarlos de amarillo y presumirle a su hermano, según sus palabras, que es más chingón que él.

—Tú tienes que ser chingón, camarada —me decía todo el tiempo. Y ya me lo estaba creyendo. Estaba jodido pero pensar lo contrario me ayudaba a sobrevivir.

Hixinio me vendió una vida y la compré sin pensar en los intereses. Mi pasado quedó enterrado —según yo—, pero sabía que cualquier día despertarían los muertos, sacarían las manos de sus tumbas y saldrían en busca de quien los enterró vivos.

Llegó un momento en el que me convertí en una extensión de Hixinio, una imitación infantil. No tenía nada y creía que era igual a él. El veneno lo escupía a diestra y siniestra. La caca me salía de la boca. Era un imbécil de tiempo completo. Me sentía júnior sin darme cuenta de que era tan sólo el chalán de un taller de llantas.

Aprendí la lección. Bebía y bebía y no se me notaba. Nadie debía darse cuenta de lo que ocurría en mi cabeza mientras estaba inmensamente borracho. Mantenía el control, podía manejar, salir a la calle, bailar, platicar, lo que fuera. Mi vida giraba alrededor de las borracheras. Todo podía ocurrir. La música a todo volumen, la oscuridad del lugar, las luces de neón multicolores, la gente que caminaba de un lado a otro, los baños, las personas que bailaban, todo tenía algo que me hipnotizaba. Mi cerebro se desconectaba y disfrutaba del momento. Deambulaba por los bares y cantinas. Veía a las mujeres y creía que era feliz en mi mundo. Pinche mundo borracho. Buscaba entre las mesas a las mujeres que llegaban solas, las vigilaba, estudiaba sus movimientos, me aseguraba de que no fueran acompañadas ni que estuvieran esperando a su novio; y finalmente me paraba frente a ellas y las invitaba a bailar. Accedían porque iban a lo mismo.

—Nada más no te enamores —me decía Hixinio infinidad de veces—, porque cuando eso suceda, vas a valer madre. Te vas a arrastrar de dolor.

E L DÍA DE REYES Jacinto recibe el Halcón Milenario, una de las naves espaciales de las Guerras de las Galaxias. Yo quisiera algo de los Thundercats, mis héroes favoritos. Especialmente León-O y su legendaria y mística Espada del Augurio lucha en contra de Mumm-Ra, el sacerdote egipcio que invoca a los espíritus del mal para obtener la vida eterna. En cambio recibo un pinche carrito de J. I. Goe. A mí ni me gusta esa caricatura cagada. Quién sabe en qué pinche tianguis lo compraron. Pero ¿qué tal cuando me querían convencer para que viniera a su casa? Ahí sí, mucho pinche cariño y regalos caros. Mauricio y Jacinto tienen un Atari, uno de los juegos de video más modernos del momento. No puedo jugar con él. La tía Cuca dice que me porto muy mal. Ahora estoy castigado a todas horas, todos los días, todas las semanas y todo el año. Yo le reclamo.

—Si no me quieres déjame volver con mi mamá.
—Ella no es tu mamá.

—¡No me importa! —le grito.
—Pero a ella sí. Además ya se fueron a vivir a Monterrey.
¿Dónde queda eso? No lo sé. Hace ya medio año que no pongo atención a la clase de geografía.
Entonces la tía Cuca tira a matar:
—Ella no te quería. Por eso te trajo aquí. Porque ya no te aguantaban.
Ahora sí dio en el blanco con una sola bala. Me desangro por dentro. Debería bajar las armas y sacar mi bandera blanca.

Me han robado todo: mi vida, mi nombre, mi familia, mi mundo. Ponen sus reglas. Y a mí, me importan un reverendo cacahuate. Si no tuvieron el respeto por mi pasado, ¿a mí por qué deben interesarme sus normas familiares?
Le pego a mi primo chillón, a quien comparo con los mutantes ineptos que quieren robarse el Ojo de Thundera; y en cuestión de minutos Mumm-Ra cobra venganza por él. «Antiguos espíritus del mal, transformen este cuerpo decadente en… ¡Mumm-Ra! ¡El inmortal!», me pega con el palo de la escoba. Me arrincona y me grita que la respete. Le respondo que ella también debe respetarme.
—Soy un niño y los niños también merecemos respeto —le grito mientras me cubro la cabeza con los brazos.
Ella lo malinterpreta. No quiero decir que no me entienda ni que yo me haya explicado mal. Literalmente lo malinterpreta ante la familia. Días después, todos ellos creen que yo le he exigido reverencia.
Está bien que sea un mocoso malcriado, pero no tanto, que no mamen. Quién puede creerse que un escuincle de nueve años le diga a su abuela: «Híncate ahí vieja arrugada y pon

tu chal para que pase». Pero se la creen, porque el malo de esta historieta pinchurrienta soy yo. A nadie le queda duda que soy lo peor: no estudio y le robo dinero a la tía Cuca de su bolsa. Ella lo sabe y me regaña todo el tiempo. Pero yo lo niego. Aunque no me crean. Incluso cuando Jacinto le roba dinero a su madre, yo termino siendo el culpable.

Llegaron las vacaciones de Semana Santa. La tía Cuca y sus dos hijos se fueron de vacaciones a Estados Unidos. La promesa se cumplió… a medias. Ellos sí fueron, yo me quedé en la casa del tío Alberto, donde las reglas son aún más estrictas. La tía Cuca y la tía María no se toleran. No lo dicen. Sonríen y se tratan con propiedad. Pero cada una por su cuenta se ocupa en despedazar a la otra con sus comentarios. La tía María tiene una obsesión con la limpieza. Limpia aquí, barre allá. Su mundo está en el quehacer de su casa y su cocina. De los cinco hijos que tiene, Ramsés es el tesoro más preciado. Lidia y Alejandro siguen en el rango. Mis primas María y Marta son a las que más regaña.

    Mi primo Ramsés tiene muchos juguetes. En una de ésas se me ocurre echar unos cuantos en mi maleta. Según yo, nadie debe enterarse hasta que pase el tiempo. Pero un día, antes de que vuelva a la casa de la tía Cuca, me arrinconan todos en la recámara de la tía María y el tío Alberto. Ahí sueltan el sermón, la humillación ante los primos. Mientras tanto yo me detengo a pensar: *¿Cómo es que saben que esos juguetes estaban en mi maleta?* Sólo hay una forma de saberlo: esculcando mis cosas. Me juzgan por haber robado y no cuestionan mis motivos. Estoy condenado. Soy la rata de la familia. Me gano el desprecio total.

La que era mi amiga ahora me odia y le dice a todos los compañeros del salón que soy una ratota de cuarenta kilos.

—Cuiden sus cosas porque en cualquier momento se les desaparecen —les dice a mis compañeros.

En las últimas semanas he tenido que caminar con la cola entre las patas. Se siente bien gacho, pero ya ni pedo. A aguantar la vara. Ya me chingué. ¿Quién me manda a robarme tres pinches monitos de Playmobil? El problema es que todos en el salón lo saben y no tengo ni cómo defenderme. Y aunque lo intente sólo lograré darle fama a la denuncia de mi prima. No agacho la cabeza: no admito mi delito pero tampoco lo niego. A veces me imagino que llegaré a los noventa años con la misma condena. «¿Ves a ese viejito?, pues le robó unos juguetes a su primo cuando eran niños».

Mis defectos se acumulan. De huérfano a arrimado, de ahí, a un pinche malcriado, para terminar en ratero; ¿y luego?, ¿qué más pueden esperar de mí?

Ya nada importa. Estoy por reprobar el año. Así que sólo debo aguantar un par de meses. Tengo la certeza de que el año que viene seré humillado por ellos, pues todos pasarán a quinto.

Reprobé el año y a nadie le sorprende. La tía Cuca dice que está harta de mí. Incluso ha dicho que me va a llevar a la casa de la tía Maro, que es en realidad tía de la abuela. Creo que tiene ochenta y seis años. Escribe los libros de inglés de la SEP. A la tía Cuca le gusta mucho ir a su casa. Vamos frecuentemente. Ahí veo que tiene un escritorio y muchos libros. Es la única de la familia que tiene libros. Su casa es muy grande. Tiene tres pisos y elevador, en el cual siempre juego; y siempre me terminan regañando.

—No es para jugar sino para la tía Maro que no puede caminar mucho.

Por más que insisten en que me vaya a vivir con la tía Maro me rehúso. Pienso que si las visitas son aburridas, vivir ahí sería un verdadero infierno. Finalmente la tía Cuca dice que continuaré viviendo en su casa, pero amenaza con llevarme con la tía Maro si no me porto bien. Le digo que sí para que deje de molestar. Ella insiste en que no piensa gastar dinero en mi educación y que por eso este año asistiré a una escuela de gobierno.

La verdadera sorpresa es que mi nueva escuela está a unas cuadras de mi casa, o la que creía que era mi casa. La vi clarito en la mañana. Conozco la calle perfectamente. Me alegra saber que no estaba tan lejos. De haberlo sabido me habría fugado desde hace mucho tiempo.

Apenas termina el primer día de clases voy a buscar a mi mamá Tina sin importarme que la tía Cuca llegue por mí y no me encuentre. No quiero que me encuentre. No tengo deseos siquiera de despedirme de ella y toda su familia. No me interesa llevarme nada. Por eso dejo la mochila en la entrada de la escuela. Qué importa que se la lleven, pinche mochila vieja y fea. Total no era mía, sino de Mauricio.

Corro por la calle sin detenerme. Pienso solamente en el rostro de mi mamá Tina. No le voy a reclamar nada. Sólo le voy a dar un abrazo y le voy a pedir que me deje volver.

Por fin llego a mi casa. La que era mi casa. Está muy cambiada. La pintaron. Creo que también la remodelaron. Toco el timbre y me desinflo. En efecto, ya no vive ahí.

Perdí la guerra.

Sábado 16 de junio de 2007

EL FRÍO EN EL INTERIOR de la habitación, lejos de proteger del incesante calor, hornea los nervios del huésped. El tiempo escurre a cuenta gotas. Concluye que es decisivo salir; imposible permanecer ahí un minuto más. El cambio de temperatura al cruzar la puerta lo recibe con una cachetada. Camina lánguidamente a la esquina donde se encuentra una tienda de abarrotes que tiene por vecino a un establecimiento de discos compactos y teléfonos celulares. Al cruzar la calle un local, distribuidor de productos de limpieza, promete los mejores precios al mayoreo y menudeo. No quiere alejarse: teme que en su ausencia lleguen por él. Una fila de autos de lujo transita constantemente en dirección al puente fronterizo. Con frecuencia se detienen para comprar cerveza, refrescos, fritangas y uno que otro disco compacto. Los conductores bajan de sus autos y los dejan encendidos para que el aire acondicionado mantenga la temperatura en su interior.

El huésped de la habitación catorce se ve a sí mismo en cada uno de los conductores que bajan de sus autos. Lo que para él era lo más común ahora es una fotografía lejana, borrosa, acabada, irrecuperable. Una década atrás él se encontraba haciendo lo mismo: cruzaba la frontera como perro por su casa, dejaba su camioneta con las ventanas abiertas cada que iba a una tienda o supermercado. Días lejanos en los que despilfarraba el dinero; ahora debe administrar minuciosamente su economía para llegar al fin de cada quincena. Claro que ésa era otro de los tantos *yos*, otra vida, otra situación. Aquél murió hace tanto, tanto que difícilmente lo reconoce.

Sabe que un día —cuando al calendario se le hayan caído muchas hojas y lo pueda ver con otros ojos, como el árbol que reverdece; cuando sus ideas se encuentren atornilladas y pueda reírse del pasado— podrá relatar lo que le toca vivir en este caluroso sábado de junio.

Por el momento, la búsqueda de un teléfono público es la meta a seguir. Necesita informarse de qué ocurre y contactarse con Isabel.

—¡Qué bueno que ya llegaste! —dice Isabel sin espera. Le sorprende su tono de voz. No es la Isabel que conoció. Ésta es amorosa.

—No, todavía estoy en Camargo.

—¿Cómo? —a Isabel se le opaca la voz—. Un señor me llamó hace una hora y me dijo que ya estabas en Victoria, Texas. Incluso me dijo que nos veríamos en dos horas en un centro comercial para que le pagáramos.

—Te mintió. ¿Te dio su nombre?

—Dijo que se llamaba Raúl.

—No le des dinero a nadie si no estoy frente a ti. Es más, no salgas de tu casa hasta que te diga que ya estoy en Houston.

Concluye la llamada con dos urgentes menesteres: uno, evitar que el saldo de su tarjeta de prepago se lo devore a mordiscones el aparato de servicio público; y dos, aclarar la situación con el tal Raúl. Carga consigo un par de tarjetas donde ha apuntado todos los números telefónicos necesarios. Marca el número. No responde. Vuelve a marcar y los hechos le hacen creer que el tal Raúl es el responsable del fraude. Los rayos del sol comienzan a tostarle la piel.

Al cruzar la calle un local, distribuidor de productos de limpieza, promete los mejores precios al mayoreo y menudeo. Hay una banca de madera desde donde puede ver claramente quién entra y sale del hotel Arturo's. Además, el enorme muro de la tienda ofrece una sombra escurridiza que promete engrandecerse en cuanto la tarde se fatigue.

Con el atrevimiento propicio de aquel que no sabe, o finge no saber, que la banca es propiedad privada se aproxima y se adueña de ella como quien espera la llegada de su autobús y enciende un cigarrillo. Se percata de algo que quizá años atrás no había notado, o no le había interesado observar: que la mayoría de la gente en la frontera sufre de obesidad extrema. Concluye que hay cosas que sólo se pueden observar con ojos forasteros.

Tiene hambre y decide recorrer la avenida en busca de un establecimiento que ofrezca algo económico. A dos cuadras florece un restaurante solitario y de muy escasos recursos. Hay cuatro mesas de acero con las patas oxidadas y los logotipos de la cerveza Corona desteñidos. El pequeño local tiene como menú caldo de gallina, arroz y albóndigas.

—¿Qué más tienen?

—Nada más —responde la niña descalza que funge como mesera.

Dadas las circunstancias, acepta el ofrecimiento y espera poco, pues en menos de dos minutos tiene frente a él un enorme plato humeante y una canasta de tortillas de maíz hechas a mano. Tras un par de sorbos un anciano cruza la puerta: es el señor Parra.

—Martita —saluda con una sorprendente lucidez—. ¿Qué tenemos para comer?

—Caldo de gallina, arroz y albóndigas, don Parra —responde una mujer en la cocina, que al instante sale para recibirlo y prepararle personalmente la mesa—. Tal como a usted le gusta.

El señor Parra desdobla el periódico que llevaba bajo el brazo y minuciosamente comienza a leer las notas del día.

—Lo que nos faltaba —dice enterrando la mirada en su periódico—. Contrabando de armas. Ahora resulta que Camargo es la puerta de entrada para armamento. Siempre seremos el patio trasero de Estados Unidos. Todo lo que no les sirve lo envían para acá: carros, alimentos, basura y ahora armamento.

El futuro ilegal oculta su obvia confusión. Enrolla una tortilla y se la lleva a la boca. Martita llega con el caldo de gallina a la mesa de don Parra.

—¿Cómo va el negocio? —pregunta don Parra.

—Lento. Hoy no ha venido mucha gente.

—No olvide que mañana es la fiesta de cumpleaños de mi hija Gracielita. Mi esposa va a preparar una barbacoa de borrego para que se chupe los dedos. No nos vaya a fallar.

—Allí estaremos, don Parra.

El futuro inmigrante observa con mucha atención al señor Parra y sin percatarse se le fuga una hora. Paga la cuenta y sale apurado, preocupado de que ya hayan llegado por él. Se dirige al hotel Arturo's. No hay nadie. Le pregunta a la recepcionista si han preguntado por él.

—No sé —sin mirarlo levanta los hombros con indiferencia.

Regresa al teléfono público y marca una vez más al tal Raúl, pero no responde. Se adueña de la banca por segunda ocasión. Ahora la siente más cómoda. Un perro enclenque transita por la acera. Olfatea una que otra lata de refresco. Su lengua cuelga como trapo húmedo. Se aproxima al individuo que se encuentra en la banca. Intercambian una par de miradas. Para distraerse, él se inventa una conversación con el perro y comienza a hablar como ventrílocuo.

La sombra que brinda el muro ahora llega a la banqueta; aun así el aire sigue igual de espeso. Se pone de pie, camina al teléfono público y marca una vez más el número de Raúl.

—*Hello* —por fin responde.

—Hola, hablo de Camargo.

—Sí. Sí, ya van en camino por ti. Espera.

—Mi hermana dice que usted le llamó por teléfono y le dijo que yo ya estaba en Victoria, Texas.

—¡No! —la voz en el auricular indica una estremecida sorpresa—. ¡Yo ni siquiera tengo su número!

—Alguien me llamó al hotel y me pidió los datos de mi hermana.

—¿Hablaste con alguien de ahí?

—Pues mi amigo le preguntó al encargado del hotel.

—Lo más seguro es que fue ese cabrón, hijo de la chingada. No te preocupes. Yo arreglo eso. Voy a mandar a alguien a que le parta su madre. No respondas ninguna llamada. Esos culeros sólo quieren chingarles dinero a los mojados.

—Y si alguien viene, ¿cómo voy a saber que son de parte suya?

—La persona que irá por ti tiene un Toyota verde. Se llama Ramiro.

—Bien. ¿Tardará mucho?

—No sé. Tienen que vigilar la frontera para estar seguros que ya hubo cambio de turno. Esto no es fácil. La migra está bien cabrona. Con eso de las Torres Gemelas y la guerra de Bush, esto se ha puesto bien cabrón.

—Entonces esperaré.

No le queda más que seguir linchando el tiempo de la manera menos tortuosa. El perro enclenque se ha retirado. La quema de cigarrillos se intensifica, la sombra del muro ha obtenido mejores proporciones.

¿Alguna vez te ha ocurrido que no reconoces a alguien después de mucho tiempo? Y te dice: «Yo te conozco, sí yo te he visto en alguna parte», como si te estuviera acusando de algo.

El caso es que la vida en el taller me hizo, hasta cierto punto, conocido por mucha gente. Me saludaban en las tiendas y en la calle. La mayoría de las veces los reconocía; y si no, de cualquier manera sabía que eran clientes del taller y los trataba con familiaridad. Tenía la certeza de que la conversación no duraría más de un minuto. Pero un día llegó una joven que me dejó mudo.

—Yo te conozco, sí yo te he visto en alguna parte —me señalaba con el dedo índice.

No pude responder por un instante. Abrí los ojos con asombro. No sabía qué responder.

—Yo te conozco —insistía y fruncía el seño al mismo tiempo que sonreía—. Éramos compañeros de clase. Soy Melody.

¿Cómo iba a reconocerla, si la última vez que la vi era tan sólo una niña de cuerpo desnutrido, pechos principiantes y con unos enormes anteojos de armazón negro?

Ahora, era una mujer de piel blanca, bañada con pecas que daban cierto matiz rojizo a su fino rostro, con la nariz respingona, ojos almibarados, rizos definidos y unas piernas que parecían ser de porcelana. Pero después de reconocerla y ver el cambiazo, no me convenía decirle que no la conocía.

—Ya me acordé —le dije sonriente y esperé a que ella me contara lo que recordaba de mí.

—Necesito una llanta para mi carro.

—Sí, claro.

Con ver cualquier llanta a uno o dos metros de distancia puedo saber su tamaño. No necesito agacharme para leer el número pero lo hice para acercarme a sus piernas. Le mostré las llantas y le ofrecí el precio más bajo. No sabía de llantas así que dijo que sí a todo.

Se dio la vuelta y me ignoró el resto del tiempo. Y ya sabes que eso me duele. Me dejó en la lela. La veía y no podía creer lo mucho que había cambiado. Recordé que me sentaba en la banca detrás de ella. Estábamos junto a la pared. Veía su cabello largo y rizado todo el tiempo. Cuando me aburría comenzaba a jugar con sus mechones. Entonces ella volteaba y me decía: «*Stop it!*».

Cuando terminé de montar la llanta ella seguía viendo a la calle. Mi autoestima deambula desconsolada. Pensaba: *¿Cómo pensar que me va a hacer caso? Soy un talachero apestoso.*

—¿Cuánto te debo? —me preguntó.

—No es nada —dije. Hixinio no estaba y yo sabía que Javier no me iba a echar de cabeza. Él lo había hecho muchas veces cuando una clienta le gustaba. Para mí era la primera vez. Además no había forma de que Hixinio se diera cuenta.

De pronto llegaron Lina, Jessica y dos nuevas amigas: Sonia y Karina.

—*What's up, chick?* —saludaron con mucha familiaridad a Melody.

No sabía si alegrarme al ver eso. Resultaba que eran muy amigas. No tenía idea de dónde se habían conocido.

—¿Conoces a Kiko? —le preguntó Jessica a Melody.

—¿Kiko? —me miró como si se sintiera engañada.

—Así me dicen —sonreí encogiendo los hombros.

—Sí, éramos compañeros de clases.

—¿Qué vas a hacer esta noche? —le preguntó Karina.

—No sé —respondió Melody.

—*Let's go on a cruise!* —dijo Lina disparando la mirada al carro.

Sentí que ya todo estaba arruinado. No quería ni imaginar que un día de ésos se la presentaran a Hixinio.

—Este carro no es mío —explicó Melody—. Es de mi hermana.

—Kiko tiene carro —solucionó Jessica.

Y digo solucionó porque de no haber sido por Jessica no habría sido capaz de invitarla a salir. Te digo que lo tarugo todavía no se me quitaba.

Al llegar la noche estábamos afuera de la casa de Melody, que vivía con su hermana, a unas cuadras de la escuela donde nos conocimos. Tenía poco menos de un año de haberse salido de la casa de sus papás.

Estábamos tomando cervezas. Todos platicábamos y bromeábamos. Melody y yo éramos un par de desconocidos. Quizá a ella ni le importaba, pero a mí sí. Tiendo a idealizar a las mujeres que me gustan. Y eso me hace daño. A veces pienso que si fuera tan ojete como Hixinio, al aprovecharme de sus flaquezas, no tendría tantos pedos para tener novia.

Pero estábamos tomando cerveza y fumando en el cofre del carro con la música a todo volumen. De pronto se acercó un carro con dos cholos; se estacionaron de frente. Bajaron cerveza y marihuana. Al par de cholos no los conocía ni me interesaba su amistad, así que me mantuve a un lado de Melody, mi motivo para estar ahí. Uno de ellos tenía los brazos completamente tatuados; el otro tenía más cadenas de oro en el cuello que cerebro: presumía un revólver como si trajera un encendedor con brillantes.

Un rato más tarde, Jessica comenzó a bailar rap sobre el cofre. Lina, Sonia y Karina reían a carcajadas. La mota ya les había pegado. De pronto Jessica se quitó la blusa y el brasier. Los cholos gritaban, aullaban de alegría. Y para qué te miento, yo también estaba echándole porras.

—*Shut the fuck up!* —gritó uno de los vecinos—. *I'm gonna call the police!*

Entre Sonia y Lina bajaron a Jessica y la ayudaron a vestirse. Minutos más tarde vi que Karina estaba detrás del carro de los cholos, arrodillada, chupándosela a uno de ellos.

Luego de un rato a Sonia se le ocurrió una idea:

—*Let's make a drive by!* —dijo.

—¿Qué es eso? —pregunté.

—Manejamos por una calle, abrimos la ventana del carro, y cuando vemos batos de la otra ganga les damos de balazos.

—¿En serio?

—*You know,* ése, *that's the way it is out here, the land of the tex-mex,* puros batos locos *forever,* carnalito —dijo orgulloso uno de los cholos extendiendo los brazos y separando los dedos de las manos.

—No, yo no voy —respondí.

—*Are you a pussy? Or what?* —me preguntó uno de los cholos.

—*Yes, I am* —no pensaba discutir.

El cholo comenzó a mostrarse bravucón. Abrió su camisola y puso la mano derecha en el arma que tenía en el cinturón. Lina se acercó y le dijo que no se metiera conmigo.

—*Leave him alone* —le acarició la cintura y le dio besos en la boca.

—*That's why I hate them fucking* mojaos!

El cholo intenta discutir pero Lina lo interrumpió al ponerle la mano en la entrepierna. Dos minutos después accedió a las caricias de Lina.

—¡Vamos ya! —dijo Sonia.

Lo discutieron un rato. Finalmente se subieron al carro de los cholos.

—¿Vienes? —le pregunta Karina a Melody.

—No.

—¿Segura?

—Me voy a quedar a tomar mi cerveza con Kiko.

La hermana de Melody había salido con su novio, así que la casa estaba a nuestra disposición. Era una casa chica y desgastada. La madera crujía con cada paso. Los muebles eran viejos y sucios; la cocina olía a humedad; había juguetes en el piso; no había aire acondicionado; las ventanas estaban abiertas y se podía ver desde afuera todo lo que hacíamos.

—¿Cuántos hijos tiene tu hermana? —pregunté.

—Tres —dijo con una sonrisa estúpida—. De tres hombres distintos. La muy puta vive del *child support*.

El viento que entraba por la venta hacía que las delgadas cortinas bailotearan.

—¿Y cómo le hizo para salir hoy con su novio?

—Mandó a los niños con sus papás.

Melody caminó al radio y sintonizó Hot z 95. Se escuchaba a Whitney Houston cantar: «I Will Always Love You». La canción tenía meses que había salido y la seguían repitiendo a cada rato.

Melody se sentó en el sofá, tarareando la canción. Tenía la cabeza recostada en el respaldo y los ojos cerrados. Me acerqué a ella y la besé. Me respondió con una caricia en la mejilla. Luego de un rato me jaló de la ropa para que nos acostáramos en el piso.

—Voy a cerrar las ventanas —le dije haciendo una pausa.

—No.

—¿Apago la luz?

—No.

Comenzó a desnudarse y yo me imaginé que el vecino de enfrente estaba viéndonos descaradamente. Me pregunté: «¿Cuántas veces habrán visto a esta gringa teniendo sexo?». Creo que si no hubiera bebido alcohol antes de ese momento no habría sido capaz de mantener mi erección. La tenía sobre mí y no podía evitar imaginarme al vecino observándonos. Le pedí a Melody que se acostara porque no quería que el vecino la viera. Quería ser el único que disfrutara de su cuerpo, por lo menos esa noche, por lo menos mientras estaba conmigo.

Cuando recién conocí a Hixinio me deslumbró tanto que lo veía en un pedestal. Pero ¿qué crees que pasó? Después él solito se tropezó, se cayó de su altar de papel y se despanzurró. Nuestra amistad comenzó a asfixiarme. Lo veía dieciséis horas al día.

El talachero se separó de la mujer con la que vivía y para mi mala suerte se fue a vivir al taller. Las jovencitas iban y venían, casi un cambio de turno. Javier salía a su hora y se desaparecía. Pero ¿yo? Tenía que aguantarlo todo el tiempo: desayunaba, comía y cenaba con él. El taller lo abríamos de ocho a ocho, de lunes a domingo. Me pagaba una miseria: doscientos dólares por semana.

—Aguántame, camarada, ya pronto les subiré el sueldo —me decía.

Qué le iba yo a andar creyendo. Por eso me desquitaba con las comidas, tragaba como pelón de hospicio. Pensaba: *Esto compensa los vales de despensa.* Pero mi castigo llegaba luego-luego. Escuchaba al llantero hasta las dos de la mañana en un restaurante Denny's. Ya me sabía todos sus discursos. Necesitaba que alguien le regalara un poco de atención. Estaba tan pinche solo como yo. ¿Quién más lo iba a aguantar? Lina y sus amiguitas bien lo podían mandar a chingar a su madre: eran *U.S. Citizens*. En cambio yo, mojadito, prófugo de la migra, tenía que aguantar al omnipotente. Y con eso nos atormentaba a Javier y a mí. Hasta salió con el choro de que les daba una mordida para que no le cayeran al taller. Sí, cómo no. En cuanto había redadas dejábamos de trabajar por tres o cuatro días. Por supuesto, sin goce de sueldo.

—Ya ves, camarada, mis amigos de la migra me avisan para que a ustedes les dé tiempo de esconderse —me decía con su tono tepiteño.

Ni Javier ni yo nos atrevíamos a contradecirlo. Hixinio simulaba ser comprensible, a todos les daba alas, hacía como que nos escuchaba y nos daba el avión, nos consentía y cuando menos nos dábamos cuenta, estábamos en sus manos; y en el momento que quería nos mandaba a volar. Nos convertía en sus títeres. Para él es un delito que la gente que lo rodea tenga criterio propio. A su manera manipulaba el pensar de la gente, inculcando sutilmente un egoísmo y un egocentrismo disfrazado. Porque, como te digo, en esos momentos no debes tener razonamiento. Y eso de ser egoísta es más bien una especie de servilismo. Pero cuando estás adentro no te das cuenta. Estás hipnotizado y piensas: *Soy cabrón, soy cabrón, sí, soy bien pinche cabrón.* Y después te manda a que le limpies los huaraches, los enmiendes y luego te los quita.

¿Sabes que hizo? A mí me compró con un carro. Comenzó por enviarme a la tienda en el coche. Después dejó que me lo llevara a todas partes. Y más tarde ya decía que era mi carro.

—Kiko, ve a la tienda en tu carro. Kiko, mueve tu carro. Kiko, préstame tu carro.

Y me la tragué toda. Entonces terminé pintándolo y arreglándole los frenos, alternador y esto y aquello.

—Ya deberías pintar tu carro —me decía.

¿Y qué crees? Que lo pinté. Y dos meses después lo vendió. Según él me había castigado por que se me olvidó cerrar la bodega con llave. Y a fin de cuentas nadie se metió.

Pero yo no pensaba quedarme sin carro. Junté dinero y me propuse comprar el primero que se me pusiera enfrente. La verdad fue para que el llantero se diera cuenta de que no lo necesitaba. Y un mes más tarde llegó solito al taller un Fury I, Plymouth 67, cuatro puertas, largo como limosina. Tenía pintado en los vidrios el anuncio de: *for sale.* Mientras Javier le arreglaba la llanta ponchada, yo di vueltas alrededor del carro. Le pregunté cuánto estaba pidiendo y me respondió. Doscientos cincuenta dólares y yo tenía trescientos dólares ahorrados.

—Te lo compro —le dije.

El hombre no lo podía creer. Ni siquiera había revisado el motor.

—Tengo el título en mi casa. Si me esperas voy por él y te lo traigo en un rato.

Hicimos el trato. Él prometió ir por los papeles a su casa.

Pasó toda la tarde y el hombre no regresó. Claro, yo aún no le pagaba. De pronto Hixinio me pidió que fuera al Auto Zone a comprar unas refacciones para uno de sus carros. En cuanto regresé, me encontré con la sorpresa estacionada frente a la bodega. Ahí estaba mi nuevo carro. No sabía qué decir al ver a Javier. Estaba seguro de que él le había pagado al dueño del carro. Sonreí y Javier no respondió.

El talachero lo había comprado en mi ausencia. No fue un favor, sino una más de sus chingaderas. Fui corriendo a la oficina. Entré a mi cuarto y saqué el dinero. Me dirigí a la oficina de Hixinio y lo encontré frente a su escritorio viendo algunos papeles.

—Vengo a pagarte lo del carro.

—No te preocupes, camarada. Me lo vas pagando poco a poco.

—No —saqué el dinero y lo puse sobre el escritorio.

—Como quieras, pero el título te lo voy a dar hasta que te portes bien.

Y vaya que me tragué mi coraje. Creo que fue desde ese momento que decidí irme de ahí, pero no lo tenía muy claro. Mientras tanto, me dediqué a remodelar mi carro de tal forma que parecía salido de la agencia. Adoraba ese coche.

En las noches pasaba horas en él escuchando música mientras limpiaba el enorme tablero con luces verdes que alumbraban el velocímetro. «Es mío», me repetía sin creerlo aún, pues nunca había tenido algo nuevo o algo tan valioso, para mí. Era una cafetera con llantas, pero mío. Siempre tuve cosas de segunda mano: la ropa de mi hermano, luego la ropa de mi primo Mauricio y después la que Esperanza me compraba en la pulga. Cuando eso ocurría, me daba vergüenza, tenía miedo de que alguien me dijera: «Hey, esos zapatos eran míos. Sí, son los que le dimos al ropavejero».

Por supuesto que eso no lo piensas cuando tienes tu primer carro, te vale que te digan: «Ese coche era mío». Mi problema era que yo aún no podía comprobar la propiedad.

Semanas después me vuelven a cambiar de escuela. Ahora a una más cercana de la casa de la tía Cuca. Ya no tiene que ir por mí. Supongo que ni eso quiere hacer. Entonces debo caminar de la casa a la escuela y viceversa. Pero ahora tengo dos nuevos amigos: Paco y José Juan. Tienen bicicletas. Yo no. Y como van las cosas supongo que jamás la tendré. Paco es cuatro años mayor que yo, pero con la misma mentalidad que un niño de mi edad. Sus papás no le dan permiso de salir; así que paso las tardes en su casa, a veces en la azotea donde tienen muchísimas palomas enjauladas. Me recuerda a mi casa, sólo que en lugar de perros aquí tienen palomas.

He conocido a toda la familia que vive en México. La mayoría está en Estados Unidos. Los que están aquí no me quieren. Dicen que soy un niño muy mal educado. Traducción: un hijo de la chingada. Sólo que en esta familia nunca dicen groserías. O lo que es más extraño, utilizan palabras que en la calle son groserías: «Coge bien la mochila; cógeme de la mano».

La tía Cuca nos obliga a ir a misa todos los domingos a la iglesia que se encuentra a una cuadra de la casa. Veo algo que llama mi atención: un coro. Siempre he querido aprender a tocar la guitarra. Y según mis pronósticos, la tía Cuca jamás me comprará una ni me pagará unas clases. Ahora tengo un nuevo objetivo, quizá el único, pero no tengo un plan. Sin guitarra no puedo aprender. La única forma sería entrando al coro.

Un día se me ocurre entrar a la iglesia entre semana. No sé por qué elegí ese día. La iglesia estaba casi vacía. Espero a que termine la misa y me acerco al jefe del grupo y me presento. Él se llama Enrique, debe tener alrededor de treinta años pero por la barba se ve más viejo. O quizá sea más joven y yo lo veo más viejo por la barba. Le pregunto qué necesito hacer para pertenecer al coro y me responde que asista todos los días.

—¿Y para tocar la guitarra?
—Pues si tienes guitarra tráela.
—Pero no sé tocar.
—Yo te enseño.

Ya logré el primer paso de mi objetivo.

—Pero no tengo guitarra.
—Pues yo te puedo prestar la mía en los ensayos, pero sí sería necesario que le digas a tus papás que te compren una —dice y con eso me da un gancho al hígado.

Pienso y pienso: *¿Cómo le voy a hacer para comprar una guitarra? Seguro deben estar muy caras.*

Enrique se despide, toma su guitarra y se va. En ese momento veo que dos jóvenes se acercan a las alcancías y vacían las canastas con las limosnas. Nadie los vigila. Pero me pregunto: «¿Cómo sabe el padre que no le jalaron un billetito antes de vaciarla?». Las alcancías están muy lejos del altar y detrás de una columna.

Hasta el momento no he hecho mi primera comunión. Estoy seguro de que debe ser un requisito para ser monaguillo. También creo que debe ser muy caro. He visto que a mis compañeros de clases, a mis primos y muchos niños les hacen fiesta y les compran trajes y biblias y rosarios muy caros. Dudo que la tía Cuca quiera comprarme por lo menos el libro para el catecismo. No tengo idea de cuánto tiempo se tarda el pinche curso ese. Tampoco tengo ganas de tomarlo. Pero quiero comprarme una guitarra.

Una semana después decido ahorrarme el curso del catecismo, la misa, las velas, rosario, biblia, traje, zapatos blancos y la pachanga, y me formo en la fila. Es un día entre semana y hay poca gente. Ni quien vaya de rajón con la tía Cuca o con el tío Alberto. La fila avanza rápido. A cada paso que doy siento más miedo: me pregunto qué pasará si el padre se detiene antes de darme la hostia y me pregunta cuándo hice mi primera comunión. No sé si lleven un registro como en las primarias. O una especie de boletas. Tal vez sea pecado, pero con los que tengo acumulados, uno menos no creo que me salve del infierno. Finalmente estoy frente al padre que dice: «El cuerpo de Cristo».

Me doy la vuelta, camino a una de las bancas y me arrodillo como los demás. Bajo la cabeza y pienso y pienso. No se siente nada. No me siento ni mejor ni peor que hace un rato. Trato de rezar pero no sé qué decir. Me aburre repetir el padrenuestro y el avemaría. Y ponerme a darle las gracias a Dios tampoco me emociona. Me pregunto si en verdad la gente está rezando sinceramente. Muevo ligeramente mi cabeza para ver a la señora de al lado. Escucho lo que dice. Casi estoy seguro de que reza tan fuerte para que la gente la note.

He asistido a misa todos los días para ganarme la confianza del padre, hasta el momento no me ha preguntado cuándo ni dónde hice mi primera comunión.

Llego antes de las siete. Lo ayudo en lo que necesita. Somos pocos los malandros que lo ayudamos. No los puedo llamar raterillos porque no los he visto, pero estoy casi seguro de que a ésas van. Entre monaguillos no nos confesamos nuestros pecados.

Tengo la confianza del padre para pasar con la canastilla de la limosna. El primer domingo no puedo creer que la gente le eche tanto dinero. Los codos meten el puño y abren la mano, como tapando las monedas, para que no se vea cuánto le echan. Otros ponen un billete y retiran la mitad en cambio, con eso de que en la salida también tienen que mocharse. Y los más mamones se detienen a sacar la cartera o el monedero, estiran la mano en lo más alto para que el billete deslumbre a los de a lado y caiga flotando como pluma; sólo falta que se abaniquen con él antes de soltarlo.

Debido a que éste es el primer domingo no sé ni cómo hacerle. Siento que todos me vigilan. Camino directo al altar, me arrodillo, dejo el dinero y vuelvo a mi lugar. No puedo quitarle los ojos a la canasta el resto de la misa. Pienso que con eso que hay ahí alcanza para mi guitarra y mi estuche.

Al finalizar la misa voy por la canastilla y la llevo directo a las alcancías. Veo alrededor con discreción. Estoy preparando el operativo. Debo hacerlo rápido. Tengo que pescar mi billete justo cuando voltee la canasta. Doy un último vistazo a la canasta y veo un billete saludable. Hasta se ve nuevo, como si lo hubieran mandado hacer para mí. Por un segundo, pasa por mi mente que fingir que estornudo para meter mi mano en la canasta y pescar el billete sería la mejor coartada, pero pienso rápidamente que eso sólo llamaría la atención. «Tranquilo», me digo. El asunto está en voltear la canasta de forma que nadie vea mi mano. Así lo hago y el billete se escurre suavemente hacia mis dedos. Aprieto fuertemente el puño y escucho cómo caen las monedas.

Todos los días le jalo uno o dos billetitos, con los que bien se puede comprar unas papas, un refresco y hasta un helado.

Que Dios y la Virgen y que los pecados y que el perdón y que las peticiones y que la fe mueven montañas, a mí no me convence. Así que no tengo remordimientos. Aquí hay un negociazo y yo tomo mi parte del botín.

El tiempo invertido en asistir a misa, limpiar los utensilios, tocar las campanillas, encender y esparcir el incienso y pasar con la canasta es un trabajo, y por ello debo recibir un sueldo fijo. Y si no, debo tomarlo como un préstamo de la caja chica.

Estoy aprendiendo a tocar la guitarra. Enrique ya me dijo cuánto me costaría una guitarra usada. Me parece perfecto. Según mis cuentas, dentro de seis meses tendré suficiente para eso y un estuche. Incluso ya sé lo que le voy a decir a la tía Cuca cuando pregunte de dónde salió la guitarra: «Me la regaló Enrique», le diré, y como no lo conoce no habrá problemas.

A mí, en cambio, ya me conocen todos en la iglesia. Un día se me ocurre decir que quiero ser sacerdote. Y todavía de mamón me pongo a practicar con uno de mis primos.

—Cuéntame tus pecados —le digo.

Y ahí está el menso hincado a un lado del sofá, contándome puras mentiras: «De veras no les estaba viendo los calzones a las niñas».

He visto todo el dinero que entra en las alcancías. Pienso que si con mis pequeñísimos robos a mí me alcanzó para una guitarra, al padre Jesús le alcanza para comprar un carro de lujo. Y la evidencia no se hace esperar. Un día lo veo llegar en su auto. Así que me declaro futuro sacerdote, lo cual, hasta cierto punto, me sirve. La tía Cuca parece estar de acuerdo con mi decisión. Quizá cree que con eso se podrá deshacer de mí. Yo pienso que si ésa es la manera de salir de su casa así será.

De sorpresas está lleno el destino y a mí me tiene reservadas por lo menos unas cuatro docenas. Un día me avisan que la que según es mi madre está por llegar de Estados Unidos. Según ellos viene a verme.

Todos me preguntan si me siento feliz, y la verdad no. No puedo sentir alegría por alguien que no conozco. Imagino tantas cosas y comienzo a inventarme diálogos. He tenido sueños en los que salgo corriendo en cuanto la veo por primera vez. Tengo miedo de conocerla. No creo ser capaz de llamarla mamá. Con la experiencia que tuve con la tía Cuca fue suficiente para desconfiar de todos los nuevos familiares.

Hay días en los que simplemente evito pensar en el día en que nos vamos a conocer. Disimulo estar tranquilo. Luego camino por la sala y me detengo frente a los retratos en blanco y negro. Todos los hermanos están organizados por edades. Ella es la tercera de los nueve. Se ve joven, guapa. He visto su rostro muchas veces, pero jamás con tanta insistencia como en estos días. Cuando escucho que alguien se acerca a la sala salgo corriendo.

No la conozco y no sé qué es lo que debo sentir por ella. A ratos algo me dice que no debo quererla, que mi única mamá está en Monterrey y que no le puedo ser desleal. Siento que un día nos volveremos a ver y que ella me preguntará si la extrañé y ni modo de responderle que la cambié por otra.

Los siguientes días los paso en silencio. La maestra nota mi cambio de actitud. No pregunta porque le conviene tenerme calladito.

Sábado 16 de junio de 2007

A LA VIEJA TARIMA DE LA ESPERA se la comen las termitas de la desesperación. Afuera el mundo continúa; adentro de la habitación catorce, no se escucha siquiera el monótono zumbido de una mosca. El inquieto huésped ha salido y entrado ya en varias ocasiones. Ha leído todas las citas bíblicas que yacen en los muros externos del hotel Arturo's. Ha realizado nueve llamadas telefónicas para preguntar al tal Raúl, informar a Isabel y enterarse del estado de su madre. El sol y la luna están a punto de hacer cambio de turno.

Ahora, en la cueva tenebrosa del hotel Arturo's, sin un libro en la mano, sabe perfectamente cómo sería, si realmente existiera, el verdadero infierno.

Alguien toca la puerta. Se pone de pie y pregunta quién llama, sin abrir.

—¡Quiubo! —saluda con familiaridad.

—¿A quién busca? —observa por el ojillo.
—Ya vengo por ti.
—¿De parte de quién viene?
—¿Te vas a ir pal' otro lado? —su tono de voz se escucha impaciente.
—¿Quién lo manda?
—Yo te voy a llevar —ahora suena molesto.
—¿Cómo te llamas?
El individuo pierde la paciencia y desaparece.
Luego de unos minutos el huésped de la habitación catorce sale al pasillo y se encuentra a dos jóvenes en la puerta de la habitación once. Decide acercarse y hacer un par de preguntas.
—¿Ustedes van para el otro lado?
—Sí —responden sin preámbulo.
—¿Quién era el hombre que vino hace un rato?
—Pos, quién sabe pero dijo que mañana temprano viene por nosotros.
Ninguno ha mencionado su nombre pero la confianza de saberse iguales abre paso a un tuteo.

Una hora más tarde alguien vuelve a golpear la puerta. El huésped de la habitación catorce observa por el ojillo y reconoce al mismo individuo.
—Sí, diga.
—¿Vienes con Raúl?
—Sí.
—¡Soy Ramiro! —lo regaña.
El candidato a inmigrante abre la puerta y encuentra frente a él a un joven tostado, con el cráneo a rapa, descalzo, con

pantalones cortos y una camisa de las Chivas puesta con las costuras por fuera.

—¿Por qué no me querías abrir? —cuestiona con agresividad.

—Porque alguien está llamando a mis familiares para pedir dinero. El señor Raúl me dijo que tuviera precaución.

—Sí. Esos cabrones me roban a los mojados —dice y le da la espalda. Camina a su auto: un Toyota cadavérico—. Mañana paso por ustedes a las siete.

El futuro mojado ahora no sabe si alegrarse o preocuparse. Por lo menos las próximas horas lo liberarán del cadalso de la incertidumbre. Encuentra conveniente aprovechar el resto de la tarde. Así que sale en busca de algo para cenar.

¿Alguna vez te has imaginado que eres una moneda que gira en el aire y que no sabes si vas a caer de pie o de cabeza o de panza o de nalgas pero que de tanto girar ya no te importa cómo caer, sino caer lo más pronto posible?

Cuando estaba en la metamorfosis del peor de los *yos*, girando en el aire como moneda gritaba: «*Fuck it!*». Lo que quiero es tocar el piso.

—¡Tú vas a ser chingón, camarada! —repetía una y otra vez Hixinio que parecía grabadora—. Tienes que ser chingón, tienes que ser chingón…

Palabras que rebotaban todo el tiempo en el cerebro de Kiko. Poco le duró el gusto a Hixinio porque cuando su alumno obtuvo criterio propio lo tomó como un mal agradecido al que no le importaba nada más que él.

Ya llevaba un año y todavía no tenía el título de mi carro. Claro que Hixinio no pensaba dármelo. Pero en cuanto pude se lo robé. Te digo que las mañas lo persiguen a uno por todas partes. Todos los días el llantero me pedía que le leyera el correo. Es decir: yo me sentaba frente al escritorio y comenzaba a traducir. Ya luego él me decía que guardara los papeles en un cajón bajo llave en donde guardaba las cosas importantes, precisamente donde estaba el título de mi carro.

Un día mientras revisábamos unas facturas alguien tocó la puerta. Fui a abrir y era Javier que quería hablar con Hixinio.

—Es Javier —dije y volví al escritorio.

Hixinio salió y en ese momento abrí el cajón y recuperé el título. Días después Hixinio se dio cuenta de que le robé el título de mi carro, pero no dijo nada; simplemente lo abonó a mi cuenta, esa que después se cobró a cuentagotas. Entre las pocas frases que sabía en inglés estaba una que siempre repetía: «*Pay back's a bitch*».

Entonces nos dedicamos a hacernos la vida imposible el uno al otro. Algo muy pendejo de mi parte. Yo era el empleado, el ilegal. No podía hacerle gran cosa; a lo mucho desobedecerlo, hacerle jetas y escupirle algunas verdades. Lo cual hizo que los últimos dos meses fueran funestos, para mí, por supuesto.

En uno de nuestros desacuerdos —en los que Hixinio nunca discutía, tan sólo hundía la navaja donde más dolía— estalló la bomba. Ni te imaginas lo que me hizo. Puso mi cama en la bodega. ¿Sabes a qué huelen las llantas? Ahora imagina el olor de mil quinientas, usadas; y a eso añádele las goteras en la bodega por todas partes, el calor y los mosquitos que se multiplicaban en los charcos de agua sucia que se acumulaba en las llantas.

—Necesito que alguien cuide las llantas, camarada —me dijo con un gesto de preocupación—. Creo que alguien se está metiendo en las noches a robar las llantas.

Era hora de darle vuelta a la ruleta, de brincar al abismo. Aunque todavía no sé si yo brinqué o él me empujó, lo que sí tengo bien claro es que quería dejar de sentirme así, asqueado de este ambiente y que me caí en picada hasta el fondo. Ese día decidí renunciar. Claro que no iba a dormir como perro en la bodega.

—Tú pierdes más que yo —me dijo el día que tomé mis cosas y salí sin dirección alguna, pero tan contento que no me importó el hecho de no tener casa ni trabajo. Me sentía libre. Hasta el momento no sabía lo que era vivir solo. Qué más daba otro cambio. No tenía nada ni a nadie. Hixinio no me quería ver cerca del taller ni en fotografía; ni yo a él. Lo más fácil habría sido ir a casa de Esperanza con la cola entre las patas y decir: «Tú ganas». Pero como no se me ocurrió no fui. Miento. La verdad es que me aguanté y me quité el hambre comiendo orgullo.

Sólo así conocí realmente lo que es vivir de mojado en el Gabacho, lo miserable que puede ser la vida en este país que no agradece lo que los ilegales hacemos. Se quejan de que les quitamos el trabajo. ¡Claro! El trabajo pesado, el que no quieren hacer. ¿Qué pasa si les dices: «Está bien, toma la pala y ráscale tú»? ¡Qué chingados lo van a andar haciendo! A ellos nada más les gusta el sol de Cancún, y a ratos. Para eso sí: *México is a beautiful country*. Pero nosotros tenemos la culpa, ¿quién nos manda a venir de mojados, a comprar sus productos, a escuchar su música y a seguir aquí? Nadie. Ya estaba anestesiado con el sueño gringo.

La única persona a la que busqué fue a Melody. No teníamos siquiera una relación formal y por lo mismo podíamos distanciarnos días o semanas. Y cuando nos veíamos era sólo para salir a emborracharnos y tener sexo. Fantaseaba demasiado en un mundo lleno de conflictos y trivialidades que sólo ella conocía. Con el tiempo me relató un sin número de historias tapizadas de contradicciones. Pero eso no era problema para mí, sino que no sabía mentir. La mentira es rica sólo cuando está bien sazonada, cuando uno se sirve con la cuchara grande; no cuando a uno le tapan la nariz y quieren que se la trague a cachetadas.

—¿Qué haces aquí tan temprano? —me preguntó al verme afuera de su casa.

—Renuncié al taller.

En ese momento salió su hermana y los niños, con quienes ya tenía una relación muy cercana.

—¿Y qué piensas hacer ahora?

—La verdad no sé.

—¿Dónde te estás quedando?

—No tengo a dónde ir.

Las dos hermanas se miraron entre sí.

—¿Quieres quedarte aquí mientras encuentras un lugar para vivir?

Acepté por dos días. Uno no debe confundir la gimnasia con la magnesia. Aunque ellas me invitaran a quedarme, eso no me quitaba lo arrimado. Estaba jodido económicamente, tú no sabes lo que es no tener para comer; y yo, ese otro *yo*, ya no quería depender de nadie; y mucho menos que tarde o temprano me echaran en cara todos los favores.

Las noches que siguieron las pasé en el carro. Sufrí los estragos de la pobreza. Por las noches me iba a la parte más solitaria de la Isla del Padre, a Corpus, y la isla las une un largo puente donde circulan los carros, y escuchaba música frente al mar, pensaba en todo lo que me había ocurrido y todavía no me la creía. Me encontraba solo pero no triste; estaba tranquilo.

Trataba de no pensar en el hambre que sentía escuchando las olas. Todo estaba completamente oscuro. Pensaba de pronto en lo que se sentiría meterme al mar a esa hora. Recordé que cuando llegué a este país creía que de noche salían los tiburones. Si antes sentía miedo, en ese momento creía que había llegado el momento para confrontar mis temores. Sin pensarlo más salí del coche, me desnudé y me metí al mar. Estaba conociendo otra cara de la soledad, una soledad que nunca había experimentado. Estaba muriendo el cuarto *yo* y naciendo el quinto *yo*.

Melody me insistía que fuera a comer a su casa todos los días pero según yo ya había comido. ¿Cuál? Las tripas me rugían día y noche. ¿Y sabes por qué lo hacía? Para que terminara de reventar la bomba. Tenía que buscar una salida. Pero como siempre, me espero hasta que me jalen el tapete para caerme de hocico. Total, no podía estar así mucho tiempo. Tenía que hacer algo. Ya había logrado sobrevivir una semana, no creía aguantar más.

Lo primero que necesitaba hacer era buscar un lugar para vivir. Conseguí un cuarto. ¿Dónde? En la fabulosa calle diez, una de las más jodidas y abandonadas de la ciudad. *¡Qué más da!*, pensé entonces.

¡Qué pinche ratonera tan horrorosa!, pensé al ver el interior del cuarto que me ofrecieron Laura y Javier, ex compañeros de escuela.

—El dueño de la casa quiere cien dólares al mes.

No tenía cocina ni chapa en la puerta de la entrada. Todo era de madera: las paredes, el piso y los marcos de las ventanas.

—¿Y el baño?

—El baño está en la casa —me dijo Laura.

Era una casa relativamente mediana. Pero estaba dividida en dos partes: en la delantera vivían ellos dos y su hija recién nacida. Ellos sí tenían sala, comedor, cocina, baño y una recámara. Al cuarto y la casa los dividía la puerta de la cocina.

—¿Y cómo le hago para bañarme?

—Te doy una llave.

Por las noches el aire provocaba un zumbido y un golpeteo tétrico en las ventanas. Parecía que alguien intentaba abrirlas. A veces ni podía dormir. Hixinio me había hecho desconfiado.

Busqué trabajo en distintos lugares pero en la mayoría me pedían mi residencia. No sabía hacer otra cosa que cambiar llantas. Hixinio conocía a los dueños de todas las llanteras. Y lo que menos quería era trabajar en otro taller.

Entonces encontré un restaurante de comida mexicana que tenía un anuncio que decía que solicitaba lavaplatos.

¿Sabes quién es Ramón Ayala? Un cantante de música norteña. Pues Tomás y Ramón Ayala son idénticos. Bigote y patillas pobladas, gordo y con su tejana bien puesta.

—¿Cómo te llamas?

—Kiko —dije por inercia.

—¿Ya has trabajado en algún restaurante?

—No —tenía ganas de mentirle pero corría el riesgo de que me dijera que cocinara algo.

Le conté que había trabajado en Galvan's Tire Shop y que no tenía papeles.

—Yo también llegué de mojado veintitantos años atrás —dijo y me contó su historia como por veinte minutos: era de Matamoros. Comenzó como lavaplatos en las Taquerías Jalisco, cuyos dueños habían iniciado de la misma manera y más tarde juntó dinero para poner su restaurante—. Necesito a alguien para lavar platos, pelar ajos, picar cebollas, lechuga, papas, zanahorias y trapear.

Yo dije que sí a todo.

—Escúchame bien, Kiko. Tú eres el empleado más importante de mi restaurante —sentí que estaba escuchando a Hixinio con su: «Tienes que ser chingón»—. Si me quedo sin lavaplatos el restaurante no funciona. No quiero que me falles. No puedes faltar a trabajar.

—No se preocupe.

—Pago doscientos cincuenta dólares por semana, de tres de la tarde a once de la noche. Tienes un día de descanso, el día que quieras de lunes a jueves. Te incluye comida y cena.

Con eso me daba por servido. Las próximas horas se fueron rapidísimo. Tenían música norteña todo el día: Ramón Ayala, Los Tigres del Norte, Los Traileros del Norte, Los Huracanes y Los Cardenales. Apenas si terminaba de lavar una charola de platos llegaba otra. Y si no había clientela, lo cual no era común, tenía que atender mis otras obligaciones.

—Así es esto, Kiko —me dijo sin descuidar la plancha donde preparaba todas las comandas—. A este país venimos a chingarle. Todos comenzamos así.

Luego entró un tipo gordo a la cocina. Lo conocía. Se me queda viendo, sonrió y me saludó con mucha confianza.

—Qué onda güey —resultó que Armando, otro ex compañero de escuela al que traté muy poco, era hijo de Tomás.

Al dar las once Tomás y los demás empleados de la cocina comenzaron a guardar la comida. Las meseras acomodaron todo para la mañana siguiente. Después Tomás y todos los empleados se despidieron. Yo ya estaba bien listo para irme. De pronto Armando me detuvo:

—Te falta trapear, cabrón.
—¿Qué?
—Todo el restaurante.

Recorrí el lugar con la mirada y hasta ese momento me di cuenta de que el pinche restaurante estaba enorme. Las meseras ya habían levantado las sillas y ni modo de renegar. Comencé a trapear. Luego de un rato estaba bañado en sudor.

—Ya terminé —le dije a Armando que todo ese tiempo se la pasó en su camioneta.

Entró al restaurante, caminó de un lado a otro y inspeccionó el piso cuidadosamente, luego fue a la cocina y regresó con una cubeta llena de agua y jabón y la vació por todo el lugar. Yo estaba que me cargaba la chingada.

—Que quede bien limpio —se fue sin decir más al estacionamiento.

Al terminar de trabajar me iba a la casa de Melody, donde ella, sus amigos y yo pasamos todas las noches bebiendo cerveza barata. A veces nos íbamos al cuartito donde vivía y pasábamos la noche juntos.

Luego de tres meses Melody se despidió de mí. Conoció a alguien. No me lo dijo pero me di cuenta, sus ojos me lo dijeron. Simplemente me pidió que ya no volviera a su casa. No tuve el valor de preguntar la razón. Nunca tuvimos peleas ni malos ratos. No sé si alguna vez llegué a sentirme enamorado de ella o tan sólo fue el efecto de sus besos. Nunca supe si tenía novio. Yo nunca lo fui. Si alguna vez me quiso o lo intentó, nunca lo sabré.

A partir de entonces las cosas cambiaron. Mi tiempo libre lo pasaba en mi cuarto. A veces veía la televisión, otras me ponía dizque a tocar una guitarra vieja que tenía. O si no escuchaba la radio, puras norteñas y tex-mex: La Mafia, Selena, Bobby Pulido. De pronto la música que antes detestaba era mi favorita. Le agarré gusto al sonido del acordeón. Y ahí estaba cante y cante a ratos una de Los Palominos: *No sé cómo has podido tú entrar al fondo de mi alma, si hace tiempo no eras nada y hoy comandas mis sentidos.*

¿Checas el dato? Ya era más de aquí que de allá. Y eso nos pasa a casi todos. No se deja de ser mexicano, pero tampoco se es gringo. No tiene nada que ver con papeles ni con nacionalidad. Es cultura popular que ha evolucionado. Cuando menos te das cuenta ya estás diciendo: «Camina pa'trás, parquea la *troka*, préstame una *quora*». Y más en la calle diez donde éramos puros mexicanos ilegales, chicanos y negros todos revueltos.

Un día Esperanza llegó a verme al cuarto donde vivía. Su actitud había cambiado un poco en los últimos años. Le pregunté cómo se había enterado de dónde vivía y me respondió que Hixinio se lo había dicho. Incluso sabía dónde estaba trabajando.

—Si ya estás trabajando en un restaurante por qué no trabajas conmigo en los tacos —me invitó tranquilamente.

—No pienso volver a tu casa.

—Te estoy invitando a trabajar conmigo. Tú saldrías a vender tacos en tu carro. Te voy a pagar un sueldo.

Acepté. No sé quién de los dos bajó las manos primero. Ya no importaba. Seguir a la defensiva no nos interesaba, pues ambos habíamos llegado a la conclusión de que no nos quedaba más que aceptar la rebanada de vida que nos tocó. Comenzamos una relación —como se dice en inglés: *start from scratch*— sin remordimientos ni rencores. Hasta cierto punto evadiendo las fibras del dolor, dándole la vuelta al pasado, con los ojos vendados. Tampoco nos hicimos mejores amigos ni tuvimos una relación madre e hijo. Aprendí —o tal vez debería decir: me atreví— a llamarle «mamá». Se sentía raro. Como usar una camisa ajena, como decir una mentira, y peor aún, no creérmela. Isabel seguía igual de indiferente. Tampoco nos ayudaba a hacer los tacos en la mañana. Esperanza decía que era porque había entrado a la universidad y no tenía tiempo.

Me despertaba a las cuatro de la mañana e iba a la casa de Esperanza. Ella salía a vender tacos en una zona y yo por otra. Les vendía tacos a los carpinteros, electricistas, plomeros, pintores y albañiles. Era un buen negocio. Terminábamos a medio día. Fueron días muy solitarios. No sabía a dónde ir. Tenía ganas de salir pero no tenía amigos. Los que conocí en la escuela ya estaban casados o trabajando tiempo completo. Me sentaba en los escalones de la entrada de mi casa-cuarto y veía pasar a la gente.

Justo enfrente vivía un personaje que nunca hablaba con nadie. Llegaba en su motocicleta, se quitaba el casco y saludaba alzando la mano. Entraba a su pequeño apartamento y no salía hasta el día siguiente. No sabía si era chicano o ilegal. De algo estaba seguro: él estaba tan solo como yo.

Finalmente llega el día prometido. Vamos al aeropuerto y yo busco a la joven que me han vendido en los retratos. Supongo que ahora debe tener unos treinta años. Y ahí está una de las tantas sorpresas. No es la mujer esbelta y joven de la foto. Tiene cuarenta y tantos años y quién sabe cuántos kilos de más. Me abraza, me trata con aparente cariño, me hace muchas preguntas. Pero ambos sabemos que somos dos completos desconocidos. No tengo idea de cómo tratarla. Me cuesta mucho trabajo decirle «mamá». Así que evito nombrarla. Pregunto directamente sin el «mamá».

Los cinco días que está de visita me cuenta de su vida. Habla y habla y no sé qué me pasa porque me distraigo. Estoy pensando en el futuro y comienzo a imaginar una historia. Yo soy el protagonista pero no soy yo. Soy otro. Ella sigue hablando, promete muchas cosas. O algo así le entendí a las últimas palabras. Viviremos los tres juntos y felices. O sea, ella, Isabel y yo. Como si con eso pudiera dar borrón y cuenta nueva.

A su entender, la felicidad está en creerla. Pero con tantas cachetadas no quiero creérmela. Comienzo a reconocer uno de mis peores defectos: quedarme callado cuando más necesito gritar lo que pienso.

Se va de vuelta a Estados Unidos no sin antes prometer que en menos de un año ya estaremos juntos y contentos. Me quedo con las ganas de reclamarle por qué me abandonó, por qué chingados no me llamó, por qué dejó que me creyera que tenía otra familia. El madrazo hubiera sido menos doloroso si lo hubiera sabido siempre. Ahora siento que soy hijo de nadie. A ella no la conozco y no me convence el hecho de verla. Y la que era mi madre no la encuentro. Ya no vive en la misma casa. No tengo forma de comprobar lo que dijo la tía Cuca.

Después de dos años no me interesa que me quieran ni quererlos. Paso las tardes en la calle con José Juan. Recorremos toda la colonia en bicicleta. Su familia me quiere: me tratan como un hijo. Un día me regalaron un pollo recién nacido. Lo llevé a la casa sin saber qué me dirían. *Total*, pensé, *no pasará que me corran con todo y pollo.*

Para mi sorpresa, la abuela cambió su actitud conmigo. Sin saberlo di en su punto débil. Le encantan los animales. Pese a la negativa de la tía Cuca, la abuela decidió que nos quedáramos con el pollo. Ahora ya es una gallina. Con el paso de los meses la abuela fue comprando más pollos, patos, guajolotes, pavos de doble pechuga y gansos. La abuela y yo hemos hecho una tregua. Ella ya no me golpea con el palo de la escoba y yo le ayudo a cuidar a los pollos.

Hay cuatro cosas que me hacen feliz: andar en bici todas las tardes, tocar la guitarra, cuidar a los pollos, como cuando cuidaba los perros con mi hermana Naty, y comprar las revistas de Memín Pingüín y Condorito. Ya cursé cuarto año por segunda vez y estoy por entrar a quinto. Sigo con muy malas calificaciones. No me importa reprobar... y a la maestra tampoco le importa. Me pasa con seises. Suficiente para no tener que ver mi carota en su salón el año que viene.

No recuerdo haber leído ninguno de los libros que me dejaron de tarea. Para ser más franco, o si se me quiere llamar descarado, jamás hago la tarea. Leo y releo las historietas de Memín Pingüín y Condorito. Luego las pienso y las analizo. Una y otra vez. Como una obsesión reconstruyo mentalmente la historieta leída. Creo tener la facultad de corregir, o mejor aún, crear una historia. Invento las propias. Puedo pasar muchas horas pensando en mis personajes y los acontecimientos. No los escribo.

La tía Cuca y la abuela tienen la televisión encendida todo el día. Se chutan los programas matutinos, todas las películas que transmiten cada tarde y todas las telenovelas. Hasta hace poco no me llamaban la atención. Ahora me interesan las historias. Cada película la analizo. Hago mis castings privados para elaborar mis propias historias mentales. Nadie las conoce y eso es lo más emocionante. Elijo a mis actores preferidos y según yo les doy mejores diálogos que los que tienen en las películas.

Un día voy al puesto de revistas a comprar el más reciente número de Memín Pingüín y me encuentro con un librito. Lo hojeo y veo que no tiene dibujos. Pero tienen algo que llama mi atención: una historia. Me inquieta saber historias. Eso ya lo tengo bien claro. Ya sea en telenovelas, películas y ahora en novelas económicas. El tío Alberto me descubre y me regaña por andar comprando «esas porquerías». Él lee libros de superación personal y me incita a hacer lo mismo, pero a mí nada más no me convencen.

—Mejor ponte a estudiar —me la quita y se va.

Y si estudiar va respaldado por un regaño me propongo no hacerlo. Interpreto sus palabras y entiendo que leer novelas es un acto de vagos, una pérdida de tiempo. Y creo que tiene razón, cuando uno lee nada más se la pasa sentado. Pero este acto holgazán es uno de mis preferidos. Está bien, soy un vago, un ratero, un malviviente, un burro, un malcriado, un bueno para nada, entonces eso debo hacer: leer novelas.

Me cuestiono qué tan reales son. Llego a la conclusión de que si algún día escribo alguna novela sobre mi vida mentiría, me inventaría otra vida, menos tortuosa y más atrevida.

Según yo, para eso falta mucho tiempo. A mi edad la infancia parece eterna. Y a mi entender los niños no escriben historias; y de hacerlo no hay quien quiera publicárselas.

Si bien, para escribir una historia me falta mucho, para inventármela sólo basta con cerrar los ojos.

Hace unos días, como siempre, estaba de vago con José Juan. Andábamos en las bicicletas. De pronto vi a la niña más bonita de la colonia. Estaba caminando a la tienda. Sin pensarlo dos veces me detuve frente a la tienda y entré. Vi su cuerpo flaquito de espaldas. Traía puesto el uniforme de la escuela. La perseguí de lejos hasta su casa. Vive a tres cuadras de la casa de José Juan y como a diez de la casa de la tía Cuca. No tuve el valor de llegar y saludarla, así que me seguí derecho.

Desde entonces paso todas las tardes frente a su casa. Doy de ocho a diez vueltas en la bicicleta. Quiero que me vea, que piense que vivo en la misma calle o en la que sigue. El asunto está en que sepa que existo. Apenas si cumplí doce años y ya pienso en ella todo el tiempo. Me siento tan feliz que incluso canto cuando me baño, canto a todo lo que da mi voz: *Cuando la luna se pone regrandota como una pelotota y alumbra el callejón.*

Ya perdí la cuenta de los días que paso frente a su casa. Ya me aprendí sus horarios. Sé a qué hora llega de la escuela y a qué hora sale a la tienda o a la papelería. Todos en su calle la conocen y la saludan. Por eso sé que se llama Verónica.

Tengo la certeza de que con ella sería una mejor persona. No sé si me interesa, pero sí que por ella lo sería.

Ya no me importa hacerles la guerra a mis parientes. Sigo yendo a la iglesia todos los días. Continúo ordeñando las limosnas. Me confieso a medias cada domingo. Necesito que el padre vea en mí a un niño travieso pero no maldoso; pecador mas no desalmado. Sé que si le digo que le estoy metiendo las uñas a su dinero no me permitirá acercarme siquiera a una de sus alcancías.

Tengo muchos amigos en la iglesia. Me quieren lavar el coco. Dicen que debo ser paciente, que Dios sabe lo que hace, que las cosas pasan por algo, que pronto estaré con mi madre, bla, bla, bla. Pero a mí eso ya me tiene sin cuidado.

Un día voy a la casa de José Juan y descubro que su papá tiene una cámara fotográfica. Mi amigo me presume que tiene una lente con la cual se pueden tomar fotos desde lejos.

—¿Qué tan lejos?

—Mucho —me muestra unas fotografías de un partido de futbol. Los rostros de los jugadores se ven muy claros—. Y eso que estaban corriendo —me aclara.

—¿Me la prestas?
—¿Para qué?
—Para tomarle unas fotos a Verónica.
—¿Tú pagas el rollo?
—Por supuesto, carnal.

Ese día soy el más feliz. La espero toda la tarde metido en la tienda. La clientela entra y sale. Piden de todo. El dueño se me queda viendo, sale del mostrador y pregunta qué estoy haciendo. No me importa confesarme.

—Estoy esperando a la niña que me gusta.

Sonríe y se asoma a la calle.

—¿Quién es?
—¿Si le digo no va de rajón?
—No.
—Se llama Verónica.

Vuelve a sonreír y regresa al mostrador. Sé que hoy llegará en ropa casual. Los miércoles va a algún lugar. No sé a dónde. Los demás días sale con el uniforme. He pensado que va a algún tipo de clases.

—Es el día que va a ver a su novio —dice José Juan.
—No mames, pendejo.
—¿Por qué estás tan seguro de que no?
—Su mamá la lleva en el carro. Ni modo que ella misma la lleve a verlo.
—Huy, entonces ya te chingaste, carnal.

Dan las seis de la tarde y Verónica no aparece. Es hora de volver. Ella no sale tan tarde. José Juan se ríe de mí. No deja de joderme por todo el camino. Me dan ganas de soltarle un buen puñetazo en la cara para que se le quite lo burlón.

Vuelvo a casa con los ánimos por los suelos. No quiero que nadie me hable. Esa tarde no voy a la iglesia porque estoy más enojado con Dios que otros días. Me traiciona. Por eso no creo en él. El padre dice que Dios sabe por qué hace las cosas. Pero para mí eso resulta una burla.

Al día siguiente voy a la escuela y vuelvo a ser el mismo niño gruñón que fui meses atrás. No tolero las burlas y me desquito con quien puedo. Termino peleándome en el recreo, y la directora le llama a la tía Cuca. Entonces estoy castigado por dos días. Lo que quiere decir que no podré ver a Verónica hasta el lunes. Los fines de semana no sale. Serán cuatro días sin verla.

Mi amargura aumenta día a día. Ya estoy harto de esto. Pienso que en cualquier momento me iré. Mis sueños sobre una fuga se incrementan a cada momento. Tengo ganas de volar, conocer el mundo por mi cuenta, ser un desconocido en todas partes, vivir sin restricciones, disfrutar mi libertad. A fin de cuentas no pertenezco a ninguna familia, soy un mocoso solitario que puede deambular por el mundo de forma desapercibida.

Domingo 17 de junio de 2007

TRES HORAS HAN SIDO MÁS QUE SUFICIENTES para destartalarse las uñas y abominar la cama. Desde hace años que sus hábitos de descanso se han distorsionado. Con dificultad logra conciliar el sueño. Principalmente porque prefiere aprovechar el privilegio que da el silencio de la noche a dedicar unas cuantas horas a su lectura luego de una jornada laboral.

Pero hoy, que no ha dormido lo suficiente, lo menos agradable es permanecer en cama. Esperanza está sufriendo. Quizá con esto no logre curarla, pero es como un acto de solidaridad.

No es necesario buscar explicaciones, sólo esperar. La paciencia se suicida, el tiempo se desparrama en un catre y hace gestos socarrones, los minutos siguen en huelga y amenazan con no avanzar hasta que se les dé la gana.

El hombre observa su reloj de mano y sin un gesto se para de la cama. Por fin la manecilla pequeña ha alcanzado el cinco.

Aún faltan dos vueltas para llegar al prometido siete. Y eso si al fulano le da la gana cumplir con su promesa de llagar puntual. Eso significa que a medio día estará en Houston. Vaya maratón este de penetrar la frontera como fantasma. Nada que ver con lo que se cuenta. Arriesgarse a perderlo todo. Qué fácil es decir mojado. La tristeza de cruzar como ladrón casi nadie la comprende. Todos dicen entender al indocumentado. Mentira. Sólo entiende aquel que ha cargado con el mismo equipaje, aquel que tiene el mismo cerrojo. Pero el indocumentado no necesita de la comprensión y compasión de los demás sino la llave para abrir la pinche puerta de la frontera.

Irremediablemente el tiempo haraganea hasta dar las siete de la mañana. El aspirante a mojado ya se ha dado un baño y deambula insaciablemente en el interior de la habitación catorce: entra y sale, se asoma por la ventana, se sienta, se pone de pie. El fulano no se digna a aparecer. El huésped de la habitación catorce sale a comprar algo para acabar con el ayuno y, aprovechando la diligencia, adquiere el periódico del día, un diario carente de cronistas. Nada de columnas de opinión. Sin embargo, esto le sirve para distraerse un poco.

Son más de la nueve de la mañana. Y tocan a la puerta.

—¡Vámonos! —grita el coyote desde el pasillo sin esperar a que le abran la puerta.

Apenas si tuvo tiempo de lavarse la cara cuando escuchó el segundo grito.

—¡Vámonos!

Al salir se encuentra con el mismo fulano, con la misma camisa de las Chivas puesta al revés, los pantaloncillos cortos y descalzo. Los huéspedes de la habitación de al lado salen igual de desorientados. Se miran los unos a los otros. El temor de cruzar se engrandece.

—Suban al carro —ordena el fulano.

El huésped de la habitación catorce toma el asiento delantero. El fulano sale acelerado del estacionamiento del hotel Arturo's. A juzgar por su apuro todo está listo para cruzar el río en cuestión de minutos. Maneja entre calles de izquierda a derecha y viceversa. Ahora parece que pretende desorientarlos pues la distancia no ha sido mucha. Esta calle ya la pasamos. Qué pretende. Luego, se detiene a media calle al cruzar con una patrulla de Camargo. El intercambio de palabras es en claves.

—¿Cómo andas? —pregunta el sargento desde su carro—. ¿Veintiséis?

—Veintiséis —afirma.

—¿Y ellos? —dispara una mirada hacia los pasajeros—. ¿Cuarenta y tres?

—Cuarenta y tres —asiente con la cabeza.

—Bien, luego nos vemos.

El coyote sigue su camino hasta llegar a una pequeña vivienda descuidada. Al estacionar el auto la llanta golpea la banqueta. Sin anunciar, se baja del auto y se dirige a la casa de un piso. Al notar que los aspirantes esperan en el auto, hace una seña con las manos.

—Aquí vamos a esperar un rato —dice al abrir una ligera puerta de madera, en sí un marco con una malla de alambre con un resorte que la mantiene cerrada y que se azota fuertemente en cuanto él entra y la suelta.

El interior, en comparación con la fachada, se encuentra en un peor abandono. Lo que presume ser la sala y el comedor tiene una mesa desarmable con ropa arrugada, una silla de plástico y una lavadora con una bolsa de plástico cínicamente abierta con una considerable cantidad de marihuana. Al fondo se alcanza a ver la alacena de una cocina deteriorada. A la derecha, un pequeño pasillo con tres puertas que dan a un baño en el centro y dos recámaras en los extremos. El coyote se acerca a la lavadora y se prepara un cigarro.

—No saben cuánto me gusta la mota —se lame los labios—. La mota es mi vida.

Lo enciende y sale por la puerta trasera de la cocina. Los postulantes permanecen en silencio. Se miran unos a otros. Uno de ellos se adueña de la silla mientras los otros dos se sientan en el suelo. En circunstancias comunes quizá jamás se saludarían, y si acaso, pasaría un largo rato antes de que se dirigieran la palabra. Pero en la cárcel y en el exilio las alianzas se hacen lo más pronto posible. No importan sus nombres sino esa tregua entre mojados que les servirá para andar ese camino en donde lo peor es estar solo. No hay máscaras ni jerarquías, sólo el deseo de hablar entre sí. Aunque no se conozcan, el simple hecho de estar en la misma situación los hermana.

—¿Para dónde van?

—Para Dallas y de ahí para Georgia. ¿Y tú?

—Para Houston. ¿Ya habían cruzado?

—Yo sí, muchas veces. Nomás que el año pasado me regresé para Michoacán.

—¿Por qué?

—Me aburrí. Tenía dinero ahorrado. Entonces decidí tomar unas vacaciones.

—¿No trabajó?

—No. Ésa era la idea. Disfrutar mis ahorros. Y como ya me los acabé, pos ya voy de vuelta. Pero esta vez me voy a quedar unos cinco años para terminar de construir mi casa.

—¿Y tú?

—Pues él es mi tío. Cuando supe que se iba a pasar de mojado le dije que me trajera.
—¿Cuántos años tienes?
—Diecinueve.
—¿También eres de Michoacán?
—Sí, pero vivo en el D.F.
—¿Qué hacías?
—Estudiaba. Luego terminé la prepa y pues ya no pude continuar.
—¿Por qué?
—La verdad me dio flojera.
—Yo le dije que mejor se quedara a estudiar, pero no entiende. Está menso. No necesita andar por aquí. Uno qué, ya está viejo, pero ¿él? Él, que está verde todavía, puede entrar a la universidad. Nomás es cosa que le estudie.
—Pues sí, tío, pero eso de la estudiada no se me da. ¿Usted cree que no quiero?
—La verdad no. Tú quieres las cosas fáciles. Pero ya ni pa' qué discutir. Ni tus papás ni nosotros te dimos el ejemplo. Y así ni cómo reclamar. Aunque te agarre a cachetadas tú cierras los ojos y ni cómo obligarte a leer.
—¡Ya, tío!
—¡Pues ya me callo!
—¿Y tiene familia?
—¿Quién? ¿Yo?
—Pues sí, tío, si lo está mirando a usted.
—Claro, toda en Michoacán. Tres niñas y un varón. Al último lo hice por correo. ¿Y tú?
—No, yo no tengo hijos.
—¿Tienes familia en Houston?

—Sí. Mi madre, mi hermana, todos mis tíos y primos viven allá.

—Entonces la tienes fácil.

—Sí, ¿verdad?

—¡Claro! Uno que no tiene dónde llegar la ve más cabrona. Hay que pedir posada. Buscar trabajo. Pasar hambre. La primera vez que crucé anduve solo medio año. Ya luego me junté con una morra.

—¿A poco, tío?

—Nomás no vayas de chismoso con tu tía, cabrón.

—¿Pues quién cree que soy? Eso déjelo para el maricón de mi hermano.

—Ese pendejo y tú son igual de putos.

—¡Ya, tío! Siga contando.

—Llegué a Virginia. Viví solo un tiempo. Luego conocí a Lucía. Trabajaba limpiando casas. Imagínate, después de haber terminado una carrera en ingeniería textil terminó de criada en casas de unos gringos. Según esto, cuando se graduó, el mejor sueldo que le ofrecieron fue de siete mil pesos al mes. Allá, en una quincena sacaba mil dólares. Ya luego no nos entendimos y nos separamos.

—¿Por eso se regresó tan triste, tío?

—Pues por ahí va la cosa.

En ese momento sale de una de las habitaciones una mujer de facha maltratada. Sin decir una sola palabra se dirige al baño y sin cerrar la puerta se sienta a orinar. El sudor resbala por su piel igual que su tedio de vivir. La resaca es evidente en su mirada. Se percata de que hay extraños en la casa, mas no le da importancia. Se dirige a la puerta. Descubre la presencia de la bolsa de marihuana e introduce golosamente la mano; lo que cabe en su puño lo introduce en su bolso de mano y se retira. Luego aparecen en escena dos jóvenes descalzos, con las cabezas rapadas, los torsos desnudos y unos shorts que les llegan a las rodillas. Uno de ellos se dirige a la cocina, abre el refrigerador, saca un litro de leche y le da largos tragos sin importarle que el líquido le escurra por el pecho. El otro camina a la lavadora y se prepara un churro.

—¿Vieron si la ruca que salió se llevó mota?
—Sí.
—¿Por qué no la detuvieron?
Nadie contesta. El fulano hace un gesto de enfado.
—Ya ni pedo —se rasca la nalga izquierda.
—¿A qué hora nos vamos? —pregunta el hombre.
—Ya pronto, carnalito, ya pronto. Como en una media hora —le dice sin siquiera voltear.

Poco después compré una van. Todos los clientes de las construcciones me habían bautizado como el Taco Boy. Esperanza me pagaba trescientos cincuenta dólares por semana. Mucho más de lo que ganaba con Hixinio o con Tomás y por menos tiempo.

Con eso pude comprar un Cadillac 1983. La van la dejaba en casa de Esperanza, y el Fury ya casi no lo usaba. Seguía viviendo en el mismo cuarto. Había noches en las que no podía dormir. Javier y Laura discutían mucho. Escuchaba sus gritos cada tercer día. Rompían vasos y platos. Al día siguiente ella iba a contarme su tragedia, lo cual a Javier comenzó a disgustarle. No lo decía pero dejó de hablarme. Creía que le estábamos poniendo el cuerno. Aunque ganas no me faltaban. Laura era un bombón casada con un palo de escoba.

Por esos mismos días ocurrió algo inesperado. Alguien se metió a robar. Se llevaron unos cuernos de toro que tenía en la pared, comprados en un *yard sale*, un televisor viejo, unos cigarros, setenta dólares, el despertador y un *walkman*.

Entonces me pregunté dos cosas. ¿Por qué si tenía dinero para comprar un Cadillac no compré una chapa o un candado para la puerta? ¿Por qué puta madre no me he cambiado de casa?

Al lado derecho de la casa estaban los apartamentos, al izquierdo está una vieja casa abandonada que se había incendiado varios años atrás. Tenía las ventanas selladas con hojas de *plywood*.

Comencé a desconfiar al estilo Hixinio: *Seguro fue el tipo de la moto*, pensé, me dirigí a su apartamento y toqué la puerta.

—Hola —abrió los ojos como asustado.

Me pregunté qué estaba haciendo para tener esa cara. Pensé que tal vez estaba teniendo sexo.

—¿Te interrumpo?

—No, no —negó con la cabeza.

—Vivo aquí enfrente. Y alguien se metió a robar. ¿Viste algo raro? —le dije y traté de ver el interior de su apartamento.

Abrió los ojos en un asombro increíble. Al ver su mirada de yo no rompo un plato pensé: *Este güey no pudo haber sido*. Tenía una mirada demasiado inocente y un tono de voz humilde.

—Sí, vi a unos chavos hace rato. Sacaron un televisor y unos cuernos de toro. Se metieron en la casa de la esquina.

Salió de su apartamento y me señaló la ventana por la que entraron. Cruzamos el jardín trasero de la casa donde vivía, brincamos una reja que medía un metro y comenzamos a quitar la hoja de madera. En pocos minutos entramos a la casa incendiada. Ahí estaba mi televisor y los cuernos.

Tras recuperar parte de mis pertenencias, nos presentamos y comenzamos a platicar. Se llamaba Israel, trabajaba en una tapicería, vivía solo, había llegado en 1988 a Estados Unidos.

Me dejó sin palabras. No sé cómo decirlo. O él era muy cabrón o yo muy pendejo. Sí, es lo segundo. Era diez años mayor que yo y muy inteligente, mucho más que Hixinio. Demasiado para una persona que había salido de un pueblo tan pobre. Para él está primero el razonamiento. ¿Funciona o no funciona? ¿Ayuda o no? Punto final. Detesta a los políticos. Ama sus raíces. Respeta a los indígenas —no siente lástima—, los ama, quiere lo mejor para ellos.

Al principio me costaba trabajo estar frente a alguien así. Me había acostumbrado a los bravucones, presumidos, gente mediocre, borrachos, drogadictos. Israel es un espécimen en riesgo de extinción.

Antes de conocer a Israel, lo único que yo sabía tocar en la guitarra eran dos o tres canciones. En cuanto él vio que tenía una guitarra, comenzó a tocarla y a cantar boleros y baladas en español de los setenta y ochenta. Desde entonces me dio clases de guitarra. Aprendí algunas canciones de Silvio Rodríguez, Luis Eduardo Aute y Pablo Milanés. También me dio por componer cuatro o cinco canciones que no merecen mayor atención. Lo que sí merecía atención era la voz de Israel. No había uno solo de nuestros amigos que no lo halagara su voz. Otros lo han juzgado con severidad por estar tapizando muebles en lugar de dedicarse a cantar.

En pocas semanas nos hicimos buenos amigos. Lo verdaderamente asombroso es que me haya aguantado. Él era muy paciente, analizaba y persuadía toda la sarta de pendejadas que escuchaba de mí.

—En él queda —me dice cada vez alguien se aprovecha de él.

Y en verdad sobran los cabrones que se benefician a expensas de su bondad. Israel nació en un pueblo muy pequeño de Veracruz. Su madre era soltera, con dos hijos, sumergida en la miseria, emigró a Papantla en donde conoció a un hombre que les dio casa, comida y educación.

Un día me platicó que un compañero de trabajo, llamado Everardo, estaba buscando un apartamento, entonces concluimos que lo mejor sería rentar entre los tres un mejor lugar y reducir el costo.

El caso es que 2322 Sarita street se convirtió en mi nuevo hogar. Según mis cuentas debe ser el séptimo lugar donde vivía. Era una casa que había sido dividida en dos apartamentos. A un lado vivían varios ilegales, con los que muy pronto hicimos amistad: el Pavo, su esposa Mary, Raúl y Luisillo. El Pavo era de Michoacán, Luisillo y Raúl de la colonia Pensil del D.F. y Mary era de California. Pocas semanas después también conocí a un hondureño llamado Lucas que trabaja en el taller de Hixinio. Lo conocí porque seguía teniendo contacto con Javier. Ahí las borracheras, en las cuales Israel nunca tomaba ni fumaba, eran de ley los viernes y sábados, para terminar curándonos la cruda colectiva los domingos.

Y eso no fue lo único que cambió en mi vida. Un día un inspector de salubridad interceptó a Esperanza. La descubrió vendiendo tacos en la construcción, le pidió su permiso para vender comida, el cual no tenía: jamás lo tuvo. Para ello necesitaba una cocina industrial. Su van no estaba apropiada para la venta de alimentos. Él la amenazó con una multa y le prohibió trabajar, y ella decidió huir. Así, sin siquiera intentar hacer las cosas legalmente, decidió irse a vivir a Houston por miedo a los inspectores. Me pregunto si siempre ha sido así. ¿Corre del peligro? ¿Bota todas sus fichas y abandona el juego?

¿Qué fue lo que la empujó a abandonar México? ¿Tenía miedo a su padre? La tía Cuca es madre soltera de dos hijos. Hasta donde sé, el padre de Isabel y Esperanza tampoco se casaron. Ni siquiera tengo la certeza de que hayan vivido juntos por algunos meses. Y aun así Esperanza se quedó en México con su hija. El abuelo supo de esa nieta. Cuentan que la quería. Tres años más tarde, ella se fue a vivir a Guadalajara; y ahí nací. La mayoría de los tíos a los que les he preguntado dicen que nadie supo de ella en ese año. Sé perfectamente que Isabel y yo no somos hijos del mismo hombre. Isabel fue de vacaciones a México y se hospedó en la casa de su padre. Del mío no sé más que el nombre. No me interesa conocerlo, y si acaso hubiera la oportunidad de platicar con él —ya que Esperanza está decidida a llevarse ese secreto a la tumba—, le preguntaría cómo ocurrieron las cosas. ¿Eran novios, amantes, o fue un arranque de pasión? Por lo menos para tener una versión, aunque sea la más retorcida. Esperanza se dedicó a la venta de bienes raíces, en diez años ya se había comprado varios terrenos, lo cual me indica que no se vino a Estados Unidos por cuestiones económicas. ¿Qué le pudo haber ocurrido a Esperanza para que saliera huyendo del país sin avisarle a la familia que había tenido un segundo hijo? Total, ya no era una adolescente. Ya había tenido una hija.

En cambio se escondió, se fue de la ciudad por un año. Nadie supo dónde vivió. Siempre respondió que era por cuestiones de trabajo. ¿Qué fue lo que la orilló a dejarme en la casa de mamá Tina? ¿Ese hombre la engañó? ¿Se burló de ella? ¿Le dijo que era soltero y ella descubrió su mentira? Lo mejor en estos casos es la confrontación. Pero ni ella ni yo teníamos el valor de sentarnos frente a frente.

El tiempo se acabó. Ella ya estaba empacando para irse a Houston. De pronto me dijo:

—¿Te quieres ir a vivir con nosotras?

—No —respondí sin pensarlo—. Gracias.

Ya no se trataba de ver quién puede más, sino que sabía muy bien que viviendo separados estábamos mejor.

—¿Qué vas a hacer? —me preguntó con angustia—. ¿Dónde vas a trabajar?

—No te preocupes. Ya aprendí a caminar descalzo.

Al día siguiente la ayudé con la mudanza. Comenzamos desde las seis de la mañana. Esperanza se llevó algunas cosas en su van y yo otras en la mía. Hice dos viajes. Iba manejando a ochenta y cinco millas por hora. De pronto vi por el retrovisor las luces de una patrulla. Comencé a echar madres antes de detenerme. La van no tenía seguro y debía dos tickets. Como lo exige el reglamento, esperé sentado dentro de la van. Un hombre de raza negra, vistiendo uniforme verde con caqui, se acercó. Traía puestos unos lentes oscuros y unos guantes negros que le dejaban al descubierto las puntas de los dedos. En cuanto estuvo a un lado de la puerta de la van me di cuenta de que no tenía a un policía estatal sino a un agente de inmigración. Por un momento sentí que ya me había cargado la chingada.

—¿Eres ciudadano de los Estados Unidos? —me pregunta en inglés.

—Sí, oficial —le respondí en el mismo idioma.

—¿Puedo ver una identificación?

Se la entregué.

—¿En qué hospital naciste?

—En el Memorial Hospital —dije el nombre del primer hospital que se me vino a la mente.
—¿A qué escuela fuiste?
—Baker Middle School y W.B. Ray High School.
—Dame los nombres de cinco presidentes de los Estados Unidos.
—Washington, Kennedy, Reagan, Bush y Clinton.
—¿Llevas inmigrantes, drogas o armas en el vehículo?
—No.
—¿Sabes que estabas manejando arriba del límite de velocidad permitido?
—Sí. Disculpe, oficial.
—¿A dónde vas con tanta prisa?
—Mi mamá se está mudando de casa y le estoy ayudando.
—¿Qué llevas en la van?
—Trastes y ropa.
—¿Puedo ver?
Me bajé de la van, abrí la puerta trasera y el oficial revisó cuidadosamente.
—Está bien. Puedes irte. Maneja respetando los límites de velocidad.
Le ofrecí la mano agradecido por dos razones, sin decírselo: por no deportarme y por hacerme ver que podía engañar a los agentes de inmigración con facilidad.
El asunto no pasó a mayores. Terminamos con la mudanza hasta la media noche. Al día siguiente tenía un problemita: una vez más estaba desempleado. Pero en esa ocasión no esperé ni un día. Le pedí trabajo a un carpintero.
Duré tan sólo una semana porque una mañana fui a ver a Enrique a su taller de hojalatería para darle el último pago del Cadillac que me vendió. En ese momento vi sobre unos

barriles de acero una lonchera de aluminio, una caja con cafetera, horno y hielera, fabricada específicamente para vender alimentos en las vías públicas: lo que Esperanza necesitaba para trabajar.

—¿De quién es esa lonchera? —le pregunté a Enrique.

—Un cliente me la dejó en pago por arreglarle un carro.

—¿Qué va a hacer con ella?

—Venderla.

—¿Cuánto quiere?

—¿La quieres para ti, Kiko? —Enrique sabía que me había dedicando a vender tacos en los últimos meses.

—Sí.

—Pero necesitas una *troka* para montarla.

—Tengo la van.

Enrique se queda pensando por un momento.

—Pero vamos a tener que cortar la van. Sólo quedaría la cabina.

—No importa.

—Dame mil quinientos dólares. Y quinientos por montarla.

Pensé en Israel en ese momento. Me ha dicho en varias ocasiones que le vendiera el Cadillac. Me ofrecía su moto y quinientos dólares.

—¿Me la deja en pagos como el Cadillac?

—Ya estás, Kiko —sonrió y me puso la mano en el hombro—. Tráeme la van.

Esa misma tarde fui a la casa por la van para llevarla al taller. En cuanto salí del taller fui al Nueces County Public Health and Food Services Inspection Department. Pedí información sobre los permisos para vender alimentos en la vía pública. En menos de una hora tenía toda la información: necesitaba una cocina industrial, una lonchera con gas que tuviera los permisos y licencia de manejo. El lugar donde vivía no pasaría la inspección. Entonces pensé en Tomás y me dirijí a su restaurante. Me recibió alegre. Él siempre sonreía. Y casi siempre estaba pedo.

—¿Qué pasó, Kiko? ¿Ya vas a volver a trabajar conmigo?

—No. Vengo a ofrecerle algo mejor.

Tomás sonrió con intriga. Dejó la cocina encargada y salió al restaurante.

—Cuéntame, Kiko —se echó un trapo blanco en el hombro.

—Quiero vender tacos en las construcciones.

La sonrisa de Tomás desapareció.

—Quiero que tú me vendas los tacos.

Volvió la sonrisa.

—Ya estamos hablando. ¿Cuántos tacos necesitas?

—Ciento cincuenta al día.

—Pero necesitas permisos y una camioneta.

—Ya la tengo. La están armando en este momento. Estará pintada y equipada el próximo lunes. Pero necesito que me ayudes a sacar el permiso.

—Yo ya tengo mis permisos en regla.

—Sí, pero el inspector necesita venir y cerciorarse de que aquí se van a preparar los tacos.

—Mándame a quien quieras. Y yo les firmo los papeles que me digan.

Por fin llegó la mañana del lunes. En lo único que pienso es en ver a Verónica. La clase me da lo mismo. Ignoro todo lo que la maestra dice. Sólo espero a que termine el horario escolar para correr a la casa de Paco, pedirle la bicicleta y dirigirme a la casa de Verónica. Mi mala suerte comienza esa tarde. Nadie responde al timbre. Toco, toco y toco desesperadamente. Nadie sale. No sé qué es lo que pasa. No tengo tiempo para detenerme a analizar a qué se debe lo que siento. Lo cierto es que si no me apuro ella puede salir de su casa, caminar a la tienda o a la papelería o a la panadería o a la farmacia y volver a su casa.

No necesito que la gente me quiera; necesito que ella me quiera. La quiero. Suena ridículo y me da vergüenza. Nadie a mi edad lo admite.

Luego me pregunto para qué quiero la bicicleta estando tan cerca: me voy corriendo rumbo a la casa de Verónica. Hace tantos días que no la veo, que mi ansiedad se ha vuelto insoportable, tanto que se me olvida que debo ir a la casa de José Juan por la cámara fotográfica. Corro como un loco. Y justo en el momento en que llego ella está ahí. Nos vemos. Sus sonrisas son mías, aunque sea por ratos. La tengo tan cerca y tan lejos.

Verónica entra y sale. Se va. Una vez más, como tantas otras, se retira, camina a su casa. Y yo sigo ahí. El día termina pero a mí no me importa. La vi y con eso tengo para sobrevivir una noche más. La felicidad existe. Como dijo Esperanza: «La felicidad está en creerla». Me retracto: si es así, estoy dispuesto a creérmela.

Al día siguiente, ya con mis ánimos renovados, salgo de la escuela, voy a la casa de José Juan, le pido la cámara y me dirijo a la calle donde vive Verónica. Me siento en la entrada de la tienda, escondido tras un congelador de paletas Holanda. Pongo la cámara sobre el congelador y enfoco. En verdad la lente es muy buena. Puedo ver casi hasta el final de la calle. Eso me da mucha seguridad. Tomo dos fotos de la calle.

—No desperdicies las fotos, pendejo —me dice José Juan.

—Aguántate —le respondo—. Quiero comprobar que esta chingadera sirva, cabrón.

—Pues es nueva, baboso —me dice.

Volteo a verlo enfocándolo con la cámara y no veo su rostro, solo su piel, como si lo hiciera con un microscopio.

—No se te vaya a caer —me dice José Juan.

El dueño de la tienda nos observa y se ríe. Luego vuelvo a mi posición de espía. Por fin la veo salir de su casa, camina hacia nosotros. Parece que la tengo a unos metros. Levanto la cara para ver sin la lente y corroboro que está muy lejos para darse cuenta de que le voy a tomar fotos sin su consentimiento.

—¿Qué esperas? —me dice José Juan—. Apúrate.

Vuelvo a enfocar. Me encanta contemplarla, aunque sea a escondidas. Es tan bonita. Tiene puestos unos zapatos negros, calcetas blancas hasta las rodillas, la falda tableada de la escuela y su blusa.

Por fin logro tomarle fotografías. Soy el niño más feliz del mundo. Corro a revelarlas. Estarán listas hasta mañana y me da lo mismo porque ya las tengo. Cuento las horas y comienzo a inventarme una historia con ella. Como si el hecho de haberla fotografiado me garantizara su amor.

No sé qué hacer, pienso en salirme de la escuela. Da igual si me quedo o me voy. Lo más importante es ver las fotos de Verónica.

La tardanza me asfixia. Llega la tarde y con ella el instante en que la encargada del negocio me da las fotografías. Tengo el mayor tesoro del mundo. Veo las fotos una y otra vez. Son tan sólo cuatro. Pero con eso me basta. De pronto ocurre lo que jamás me hubiera imaginado. Verónica está a un lado de mí. Las rodillas se me descomponen. Pongo las fotos bocabajo sobre el vidrio del mostrador. No sé qué hacer. Tengo miedo. No puedo correr. ¿Qué pensará si descubre que tengo cuatro fotos de ella en mis manos? Ella voltea a verme una y otra vez. Sonríe. O no sé si se ríe de mí. Escondo las fotos. Sonrío como tarado. Ella sigue sonriendo, ahora también como tarada. ¿Eso qué significa? No sé qué hacer. Estoy tieso. ¿Qué le digo? Soy un imbécil. Sus ojos son míos en este momento, sólo míos, y no soy capaz de decirle «hola».

Salgo del lugar. Soy el peor de los pendejos. Sí, lo sé. No necesito que me lo digan. Cometí la más grande de las estupideces.

Ya tengo las fotos pero eso ya no me hace feliz. Tener cuatro fotos de Verónica no me sirve. Puedo verlas todo el día y toda la noche. Pero pienso: *¿En verdad eso es lo que quiero? ¿Con eso me pienso conformar?*, por supuesto que no. Quiero más.

—Estoy decidido a hablarle a Verónica —le digo a José Juan y se burla de mí.
—Eso dices desde hace quién sabe cuántos días.
—Ya estoy hasta la madre de perseguirla.
Verónica sale de su casa, camina a la tienda.
—De una vez —me empuja por la espalda.
—Oh, estate...
¿Qué puede pasar si me ignora o me manda a la fregada? Total, en la miseria no se pierde nada. Qué importa que la gente me vea. Quienquiera que se ría de mi dolor no tendrá otro dato más que mi anonimato. Me detengo frente a ella. Es el momento. Necesito dejar de perder mi tiempo.
—Hola.
No puedo creer que me haya atrevido a tanto. Quisiera buscar un hueco en la tierra para esconderme.
—Hola —me responde.
La acompaño a su casa. ¿Qué le digo? No se me ocurre nada. Camino con la bicicleta sin adelantarme. Ella me sonríe y yo me derrito. Me tiene bailando en la palma de su mano. Y si sopla me caigo de nalgas.
—¿Vives por aquí? —sé que es la pregunta más estúpida.
—Vivo aquí adelante —señala.
—¿De veras? No lo puedo creer —pongo cara de asombrado—. ¡Nunca te había visto!

—No es cierto. Todos los días estás aquí. Ya dime, ¿en cuál casa vives?

No puedo creer que ella ya sepa que existo y me voy a asegurar de que no me olvide. Soy un nuevo *yo*. Ya no quiero ser ese otro. Hoy quiero saborear mi nueva vida, mi nueva historia. Esa vida que me pienso inventar, pues queda claro que no pienso contarle quién soy en verdad. Estoy a punto de señalar alguna casa o incluso decirle que vivo hasta el final de la calle. En el otro extremo. Pero corro el riesgo de que me responda que ahí vive su tía o su abuelita o peor aún su novio.

—No vivo aquí —no queda de otra más que decir una de mis pocas verdades.

—Entonces qué haces todos los días en esta calle.

—Vengo a jugar a las maquinitas de la papelería.

—No te creo. Siempre estás en tu bici.

Compruebo que sí existo en su vida. Y quiero escucharlo otra vez. La interrogo.

—Ah, sí, ¿desde cuándo?

—No sé. Hace como dos meses —empiezo a conocer sus gestos—. Te veo todos los días. ¿Cómo te llamas?

—Antonio.

—Yo me llamo Verónica.

Llegamos a su casa, ella abre la reja y se despide. Sonríe como si tuviera vergüenza. La veo entrar a su casa y me voy con una sonrisa. Canto una canción que aprendí en una película de Tin Tan:

—Ay, ay, ay —pedaleo erguido con la frente en alto—. *Me estoy muriendo y derritiendo por ti* —sonrío—. *Cada momento es una locura sin ti. Más cada día siempre es así. Ay, ay, ay, ay, ay. Yo me atormento. Me vuelvo loco por ti. Tú tienes… personalidad. ¿Quién? Personalidad. ¿Yo? Personalidad…*

Esa tarde, esa noche y la mañana siguiente soy inmensamente feliz. En la tarde la espero afuera de su casa. En cuanto se abre la puerta hago como que estoy pasando por ahí en la bicicleta. Ya no me da miedo acercarme a ella. La saludo y la acompaño a la panadería.

Uno de mis mayores temores era no tener tema de conversación cuando por fin pudiera platicar con ella. Ahora que estoy allí me doy cuenta de que sufrí en vano. Verónica habla y habla y habla. Me platica de su escuela, de su familia, de las clases de inglés a las que tiene que ir los miércoles. Dice que no le gusta ese idioma y mucho menos los diccionarios. Le encanta el cine y a mí también. Me dan ganas de confesarle que me gusta inventar historias, pero pienso que si le digo algo así ella podría llegar a la conclusión de que todo lo que le cuento son mentiras. Ha llegado el momento de hablar de mi familia. Quiero platicar sobre mis hermanos y mamá Tina. Nada me gustaría más, pero hacerlo me llevaría a contar toda mi verdad. Por lo mismo no le digo dónde vivo. Si lo hago corro el riesgo de que se dé cuenta de que soy una mina de defectos. Le he mentido. Ahora soy hijo único. Vivo con mis padres y somos muy felices. En mi casa nadie se pelea ni hay mentiras. Y ya que todo se resume a felicidad, tengo muy poco por contar, así que esa es mi cuartada. Entonces comparo mi vida con la de la gente feliz y concluyo qué tengo mucho qué confesar y, según diría el padre, demasiados pecados por pagar y muchos avemarías por rezar.

Y como ahora soy un niño muy feliz a ella no le interesa mi historia. Jamás vuelve a preguntar sobre mi familia. Para que no tenga dudas, todos los días le platico lo que hizo de comer mi mamá y lo que me compró mi papá. Mi abuelita es tan cariñosa que me teje suéteres todo el tiempo. Un día Vero me confiesa con tristeza que me tiene envidia.

—Yo sería muy feliz con unos papás como los tuyos —dice y quiero responderle que yo también, pero la abrazo. Es el primer abrazo que nos damos.

Así como hay personas que nos desmoronan la vida en minutos, existen aquellas que nos la reconstruyen en segundos. O lo que puede resultar mejor: nos inventan una mucho mejor. No tengo la certeza aún de qué fue lo que hizo Verónica conmigo. No sé si me ayudó a reconstruirme o a construirme una nueva vida. Yo digo que me dio las armas para inventarme un nuevo *yo*. Quizá no el mejor de los *yos*, pero sí uno menos complicado.

Hace ya cuatro semanas que nos vemos todos los días. Ella sale a la tienda y se sienta un rato en el escalón junto a mí. Me platica lo que hace en la escuela y lo que ocurre en su casa. Ahora sé mucho de su vida. Sus dos hermanos casi no le hacen caso. No la tratan mal, pero no juegan con ella. Son mayores. Y su mamá casi siempre está triste. Vero dice que es porque su papá toma mucho y cuando llega borracho comienzan las discusiones con su mamá. De pronto siento muchas ganas de contarle mi verdadera historia. Pero no se trata de ver quién ha sufrido más. Además, si le confieso la verdad, ella me dejaría de hablar.

Ahora somos mejores amigos y por fin me confiesa que desde el primer día en que nos encontramos en la tienda ella se dio cuenta. Al día siguiente salió a la misma hora y me vio. Volvió a su casa y me observó desde la ventana de su recámara.

Descubrió que la estaba espiando, pues en cuanto ella entró yo me retiré. Y desde entonces se dio a la tarea de espiarme. Salía todos los días con la esperanza de que le hablara. Y yo me seguía derecho. Según ella, me hice del rogar. Le contesto que tenía miedo de hablarle.

—Pues te tardaste mucho —me dice.

Es la única persona que me valora. Y la verdad es la única que me interesa que me valore. Cada día pasamos más tiempo juntos. Al principio ella salía de su casa por unos cuantos minutos. Luego comenzó a quedarse hasta media hora. Dice que un día su mamá la regañó por tardarse tanto y le preguntó qué estaba haciendo. Le dijo que platicaba con un amigo. Así que como ahora su mamá ya sabe que existo y me ha visto afuera de su casa, le da permiso a Vero de salir siempre y cuando termine su tarea.

La bici de Paco tiene unos diablitos. Un día le dije a Vero que se subiera para que fuéramos a dar una vuelta. No quería. Decía que se iba a caer y que se iba a lastimar y que sus papás la iban a regañar, hasta que la convencí. Se subió, puso sus manos en mis hombros y yo comencé a pedalear. Ella gritó por dos cuadras como loca: «¡Toño no vayas tan rápido! ¡Toño cuidado con ese carro!». De pronto me abrazó. Sentí su cuerpo en mi espalda y su barbilla en mi hombro. Entonces dejó de gritar.

Desde ese día recorremos las calles en la bici. A veces sólo caminamos; otros vamos al tianguis que se pone los jueves. A ella le gusta ver en los puestos donde venden pulseras, diademas, moños y maquillaje. Casi nunca compra nada, pero le gusta ver. Cuando tengo dinero, le compro cosas que no estén muy caras.

Un día andamos en la bici y nos detenemos en un pequeño parque que está cerca de la casa de la tía Cuca. No hay juegos;

sólo pasto, árboles y unas cuantas bancas. Y sin más ni menos, le pregunto:

—¿Quieres ser mi novia?
—Sí.

Funciona. No me la creo. No me lo esperaba.

—¿Ya somos novios?
—Sí —sonríe y me toma de la mano.

Nos da miedo besarnos y seguimos platicando de otras cosas. Se nos va la tarde y aún no nos hemos dado nuestro primer beso. La acompaño a su casa, nos despedimos y me voy alegre.

Pasan cinco días. Seguimos sin darnos ese primer beso. Ella se sube a la bici y paseamos. O si no caminamos o nos sentamos en cualquier banqueta a platicar. Jugamos, bromeamos. Dice que ya debe regresar a su casa y la acompaño. Poco antes de llegar, ella se detiene en la esquina y de forma fugaz me da un beso —apenas si nos tocamos los labios—, me da la espalda, corre por la banqueta como si se hubiese robado algo y se mete a su casa. Experimento sensaciones desconocidas. Todo mi cuerpo se estremece. A los doce años eso ya es una maravilla. Ya no me importa vivir en la casa de la tía Cuca. O mejor aún, me conviene. Ya no quiero irme a Estados Unidos. Aquí soy feliz. Quiero este nuevo *yo*.

Un día Vero me invita a entrar a su casa. Ya les dijo a sus papás que somos novios y ellos quieren conocerme. Me siento raro mientras comemos. Tengo ganas de aventarle la sopa en la cara al señor ese que dice que es su papá. Por su culpa Vero ha llorado tanto. Y por lo visto él también quiere darme de patadas: me interroga y me aplasta con la yema del dedo índice.

Hace muchas preguntas y no me da tiempo para pensar bien mis respuestas. Le invento que voy a una de las mejores escuelas. No me cree y yo tampoco me la creo. Me pregunta a qué se dedica mi papá y yo no tengo idea de qué responder. Vero jamás lo preguntó y por eso no lo planeé. Lo primero que se me ocurre es decir que es abogado.

—¿Dónde trabaja? Yo también soy abogado.

Vero nunca me dijo eso. Nunca imaginé que los abogados también fueran borrachos.

—No lo sé, señor, pero hoy mismo le pregunto.

—Pues necesito saber porque en este momento llevo un caso en contra de un abogado que se apellida Guadarrama.

—¿En serio? —abro los ojos y casi me atraganto con la comida.

—Es broma —y suelta una carcajada.

Terminamos de comer y busco la manera de salir de ahí para salvar el pellejo. Al paso que voy este señor me va a despedazar. Pregunto la hora y finjo un temor irremediable.

—Mi mamá me va a regañar por llegar tan tarde —alego y me voy.

Domingo 17 de junio de 2007

LA MEDIA HORA PROMETIDA se ha aplazado tanto que los candidatos a mojados se han quedado sin tema de conversación. No saben sus nombres pero sí mucho de sí mismos. O por lo menos lo suficiente para saber qué los ha llevado a abordar el mismo barco.

—¿A qué hora nos vamos? —pregunta uno de los candidatos.

—Ya mero... ya mero. En media hora —responde uno de los coyotes.

—Eso nos vienen diciendo desde las nueve. Ya tenemos hambre.

—Yo también —responde el coyote y sale por la puerta trasera.

Minutos más tarde llega uno de los coyotes con dos personas más. Los aspirantes a mojados son ahora cinco. Se reinicia la rigurosa bienvenida y el protocolo. El intercambio de relatos de sus experiencias en el río y el desierto ya se lo saben. Las tripas reclaman.

—Ya tengo hambre y estos cabrones no tienen para cuando darnos de comer.

—Hasta crees que te van a dar de comer, tío, si no es crucero.

—Pues por lo que nos van a cobrar deberían darnos por lo menos un taco.

—Estos pinches marihuanillos no tienen ni para comer ellos mismos.

—A ver, revisa el refrigerador.

—Nomás écheme aguas.

—No viene nadie.

—Se lo dije. Está vacío.

—A mí se me hace que no vamos a cruzar hasta la noche.

—¿Tú crees?

—Claro. A esta hora está cabrón. Imagínate con este pinche calor. Te mueres.

—No, pues, entonces hay que ir a comprar algo para comer.

—¿Y si se encabronan?

—¡Me vale que se emputen! Yo tengo hambre.

—Toma. Cincuenta pesos. A ver para qué nos alcanza.

—Yo pongo cuarenta. Nosotros los esperamos. Vayan ustedes.

El calor se intensifica al enfrentarse a los sediciosos rayos del sol. El trío de fantasmas camina por una calle desolada y polvorienta. Tres cuadras a la derecha aparece una tienda de abarrotes. Al entrar los recibe el torbellino del aire acondicionado. Pan, jamón, queso, mayonesa, rajas, refresco, frituras, agua, sí, agua, dos galones. No. Mejor lleva tres. En el televisor un partido de futbol explica el porqué no hay gente en la calle.

Al salir suena un teléfono celular. El joven de diecinueve años lo saca de su bolsillo, responde, da información a sus parientes, manda saludos y se despide.

—Me hubieras dicho que tenías teléfono.

—Me hubieras preguntado.

—Préstamelo y compro una tarjeta.

—Sí. No hay pedo, camarada.

Regresar a la tienda toma un minuto; otro en agregar el saldo al aparato; y medio para marcar.

—*Hello.*

—Hola.

—¿Ya llegaste?

—No; sigo en Camargo.

—A mí me siguen llamando. Dicen que ya vienes en camino.

—No les hagas caso. Ya no respondas si no soy yo quien habla. ¿Cómo está mamá?

—Pues mal. Tiene muchos dolores. Cuando un paciente no tiene movimiento en sus piernas se llenan de sangre. No sé cómo se llama eso. El doctor me dijo pero ya no me acuerdo. La cosa es que mamá está sufriendo mucho y yo ya no sé qué hacer.

—No llores.

—¡Ya no puedo! ¡Déjame llorar contigo! Frente a ella tengo que demostrar que soy fuerte. Pero no lo soy.

—Ya tengo que colgar.

—*Ok. I love you* —dice Isabel por primera vez en su vida. Sus palabras saben a remordimiento.

El trío camina de vuelta a la casa de los coyotes. Visto desde otro ángulo descubren que la recámara de donde entran y salen los coyotes tiene un aparato de aire acondicionado en la ventana. Antes de llegar los intercepta el fulano con la camisa de las Chivas.

—¿Dónde andaban? —los regaña—. Los estoy buscando.

—Fuimos a la tienda. Tenemos hambre.

—Está bueno —su enojo no desaparece—. Pero avísenme.

Al llegar descubren que ya no son cinco sino seis aspirantes. Cada uno se prepara su propio sándwich. Uno de los polleros sale del baño. Se acerca como buitre a preguntar:

—¿Compraron comida?

—No, güey, asaltamos la tienda —le contesta uno de ellos.

—¡Este bato! —responde con un sonrisa artificial—. No sean culeros, invítenme.

—Come —dice otro de ellos con el credo de que a nadie se le niega un pedazo de pan.

Pronto la bolsa de pan queda vacía. Las rebanadas de jamón escasean. El refresco y el agua se consumen y lo único que queda son rajas en una lata.

—¿Por qué tardan tanto?

—Este pedo no es fácil —responde el pollero haciendo visible el alimento masticado—. Hay unos batos que cuidan el río. Ellos nos dicen si está la migra o no. Entonces sabemos cuándo pasar.

—Ahí anda la chota —dice uno de los polleros al entrar y cerrar la puerta de enfrente.

—No le cierres que hace un chingo de calor.

—Aguanten la vara, putos.

—Por lo menos déjanos entrar al cuarto donde tienes el aire acondicionado.

—¿No quieres que también les traiga unas cervezas? —responde con altanería—. Esto no es hotel —sale por la puerta trasera.

Como remedio sólo queda dirigirse a la cocina para aprovechar el viento que se filtra por la puerta trasera. A un lado del refrigerador encuentran una caja llena de mochilas, y ropa.

—¿De quién será toda esta ropa?

—Pues de los que se van de mojados.

—¿A poco no puedo llevar mi mochila? —inquiere el joven de diecinueve años.

—Pues si no vas de paseo —le responde su tío—. Te dije que no trajeras nada.

—¿Y mis zapatos nuevos?

—Pues ahí se van a quedar.

—¿Sí será cierto que ahí anda la policía?

—¡Ni madres! Lo que quieren es que no nos salgamos —dice uno de ellos y se asoma por la pequeña ventana sobre el fregadero—. Míralos, están bien contentos tomando chela. Y no son pa'invitarnos.

EL NEGOCIO, que meses atrás parecía truncado por un inspector, estaba dando ganancias legales. Tomás y yo nos hicimos buenos amigos. Me vendía los tacos a un dólar y yo los revendía a un dólar setenta y cinco. En promedio me estaba llevando doscientos veinticinco dólares de ganancias por día, incluyendo venta de sodas, frituras y galletas. Mil trescientos cincuenta dólares por semana. No tenía que levantarme a las cuatro de la mañana ni tenía que salir a comprar comida. Sólo debía preocuparme por llegar puntual a las siete, recibir mis tacos y manejar por las construcciones.

Un día Israel me dijo:

—¿Para qué le sigues pagando a ese señor por hacer los tacos? ¿Por qué no los haces tú?

Le hice caso. Tomás se molestó conmigo, dijo que sólo lo utilicé para conseguir el permiso. Tuvo razón. Cualquier otro me habría denunciado con el inspector de salubridad. O en el peor de los casos me habría dado una buena madriza. Fue la peor decisión: no sabía ni sé cocinar. Tuve que pagarle a una señora para que me ayudara. Estuve aprendiendo pero me estaba saliendo muy caro.

Los clientes notaron la diferencia. Por más que intenté convencerlos de que eran los mismos tacos, ya no me creían. Comencé a perder clientes. Mala hora en la que se me ocurrió pensar que no necesitaba de Tomás. Me dejé llevar por la ambición.

Y justo cuando más necesitaba el dinero estaba ganando menos, pues a Israel se le ocurrió ir a México a fin de año. Ni siquiera me invitó. Yo fui el que comenzó a hacerle preguntas, pues sabía que él no tenía papeles.

—¿Y cómo le haces para regresar?

—Por el puente. O si no, nadando.

—¿Cuántas veces has pasado?

—Como cuatro —lo dijo con tal tranquilidad que no pude contener mis ganas de aventurarme a pasar de mojado—. También he pasado por el puente, manejando. Me preguntan si soy ciudadano americano y les respondo que sí y me dejan pasar.

Me acordé del día que me detuvo el oficial de inmigración en la carretera.

—¿En serio? Quiero ir contigo.

—Órale. Vamos. Pero si no dejas de tomar no ahorrarás lo suficiente.

—A huevo que puedo.

—No te creo. Te apuesto que no puedes.

—¡Cómo chingados no!

Entonces me amarré el cinturón por el resto del año. Al principio me resultó algo difícil, pero meses después me acostumbré a ser testigo sobrio de las borracheras que mis vecinos se ponían. También aprendí a divertirme viendo todas las tonterías que hacían después de ocho cervezas.

Quería volver a México, mi país. Ya llevaba cinco largo años en el extranjero. Ni siquiera sabía qué quería al volver a México. No pasó por mi mente el quedarme allá. Tampoco regresar aquí. Sabía que no vería a mamá Tina ni a Naty ni a Gonzalo ni a Valeria ni a Cecilia. Era como regresar a una casa deshabitada. Ni siquiera podría visitar a la tía Cuca, hacía tres años se había ido a vivir a Houston con sus dos hijos. La abuela había muerto pocos meses después de que me vine.

Sólo estaba el tío Alberto, su esposa y sus hijos. Indudablemente ése sería mi destino. Si quería quedarme a vivir en México tendría que ser en su casa por un tiempo, mientras conseguía dónde vivir.

Comprendí entonces que había rebotado como pelota una y otra vez por la vida; y ahora no tenía un lugar para caer. Pensé en ti. Pensé en Melody. Si la segunda me había impresionado con su cambio al verla dos años más tarde, ¿qué encontraría ahora en México? Tú eras una niña con cuerpo de popote. Yo era un niño. Me pregunté cuántos novios habrías tenido hasta el momento, si te habrías casado, si tendrías hijos, o cuánto había cambiado tu cuerpo y tu forma de pensar. Estaba seguro de que ya no eras la misma. Yo ya no era el mismo. Me habían robado mi identidad y sentía que debía recuperarla. Por fin tenía un objetivo para volver a México.

El viaje a México lo hicimos el 18 diciembre de 1994, Israel, un amigo de él, llamado Irán, que también era de Papantla y yo. En cuanto llegamos a la ciudad de México descubrí que ya era un extranjero en mi país. Había vivido allá mis primeros años. ¿Qué podía conocer? Periférico, el Zócalo, un poco de Insurgentes y Reforma. Sólo recuerdos vagos. Estamos estancados en el tránsito. Ninguno de los tres sabía manejar en el D.F. Ya no me gustaba lo que veía. Me desilusionó descubrir que nada era igual a como lo dejé, o como lo recordaba. Me intimidaba el caos de la ciudad, el tránsito, la contaminación, los cerros saturados de casas en obra negra, los tumultos, la basura en las calles, el desorden, la indiferencia de la gente a los reglamentos viales y el mal olor. Encontré agresiva la manera de manejar de la gente. Me entristeció la pobreza que había olvidado.

No sé qué tantas vueltas dimos para llegar a Indios Verdes. Me bajé del carro; acto seguido, Israel e Irán se fueron a Papantla. No quería entrar al metro, me encontraba desubicado. Pensaba que en cualquier esquina me iban a asaltar. Las noticias en el extranjero no hablaban más que de los robos a mano armada y los asesinatos por todas partes.

Decidí abordar un taxi.

—¿Viene de vacaciones? —me preguntó el conductor.

—Sí.

—¿De dónde viene?

—De Estados Unidos —iba distraído viendo las calles.

Dos horas y media más tarde llegué a la casa del tío Alberto y me recibieron con abrazos.

—¿Cómo te fue en el viaje?

—Bien.

—Cruzar la ciudad es muy complicado. Nos tardamos dos horas y media en el tránsito.

—¿Dos horas y media? ¿Cuánto te cobró?

—Treinta dólares.

—Te engañó.

Estaba quedando en ridículo. No les dije que al llegar a una gasolinera también le pagué el tanque lleno. Según yo muy espléndido dije: «Por un trayecto de dos horas y media lo vale». Sí cómo no.

—Ni modo de decirle: «Aquí me bajo». No tenía idea de dónde estaba.

Luego de describirles los edificios y monumentos que vi en el camino, el tío Alberto dijo que el tipo me dio un *tour* por la ciudad: me paseó por Insurgentes hasta llegar a Reforma, luego se siguió rumbo a la Feria de Chapultepec, tomó Periférico y se fue tranquilo hasta Tlalnepantla.

Entonces continuamos con el recibimiento de la familia, la comida, la entrega de regalos y las anécdotas oxidadas; para descubrir en un dos por tres que éramos unos completos desconocidos. Ellos seguían siendo *ellos* pero yo ya no era ese otro *yo*, el que se fue para nunca más volver.

Los siguientes días en México fueron aburridos. No era culpa de ellos ni mía. Sólo que mis primos y yo no teníamos nada en común. Si antes éramos diferentes, en ese momento éramos unos desconocidos. Allí todo sucedía en un orden y un silencio inverosímil. Lo había olvidado.

Quería un cigarro y una cerveza y no podía. Quería ir a un bar o cantina y tampoco les gustaba eso. También porque todos mis primos seguían teniendo vida de niños, porque eran niños. La mayor tenía mi edad y llevaba una vida de adolescente. Yo, en cambio, me sentía de treinta y apenas tenía dieciocho años.

Sabía que debía disfrutar de mis vacaciones pero por más que intenté divertirme no lo logré. Tenía tu fantasma rondando en mi cabeza. Hacía tantos años que no te veía y no sabía si tendría el valor de ir a tocar tu puerta. Lo pensaba y lo pensaba y cada vez que estaba dispuesto a cruzar la puerta sentía que me temblaban las piernas.

De los dos motivos que tenía para ir a México ya había resuelto el primero. Le pedí al tío Alberto que me ayudara a conseguir mi acta de nacimiento y me llevó al registro civil de Tlalnepantla donde me dieron un acta de reconocimiento que dice José Antonio Martínez Rangel.

—Quiero conseguir mi otra acta —le dije al tío Alberto.

—¿Estás seguro? —se rehusaba.

—Sí —dije más convencido que nunca.

Esa misma tarde fuimos al registro civil de Naucalpan. Al día siguiente recibí cinco copias de mi acta de nacimiento con el nombre de: Antonio Guadarrama Collado. La tormenta comenzó a desvanecerse. Sentí una gran tranquilidad al tener el papel en mis manos. Como si se tratara de un diploma universitario. Por fin, después de nueve años, lograba recuperar mi identidad. No pensaba usar el otro nombre jamás.

Finalmente me armé de valor y salí a pesar de los nervios que se apoderaban de mí. Caminé una vez más por las mismas calles por donde tú y yo dábamos vueltas en la bicicleta.

Al doblar la esquina me detuve un instante. Sentí que reconocí los aromas. Observé a un grupo de niños que jugaban *soccer*. Caminé lento y sentí la mirada de algunas personas. Seguramente era mi imaginación. Entonces era un extraño y había perdido la confianza con la que antes me movía por esa calle. No sabía qué respondería si alguien me preguntaba qué o a quién buscaba. Encontré la misma papelería y la misma panadería y la misma farmacia. Muchas casas habían cambiado. Frente a mí pasó un niño en su bicicleta y me vi reflejado. Me pregunté si él también estaba espiando a alguna niña que salía a comprar el pan o las tortillas. Entré a la tienda a la que ibas casi todos los días. Se veía completamente distinta. Traté de reconocer al dueño, pero no se parecía. Compré unos cigarros. Caminé a tu casa. Mis temores crecieron. La vida cambia... mucho. La reja y la casa ahora eran de otro color. Toqué el timbre. Nadie se asomaba. Las cortinas en una ventana se movieron, vi una silueta. Tenía la mirada fija en la ventana. De pronto la puerta se abrió.

—¿A quién busca?

No reconocí a esa mujer. Debía tener tu misma edad, Verónica. No pude creer que eras tú. Quise pensar que ya te habías cambiado de casa o que me había equivocado de dirección.

—Estoy buscando a Verónica.

—¿Quién la busca?

Ojalá se trate de una prima o una amiga que vino de visita, pensé.

—Antonio.

—...

Pensé: *Ojalá me azote la puerta. O que me exija que me largue; que me grite que soy un mentiroso. Sí, así por lo menos sabré que me sigue queriendo. Que le dolió mi ausencia.*

—¿Toño? —sonreíste y caminaste a la reja.

Tenías... cachetes. Y unas chichotas y una silueta distinta.

—No lo puedo creer —dijiste mientras abrías la reja.

Tampoco podía creer que la niña de cuerpecito de papalote ya no existía.

—¿Cómo estás? —me abrazaste y sonreíste—. Pasa, pasa. Cuéntame cómo te ha ido. Hace tantos años. ¿Cuántos? ¿Seis, siete?

Ni siquiera sabías que eran cinco.

—No te imaginas el gusto que me da volverte a ver. Siéntate.

No podía hablar. Observé el interior de tu casa.

—¿Quieres algo de beber? ¿Agua, café, refresco?

—No; gracias —respondí aunque sentía mucha sed y ganas de salir.

—Te ves muy cambiado. En verdad no te reconocí. Mira nada más —sonreíste. Comencé a registrar gestos añejos—. Antes estábamos de la misma estatura y ahora apenas si te llego a los hombros —te reíste. Reconocí tu risa—. No tienes idea de cómo me acuerdo de ti.

No sabía si lo que sentía era un alivio o un halago. Necesitaba preguntar.

—¿De qué te acuerdas?

—De tantas cosas —cerraste los ojos y dibujaste una hermosa sonrisa—. Del día que nos caímos de tu bicicleta.

—¿Nos caímos?

—¿No lo recuerdas? —te reíste a carcajadas—. Yo iba parada en los diablitos. De pronto, un perro salió corriendo de su casa, nos ladró y nos persiguió. Te abrazaba y te gritaba que no fueras tan rápido; luego pasamos un tope y perdiste el control.

—No lo recuerdo.

—Qué tiempos aquellos. Tú fuiste mi mejor amigo de la infancia. La única persona a la que le contaba mis secretos —alzaste las cejas—. Seguramente te aburrías con todas mis tragedias.

—No.

—Sí —soltaste una carcajada—. No te hagas. Qué necesidad tenía de escuchar mis tonterías familiares un niño con una vida sin problemas.

De pronto se escuchó el llanto de un bebé.

—Dame un minuto —dijiste y corriste por las escaleras.

Siguió llorando el bebé. Quise salir de ahí. Un minuto después bajaste con un bebé en brazos. Te sentaste a mi lado, en el mismo sillón.

—¿Cómo ves? —me mostraste al bebé—. Soy mamá. Nació el mes pasado.

Elaboré la sonrisa más falsa de mi vida. Sonreíste sinceramente. Levantaste al bebé para que me viera.

—Saluda a tu tío Toño.

La única razón para permanecer en ese país o esa ciudad se había ido por la sangre de ese recién nacido.

—Pero, ya cuéntame qué tal te ha ido en estos años.

—Bien... muy bien...

—Qué bueno. No sabes el gusto que me da. ¿Y a qué te dedicas?

—Tengo un negocio de comida.

—¿Tienes un restaurante? ¡Qué fabuloso!

—¿A ti cómo te ha ido?

—¡Ay! —suspiraste, sonreíste forzadamente y viste a la ventana—. Han pasado tantas cosas —desapareció tu sonrisa—. Mis papás se divorciaron. Mi hermano mayor ya terminó la carrera; el otro está por terminarla. Yo estaba por entrar a la universidad pero, como te darás cuenta, alguien se adelantó —volvió tu sonrisa—. Ahora a cuidarlo. Me casé hace cuatro meses y en ésas andamos.

—Me da gusto por ti.

Enfocaste tu atención en el bebé. No hablamos por varios minutos. Te observé y sentí que un cristal nos separaba.

—Me tengo que ir —me levanté.

—No sabes el gusto que me dio volverte a ver —te pusiste de pie y me acompañaste a la puerta—. Ya conoces mi dirección. Cuando quieras escríbeme.

Días más tarde me fui a Veracruz para pasar el fin de año con Israel y su familia. Me llevaron a conocer las pirámides de Tajín y me contaron el mito de la princesa Nimbe. Entonces llegó la devaluación y lo poco que me quedaba de dinero en pesos se encogió como camiseta barata.

La situación había cambiado. Había añorado un pasado que jamás volvería. Cinco años atrás no quería cruzar la frontera. Pasé todo ese tiempo soñando en el día en el que volvería a México. Cuando por fin lo logré, ya no me interesaba quedarme ni me entusiasmaba venirme a Estados Unidos. Comprendí que lo que estaba buscando, al ir a tu casa, no eras tú, sino una excusa, el más simple de los motivos para no volver a un país donde no era nadie.

Duele mucho iniciar de cero, cambiar de piel, desnudarse y permanecer así por años hasta que llega el día en que uno por fin encuentra algo para vestirse. Mientras eso ocurre uno debe vaciarse y vivir sin identidad. Sufrir la condena de no poder encontrarse a sí mismo; la pena de no existir ni aquí ni allá; llevar la etiqueta de fugitivo; y aguantar la agonía de comprender letra a letra el asfixiante apelativo de «indocumentado».

Hasta el momento no había tenido la necesidad de cruzar el río o caminar por el desierto. La primera vez que entré a Estados Unidos me percaté de la magnitud de los hechos un año después.

En esa segunda ocasión no sentí temor. No me preocupaba que me descubriera la migra. Llegué en camión a Matamoros a las tres de la mañana. Israel se quedó en Veracruz una semana más. Abordé un taxi. Tenía una maleta con ropa y una licencia de conducir del estado de Texas. Los taxistas locales tienen permiso para cruzar el puente las veces que quieran. La migración no los hace responsables por los pasajeros. Así que no me preocupo por él.

—Lléveme al aeropuerto de Brownsville.

En minutos estábamos cruzando la frontera. No había carros. Un oficial de inmigración se acercó al taxi, le pidió sus papeles al conductor y él se los entregó. Luego el oficial se dirigió a mí.

—*Are you a U.S. Citizen?*

—*Yes.*

No me intimidaron sus siguientes preguntas ni su actitud, y él lo notó. Me pidió una identificación y le mostré mi licencia de conducir. Me preguntó qué llevaba en la maleta.

—Ropa —respondí y nos dejó pasar.

Al llegar al aeropuerto de Brownsville compré un boleto para Houston. El próximo vuelo salía a las seis pero estaba lleno. Sólo había asientos disponibles en el vuelo de las nueve.

Es un aeropuerto muy pequeño. Solamente tiene una sala de espera. Justo enfrente del punto de revisión de inmigración. Debía actuar lo más natural posible. Así que tomé mi maleta y me senté. Me observaban cuando pasaban frente a mí. Cerré los ojos y me acomodé para dormir lo que me quedaba de espera. Sabía que no podría dormir pero debía fingir indiferencia.

Más tarde la gente comenzó a llegar. Me levanté al baño y regresé a mi lugar. Se anunciaba la salida de un vuelo. Pronto llegó otro vuelo. El aeropuerto se vaciaba y se llenaba a ratos. A las seis de la mañana los agentes de inmigración hicieron cambio de turno. Los que iban llegando me observaban pero no se detenían a preguntarme.

Luego de un largo rato me puse de pie y fui a buscar algo para comer. Había algunas máquinas que vendían café y pan dulce. No quise salir del aeropuerto. Hasta cierto punto me sentía más seguro ahí. Volví a mi lugar, desayuné y por fin comencé a sentir cansancio. Cerré los ojos y sin darme cuenta me quedé dormido.

En cuanto abrí los ojos, asustado dirigí la mirada al reloj. Eran cuarto para las nueve. Ya debía estar en el avión. Apurado me puse de pie y caminé al punto de revisión de inmigración.

—¡Me quedé dormido! —les dije en inglés—. ¡Me va a dejar el avión!

Los tres oficiales se sonrieron porque sabían que era cierto lo que les acababa de decir. Seguramente se burlaron del hilo de baba que me escurría mientras roncaba. Me recibieron la maleta, la revisaron y me dejaron pasar.

—¡Corre! —me dijeron.

Ese día llegué a Houston poco antes de las diez de la mañana. Fui a la casa de Esperanza donde me quedé dos días. Aproveché el viaje para conseguir una licencia de conducir con mi verdadero nombre pues según yo era muy riesgoso sacarla en Corpus. A Esperanza no le agradó la idea e intentó convencerme con el argumento de que me podría meter en problemas por usar doble identidad. Yo le respondí que no pensaba usar los otros apellidos jamás. Creo que ya se había dado por vencida y no quería desperdiciar su tiempo en el tema. Después me fui a Corpus Christi en un camión de Greyhound.

Comencé a trabajar pero la venta de comida en la construcción fue de mal en peor. La devaluación del peso tuvo estancada la construcción de casas el primer trimestre del año. Invertía cien dólares en mercancía y regresaba a casa con veinte o treinta dólares. Dos meses después, lleno de deudas, tuve que vender la lonchera. Estaba desempleado.

24

¿En una semana nos vamos a Estados Unidos? No se vale. Primero me patea las rodillas, me deja derrumbado y espera paciente a que me levante para jalarme el tapete. Creo que le urge deshacerse de mí. Aunque la gente diga que ella es una buena persona a mí no me engañan. A mi entender la gente mala es la que nos hace daño, y a mí me fracturó la vida.

Ahora sólo me queda pensar en lo que le voy a decir a Vero. ¿Cómo le explico que me voy a ir a Estados Unidos? ¿Le digo que me voy de vacaciones y ya no vuelvo? ¿Le confieso toda la verdad? A fin de cuentas ya me voy. Que se entere de una vez. No. Imposible. Pienso en volver pronto, pero ¿cómo le hago? ¿Qué tan lejos está Estados Unidos? ¿Y si le digo a la tía Cuca que ya no quiero ir? ¿Y si le prometo que ahora sí me voy a portar bien y que voy a estudiar? Ya es demasiado tarde para convencerla. Mi reputación está tan podrida como mis soluciones.

Ahora comprendo por qué fuimos a ver a ese señor en las oficinas de gobierno que según es mi verdadero padre. El pinche viejo ni me hizo caso. Me saludó de mano, cruzó un par de palabras con la tía Cuca y nos mandó derechito a la puerta. No quiso firmar unos papeles. Lo que quiere decir que no tengo pasaporte. La tía Cuca me explica que voy a pasar ilegalmente. No tengo idea de cómo sea eso.

Pasan los días y todavía no sé qué es lo que voy a decirle a Vero. Se me ocurre decirle que voy en busca de fortuna. Usaré las mismas palabras que la tía Cuca dijo cuando le pregunté por qué Esperanza se había ido a Estados Unidos. Según ella la gente se va en busca de fortuna. Recordé al instante una película del oeste en la que la gente iba en busca de oro a California. Me imagino que por eso allá el dinero se gana a montones.

—Voy por mucho dinero —le digo a Vero—. Primero tengo que estudiar allá y luego voy a trabajar mucho.

—No te creo —me mira con enojo.

—¿Qué?

—Se me hace que ya no quieres ser mi novio —ya no me mira. Tiene los brazos cruzados.

—No. Sí —me confundo al responder.

—Entonces, ¿por qué nunca me has llevado a tu casa? ¿Por qué no conozco a tus papás?

Se me desbaratan las palabras. Lo que menos quiero es estar lejos de ella. Sólo me queda hacer una promesa:

—Te voy a escribir todos los días.

Todo se derrumba. No la volveré a ver. Finalmente ella patea la puerta.

La mañana del 18 de agosto de 1989 rasguña las paredes de mis pesadillas. No tengo idea de la hora en que me quedé dormido, pero sí la certeza de que fue muy tarde. Luego de bañarme y vestirme voy a la cocina donde todos me tratan de maravilla. La escena se repite, sólo cambian los actores y algunos factores. La primera vez era un engaño, ésta es descaradamente honesta. A los ojos del mundo parece una fiesta de despedida. Para mí también pero no como suelen ser dichos eventos en los cuales se sufre por el que se va aunque se celebra por su futuro. Aquí hay un aire de regocijo comunitario. Como si dijeran: «Por fin se larga este pinche chamaco malcriado».

Al llegar la tarde ya estamos en la estación de trenes de Buenavista. Algo me dice que no me vaya, que haga un berrinche y grite que me están secuestrando por segunda vez. Entonces le digo a la tía que no me quiero ir, que me perdone, que prometo portarme bien. Es mi última carta, no sé si sea la mejor o la peor, pero me la juego; en una de ésas mis lágrimas la convencen. No estoy fingiendo. Mi llanto es tan genuino como mis plegarias. Creo que es la primera vez que soy tan sincero con la tía Cuca. En verdad estoy dispuesto a portarme bien. Pero ella ya no le interesa creerme. Está ansiosa por deshacerse de mí. Yo lo haría. Quieres joder a alguien, que te aguante la vieja que te parió. Ahora entiendo de dónde proviene la frase.

La tía me jala del brazo, me arrastra. Compruebo dos cosas: que ella es mucho más fuerte que yo; y que en el fondo jamás me ha odiado tanto como pienso. De ser así me habría dado una buena tunda. Jamás me puso un dedo encima. No miento. Sé que muy pocas veces menciono lo bueno de ella. Debí hacerlo antes, pero eso significaba rendición. Y en la guerra uno no se rinde hasta que se queda sin balas, ya no encuentra piedras para lanzar o de plano está entre el enemigo y el precipicio. Esto es, evidentemente, el reflejo de mi arrepentimiento. Uno se arrepiente justo cuando ya no le quedan posibilidades de fuga.

En cuanto tomamos nuestros asientos en el vagón sé que ya no hay vuelta atrás. Ahora sí ya se me acabaron todas las cartas. Perdí la jugada y sólo me queda esperar. De pronto la tía me dice algo que me reconforta:

—Vamos una semana y si no te gusta te regresas conmigo.

Es una promesa. No pienso ponerla en tela de juicio. Si lo dice, así debe ser. Lo cumplirá, quiero y necesito creerle.

El viaje dura toda la tarde, toda la noche y parte de la mañana. Hace un calor del carajo. Al llegar, nos reciben Esperanza e Isabel. Debe tener unos dieciséis años. No se parece a la niña de la foto. Se ve mucho mayor. No sé, a mi edad todos los que no tienen aspecto infantil se ven grandes. Tiene puestos unos shorts y una blusa de tirantes. Es guapa y delgada. El trato es bueno. No hay malas caras.

Abordamos una van. En la parte trasera no hay asientos. El interior ni siquiera está tapizado, sólo se ve la lámina. Nos sentamos en unas hieleras Igloo, rectangulares. Hace un calor de los mil demonios. Nunca había sudado tanto. A Esperanza e Isabel parece que el clima ya no les hace cosquillas. Sudan pero no de la forma en la que yo me estoy derritiendo.

En el camino veo las calles de la ciudad y descubro que Matamoros es horrible. Camiones y carros viejos circulan llenos de tierra. Finalmente llegamos a la casa de un señor que se llama Porfirio Palomo. Según me explican, él me pasará en su camioneta con los papeles de su hijo que tiene mi edad. Me cuentan todo sobre su familia y me exigen que memorice cada nombre y fecha.

—No es broma —me dicen—. No juegues con eso. Si te preguntan tú debes convencerlos.

Me río. Si a partir de hoy debo ser Porfirio Palomo hijo, lo seré. Total, ya estoy aquí, ¿qué me queda? Ni modo que le diga a los de la migra que me están secuestrando. No tengo idea de lo que me pasaría.

Esperanza, Isabel y la tía Cuca se van en la van y yo me quedo en la casa de Porfirio el resto de la tarde. Me da miedo. Me imagino que una vez más me han engañado.

Mis temores se desvanecen en la noche, cuando Porfirio me anuncia que llegó la hora de partir. Nos subimos él, otro señor y yo a su camioneta y nos vamos. El ruido del motor es escandaloso. Cada vez que mete cambios la transmisión truena como si se fuera a romper. Ahora me siento más tranquilo. En cuestión de minutos ya estamos en la frontera. Un oficial de inmigración pregunta quién soy y Porfirio responde que soy su hijo. El oficial observa los papeles, le cree y sin más cuestionamientos nos deja pasar.

Apenas cruzamos ya no hay polvo ni baches. La mugre, el descuido y el olvido se quedaron en el lado mexicano. Todo es completamente distinto: las calles, sus tiendas, sus anuncios, sus gasolineras. No se acerca a lo que tanto me habían contado los niños de la escuela que presumían ir a Disneylandia cada año.

Entramos a la carretera y la noche se ve más oscura; y el cielo más estrellado; mucho más que en el D.F. Porfirio y su amigo no hablan. La camioneta no tiene aire acondicionado ni radio. Hace calor a pesar de que entra mucho aire por las ventanas. Sólo se escucha el zumbido del viento y el motor de la camioneta. Ya comienzo a extrañar México. Imagino cosas. En mi mente surge una historia en la que jamás volveré.

No sé cuánto tiempo ha transcurrido. Creo que fueron unos cuarenta y cinco minutos, pero para mí pareció como toda una noche. Adelante se ve otro retén. Porfirio dice que se le llama *check point*. Nos detenemos y nos vuelven a alumbrar con lámparas. Una vez más hay que mostrar los documentos y responder las mismas preguntas.

—¿Es tu papá? —me pregunta el oficial de migración.

—Sí —respondo.

El oficial de migración se muestra convencido y le devuelve los documentos a Porfirio, que a partir de este momento se ve más tranquilo. En cuanto Porfirio mueve la palanca de los cambios la transmisión genera un ruido estruendoso como si hubieran golpeado dos tubos de acero. La camioneta da un jalón. Apenas queda atrás el *check point* Porfirio y su amigo comienzan a hablar. Me cuenta que es albañil y que tiene quince años trabajando en Texas. Su esposa e hijos viven en Matamoros. Dice que no los quiere llevar a vivir a Estados Unidos con tanto pinche marihuano. Luego me pregunta cosas sobre mi vida en México y siento como si se quisiera burlar de mí.

—¿Extrañabas mucho a tu mamá? —me pregunta.

—Sí —respondo—, la extraño mucho.

—No te preocupes, ya en un rato vas a estar con ella —y justo en ese momento me doy cuenta de que estábamos hablando de dos personas distintas.

Más tarde nos detenemos en un pueblo, que no parece pueblo. Por lo menos no como los que conocí en México. Aquí los pueblos tienen supermercados por muy pequeños que sean. Entramos a una gasolinera. Aquí no hay despachadores peleándose por los clientes; la gente se sirve gasolina. Entramos a la tienda. Porfirio me compra unas papas y un refresco.

—Prueba el Dr. Pepper —me dice—. Te va a gustar.

Me doy cuenta de que hay muchos mexicanos. Usan sombreros y botas vaqueras. No hablan español. El amigo de Porfirio se despide y se va caminando. Porfirio enciende la camioneta, se escucha el golpe de la transmisión y arranca.

Domingo 17 de junio de 2007

ENTRA UNO DE LOS POLLEROS:
—Ahora sí. Les voy a explicar, cabrones. Vamos a cruzar el río. Luego vamos a caminar unas dos horas. No se ensucien. Porque luego vamos a entrar a un Walmart. Ahí tienen que hacer como que están comprando. Alguien va a pasar por ustedes y los llevará a su destino. No se pasen de verga. Si intentan escaparse los vamos a encontrar y les vamos a romper su madre, putos. Y luego les vamos a echar a la migra. Se los digo porque ya ha pasado. Muchos se creen bien vergas y piensan que ya pasando se pueden ir sin pagarnos. ¿Queda claro?
—Sí —responden todos.
—Pues órale. Ahí pongan todas sus pertenencias. No pueden llevar nada.
Al salir por la puerta trasera los ahora siete aspirantes descubren que no son los únicos sino que otra docena de personas

ya se encuentra en la parte trasera de una camioneta Chevrolette. Hay dos camionetas y tres carros. La comitiva de polleros se incrementa a diez. Uno de ellos, al que no habían visto hasta el momento, ordena sin gritos o alardes a todos los demás polleros quienes obedecen con sumisión. Antes de subir a los aspirantes, la batea de la otra camioneta le exige doscientos pesos a cada uno.

—¿Ese dinero qué?, no estaba en el trato.

—Si no quieres, no hay pedo: aquí te quedas.

Ya no hay vuelta de hoja. Todos comienzan a sacar dinero. Conforme pagan la cuota van subiendo a la batea de la pickup.

—Acomódense bien para que quepan —dice uno de los coyotes.

Los que quedan en medio van en cuclillas. Los de las orillas apenas si pueden sentarse. Van muy apretados.

—Agárrense bien porque este cabrón maneja como loco —anuncia uno de los coyotes antes de subir a su carro.

El trayecto es corto. Primero una avenida amplia que seguramente colinda con la autopista o la frontera. Luego ingresan a una colonia popular para finalmente entrar a un camino de tierra. Los brincos de la camioneta hacen extremadamente incómodo el recorrido, las ramas de los árboles aporrean ocasionalmente a los pasajeros, el aire golpea, el sol se ha escondido tras una nube, el río Bravo aparece de pronto, tranquilo, callado, indiferente. La camioneta se detiene de golpe.

—Bájense —dice uno de los polleros.

Aparece el líder en calzoncillos, da instrucciones, cuenta el rebaño, los divide en tres grupos: A, B y C. Observa cauteloso. En el grupo A acomoda una pareja de amantes, un matrimonio con su hija de cinco años, un joven de catorce. Falta uno. Busca con la mirada y estira el cuello.

—¿Quién es el que va a ver a su jefita?
—Yo —nervioso levanta la mano.
—En este grupo —señala.
—¿Y nosotros? —reclama uno de los que no han sido seleccionados.
—Ustedes van a cruzar por el otro lado. Ellos por razones especiales se van a ir por el camino corto.
—¿Y por qué no cruzamos todos juntos?
—¿Estás pendejo o qué? ¿Quieres que nos agarre la migra?
Luego del regaño sube al grupo A en una camioneta y deja a los otros en una construcción abandonada. La camioneta avanza aproximadamente un kilómetro, se detiene a unos cuantos metros del río. Todos bajan sin hablar.
El líder de los coyotes desaparece, vuelve minutos más tarde, desaparece nuevamente. El río Bravo no parece tan bravo, un auténtico espejo. El líder anuncia que el momento ha llegado. Silenciosos bajan por un pequeño barranco que da a las orillas del río, donde yace una balsa inflable. Cuatro de sus ayudantes lo tienen todo listo.
—Son cien pesos —anuncia.
Otra cuota que tampoco estaba incluida en el trato. Ni cómo quejarse en esos momentos. Todos obedecen.
—Acomódense en forma de cebollita. Acostados. Tú primero. Ahora tu novia. Sigue usted, señora. No puede llevar esa maleta.
—Son las cosas de mi hija.
—No puede.
—Aquí llevo sus medicinas y comida.
—Ya ni pedo. Sólo por esta vez. Señor, frente a su esposa. Luego tú. Chamaco, ahora tú. La niña aquí. Abrásala fuerte.

Los cuatro coyotes, también en calzoncillos, se zambullen en el agua, empujan la balsa e inician el remo con un brazo mientras con otro la guían para que avance lentamente. El líder se aleja nadando de muertito. Se zambulle y aparece de pronto.

México queda atrás. A medio río las fronteras se ven igual. A medio río la nostalgia se apodera de los mojados, a medio río el futuro parece irreversible; a medio río la vida entera se queda en un hilo; a medio río uno se pregunta si en verdad valdrá la pena.

Al llegar al otro extremo los mojados reciben la orden de no hacer ruido: la migra todo lo ve, todo lo escucha. Aunque el sol aparece y desaparece entre las nubes ocasionalmente, el calor continúa sofocante. El joven padre lleva a su hija en hombros, ya que el camino parece interminable y hay que escabullirse como ratas, filtrarse como fantasmas, desfilar como fugitivos, pasar invisibles como el viento. Cruzan un camino de tierra por donde pasan las camionetas de la migra. El paso está libre.

—Córranle —susurra.

Luego de una hora llegan a la orilla de un pequeño río. Nadie dijo que había que cruzar dos. Ahí yace una cámara de llanta lista para cruzar.

—Quítense la ropa —ordena el líder de los polleros.

Les entrega unas bolsas de plástico para que guarden sus pocas pertenencias. A las mujeres les da unas camisetas blancas para compensar el semidesnudo. La pareja de amantes es la primera en abordar la cámara.

—No se mojen —exige el líder de los polleros— nada más acuéstense sobre la cámara, nosotros los empujamos. Tienen que llegar secos.

La pequeña de cinco años sigue creyendo que vamos de campamento. Le entusiasma la aventura: quiere nadar.

Mientras los demás esperan su turno, observan cómo cruza la pareja de amantes. Parece fácil: el río es angosto, tranquilo. De pronto aparece a sus espaldas un oficial de migración.

—¡La migra! —grita uno de los polleros y se lanza al río.

—¡No sigan! —amenaza el oficial— ¡Del otro lado los están esperando!

Los mojados que se encuentran en espera no saben cómo responder.

¿Huir o permanecer ahí congelados, esperando a la incertidumbre? ¿En verdad los matan como dicen en la televisión? ¿Los arrestan y los torturan? ¿Qué debe hacer un mojado?, se pregunta el hombre.

Los polleros nadan, huyen, se burlan del oficial, cruzan el río, salen victoriosos del agua, desaparecen entre los arbustos, corren con impunidad. Para ellos es una aventura más, un regalo de adrenalina; y a su vez, una disminución en su nómina clandestina.

—Del otro lado los están esperando. Si no me hacen caso les va a ir peor —dice el oficial en un castellano casi perfecto.

El oficial nos amenaza con su tolete en una mano al mismo tiempo que avisa por el radio y da las coordenadas.

—Caminen para acá —dice y los guía hasta la camioneta—. ¿Están bien?

—Sí —responden los cinco ilegales con desgane, mirándose los pies descalzos en medio de un ejército de hormigas.

—Ustedes tienen el derecho a guardar silencio. Cualquier cosa que digan puede y será usado en su contra en un tribunal de justicia. Tienen el derecho de hablar con un abogado. Si no pueden pagar un abogado, les será asignado uno a costas del Estado. ¿Entienden ustedes los derechos que les acabo de decir?

—Sí.

Todo se acabó.

—Pónganse su ropa.

—¿Qué nos va a pasar? —pregunta uno de los mojados.

—Pues si todo sale bien, hoy mismo los deportamos para México.

Luego los introduce a la parte trasera de una camioneta, un compartimiento de aluminio montado en la batea, que por fuera da la apariencia de un camper; por dentro, el de una prisión llena de polvo. Desde una pequeña ventanilla logran ver la tolvanera que levanta la camioneta en el camino y la entrada a la autopista. Eso será lo único que podrán ver de Estados Unidos.

Conseguí trabajo como obrero en una constructora con un sueldo de doscientos dólares semanales.
Al principio las condiciones laborales no estaban tan mal, pero luego hacía un calor de los mil demonios. Bajé de peso en tres meses. Cuando vendía tacos me puse como cerdo. Di el bajón de noventa y cinco a ochenta kilos. La gente que no me había visto en esos tres meses no lo podía creer.

—*Are you sick, Kiko?* —me preguntaban.

Además estaba quemadísimo, parecía llanta. Al principio me ponían a cargar tablas de un lado a otro. Terminé con las manos astilladas. Después me tocó clavetear el *triplay* que tapizaba la casa, y me daba unos martillazos tan fuertes que me destrocé la uña del pulgar cuatro veces.

El jefe de grupo se llamaba Albino y era bien pinche supersticioso. Se desesperaba mucho al verme trabajar. Y la verdad es que era un idiota con el martillo. En el ámbito de los obreros no existe la diplomacia. Y es esa falta de tacto o de discreción la que hace que las cosas fluyan. Los golpes van directo al hígado. Un día, en su enojo, Albino comenzó a gritarme que era un inútil, que no servía para carpintero, que me regresara a vender tacos.

—¿Cuánto tiempo te tomó aprender el oficio? —le pregunté.

Era dos años mayor que yo.

—Yo hice lo que nadie hasta el momento ha podido —me presumió con arrogancia—. Aprendí a construir casas en un año.

Cuando a Albino no le gustaba algo de alguien no dejaba pasar un instante para hacerlo sentir como cucaracha.

—Si tú pudiste yo también —le aseguré.

—Pero si estás bien pendejo —se burló, o mejor aún, me despertó, me zangoloteó; e igual que Hixinio, me lanzó al vacío sin paracaídas.

Lo que él no sabía era que cuando alguien me tiraba al abismo yo caía en mi trampolín a prueba de empujones y daba el brinco, el mismo que usé cuando Esperanza dijo que tarde o temprano regresaría a su casa. Mi orgullo es el peor defecto y la mejor virtud.

Sólo sentía la burla: «No puedes, no puedes, no puedes». Una caída casi interminable. ¿Te acuerdas del Correcaminos? *Bip, bip.* ¿Y cómo el Coyote sacaba su libro y comenzaba a leer mientras caía al vacío? Pues así. Una caída larga esperando llegar al fondo y dar el rebote. Al cuarto día caí en mi trampolín y hasta arriba. Nada más que la subida tardó un año.

En el ascenso me dediqué a componer un poco mi vida para luego volver a descomponerla. ¿Recuerdas que te dije que en esa etapa estaba en la metamorfosis del peor de los *yos*? Pues así fue.

Uno de los beneficios de vivir en este país es que puedes cambiar de trabajo y de coche cuantas veces quieras. Ya ni sé cuántas veces cambié de empleo. Lo que sí te puedo asegurar es que a cada nuevo jefe le decía que sabía más de lo que realmente conocía. Mataba dos pájaros de un tiro: me pagaban más de lo que me daban en el trabajo anterior y me otorgaban la oportunidad de aprender sin que ellos me enseñaran. Era la única forma que tenía para aprender rápidamente. En la mayoría de los trabajos no están dispuestos a enseñarte el oficio. Por una de dos: por flojera o por miedo a que sepas más que ellos. Piensan que les vas a quitar la chamba, y con toda la razón del mundo.

Preguntar estaba prohibido. Escondían los planos como una receta secreta. Ninguno de los patrones me quería explicar cómo leerlos. Cuando preguntaba, me respondían que para lo que hacía no lo necesitaba, y para rematar, que no les entendería.

Y en una de ésas, que me robo los planos, lógico, nunca los regresé. El contratista estaba como loco buscándolos por todas partes. Yo no me preocupaba ni me culpaba. Pensaba: *El fin justifica los medios.*

Al llegar a casa me puse a estudiarlos. Tardé dos semanas en entenderlos y aprendérmelos de memoria. Cuando no entendía algo iba con otros carpinteros que no trabajaran con nosotros, les enseñaba los planos y hacía como que sí sabía pero que estaba confundido, y entonces, halagados, me daban una cátedra sobre el tema. No lo hacían tanto porque me quisieran ayudar, sino por sentirse la gran caca, derramando sabiduría.

Israel dice: «Aprender es cuestión de saber escuchar y observar. Si aprendes a hablar te escucharán, y si te escuchan, hablarán, y si hablan, aprenderás».

Ya tenía un proyecto de vida. No sólo quería aprender a construir casas, sino también quería ser *builder*. No un carpintero cualquiera. Me repetía constantemente: «Para cabrón, cabrón y medio». Y sin darme cuenta me decía a mí mismo: «Tú tienes que ser chingón». ¿Te das cuenta de lo que hacía? Invocaba al talachero.

Aunque quisiera dejar de ser como el llantero no podía. Salía a flote la ambición. No digo que ser ambicioso sea incorrecto, lo malo son los efectos: el ego inflado, la soberbia. Viéndolo bien, era mejor eso que pensar como Albino: «Jodidos nacimos y jodidos moriremos».

Pronto comencé a hacer pequeños trabajos por mi cuenta, los domingos. Aún no sabía bien cómo estaban las cotizaciones. Cobraba muy poco. No podía contratar ayudantes, así que me llevaba a Israel y Lucas, que no me cobraban mucho. De igual manera cuando Israel conseguía muebles para tapizar por su cuenta nosotros lo ayudábamos.

Construimos una hermandad entre nosotros, un mundo en el que todo era perfecto gracias a nuestras incompatibilidades: por un lado estaba Israel, mayor que yo, cauteloso, racional, crítico todo el tiempo, quien me ponía en mi lugar con regaños sin tocarse el corazón para hacerme ver mis errores, y por el otro estaba Lucas, el hondureño, el cual era un caso serio: un mitómano en potencia, como no tienes idea. Sólo bastaba que le platicaras algo para que él te contara una historia al triple y con efectos especiales. Se sacaba las mentiras de la manga. Todas tenían fecha y correspondencia con la del día siguiente. Cambiaba sus historias. Con las mujeres siempre tenía una diferente. A unas les decía que era estudiante de arquitectura y a otras que era dueño de quién sabe cuántos negocios en Honduras. Tenía una facilidad de palabra impresionante.

Me regañaba cada vez que íbamos a un restaurante y una mesera de belleza tentadora nos atendía. A diario comíamos en restaurantes. Cuando a alguno de los dos le gustaba una mesera íbamos al mismo lugar todos los días, nos sentábamos en la misma mesa y pedíamos siempre lo mismo. Según Lucas era la estrategia para que ella nos recordara. Él tenía la facilidad de hacerlas reír. Yo no. Intenté enamorar a dos o tres meseras, en varias ocasiones, pero justo cuando creía que había llegado el momento para actuar, metía la pata. Jamás me hicieron caso. Supongo que se debía al momento en el que me encontraba. Yo no estaba bien. Y lo sabía pero no lo admitía. Seguía buscando un nuevo *yo*. Uno mejor. Lo malo era que no sabía cómo ni dónde encontrarlo.

¿Te acuerdas de Forrest Gump? *Run Forrest!* A veces quisiera salir corriendo. Deja me río: ¡Ja! ¿Salir? ¿Correr? ¿De aquí? ¿Cómo? Que alguien me dé la llave para poder irme y darle muchas vueltas al país como Forrest y decir: «*I just felt like running!*». Y de repente en medio del desierto, por fin, después de haber pensado mucho y haber logrado poner todas mis ideas en orden, detenerme y decir: «*I think I wanna go home*». Recuerdo que desde que era niño soñaba con salir un día de la casa de la tía Cuca y no volver jamás. Desaparecer, olvidarme de todos, brincar de pueblo en pueblo sin jamás tener una propiedad o un lugar específico.

A finales de 1995 aquella idea volvió con más fuerza. Se me ocurrió que podría recorrer todo el país si compraba un RV, *Recreational vehicle*, en el cual tendría todo lo necesario: cama, baño, cocina y vehículo. Pero necesitaba ahorrar dinero. Y para ello tenía que conseguir un mejor sueldo. Entonces,

Ádam, el carpintero con el que trabajaba se quedó sin contratos. Nos dijo que le habían ofrecido trabajo en Colorado y que ahí pagaban mucho mejor que Texas, donde ya ganaba siete dólares la hora. Decidimos irnos con él. Se formó un grupo de diez personas y nos fuimos en tres camionetas.

¿Alguna vez has escuchado «Hurricane», de Bob Dylan? Para mí fue de esas canciones que uno repite hasta el cansancio, uno las deja de escuchar, y cuando las vuelve a oír se acuerda exactamente de todo lo que vivió en esa etapa. Y yo escuché «Hurricane» en todo el camino a Colorado. Esa canción habla de un boxeador negro culpado por un asesinato que no cometió. Así me sentía en la carretera: acusado, huyendo de la justicia. Me encantaba la parte donde decía: *He could-a been the champion of the world.* Pero yo la cambiaba y cantaba: *You're gonna be the champion of the world.* Eso quería ser: el campeón del mundo.

No tenía la más mínima intención de volver a Corpus. Quería empezar de cero, ser libre. Carajo, qué difícil palabra en este momento. Libertad. La siento tan lejana e inalcanzable. El caso es que entonces yo buscaba libertad. Y qué mejor manera que en mi Chevy camino a una nueva vida. No me refiero a los carros que en México llaman Chevy. Aquí el Geo es el carro y una Chevy es una pickup. Imagíname en medio de la carretera cantando: *Bye, bye, miss American Pie, drove my Chevy to the levee but the levee was dry.* Lo mejor que uno puede hacer en la carretera es escuchar toda la música que a uno le gusta. Y yo me di vuelo. Entre más nos acercábamos a las montañas más le subía el volumen.

Llegamos a Fairplay, en las faldas de las montañas, donde ya nos estaban esperando y nos presentaron al nuevo jefe, que no era el dueño de la compañía.

Eran como las cuatro de la tarde. Nuestro nuevo jefe nos indicó dónde viviríamos a partir de entonces. Era un apartamento con sala con un sofá cama, baño y tres recámaras diminutas con literas. Esa tarde nos llevaron a Breckenridge, a treinta o cuarenta minutos de Fairplay, para que conociéramos el camino a nuestro lugar de trabajo. Al principio no entendíamos por qué teníamos que vivir tan lejos. Había que subir las montañas por caminos llenos de nieve y curvas, muy difíciles para conducir. Al llegar comprendimos por qué no podíamos rentar ni el cuarto más pinche en Breckenridge.

Es un pueblo turístico para gente rica, donde el apartamento más barato cuesta cuatro mil dólares, el sueldo de un mes. Porque eso sí, todo era proporcional. Yo ganaba veinticinco dólares la hora, pero gastaba ochocientos por semana, puesto que al principio nos dábamos lujos de turistas. Cada vez que podíamos nos íbamos a esquiar o cualquier cosa que tuviera que ver con diversión, la cual se esfumó como a la tercera semana. Así es en todas partes. Llegas, te vas de turista los primeros días y luego ya no sabes ni a dónde ir. Cuando llegué a Corpus no quería salir de las albercas y del mar, a pesar de que las playas del Golfo son horribles; después no volví a la playa más que para tomar cerveza y ver a las gringas que iban en Spring break. Pero en Breckenridge y en Fairplay lo único que podías verle a las gringas en esa época eran los cachetes rojos.

Hacía muchísimo frío y era muy complicado trabajar. Lo bueno era que nos pagaban el motel y además el día, laboráramos o no. En cuanto comenzaba a nevar, los dueños de la compañía nos enviaban a descansar, para evitar que nos accidentáramos. Algunos de mis compañeros decían que les tenían miedo a las demandas. Yo creo que era consciencia laboral.

¿Quién nos entiende a los empleados? Si nos protegen en el trabajo dudamos de la benignidad de los contratistas; y si nos obligan a trabajar en situaciones extremas decimos que son unos negreros. La constructora era una de las más ricas del estado y tenía gente empleada exclusivamente para vigilar que tuviéramos botas, guantes, lentes y arneses. Sé muy bien que allá en México muy pocas constructoras tienen seguridad industrial. Y cuando un obrero muere en un accidente le pagan el funeral a los parientes y les dan una lana para que no lleven el caso a los tribunales. Total. Estábamos construyendo unos apartamentos de lujo. Imagínate, en un dúplex cabían fácil unas seis casas de Infonavit.

Y podría contarte mucho más de ese lugar, pero no hay más. Nieve y más nieve. Fue hasta finales de mayo que dejó de nevar y la nieve comenzó a derretirse. Las calles se llenaron de lodo, se acabó el turismo y todo quedó casi vacío. La temporada de construcción entraba en su mejor etapa para las constructoras, mas no para los obreros. Había más mano de obra disponible, por lo tanto un menor sueldo. No había contratos laborarles. Así que no había más que aguantar. A pesar de que las cosas cambiaron, yo ya había resuelto quedarme a vivir allí; por lo menos hasta que consiguiera el dinero para comprar un RV.

Pero mi destino no estaba ahí; seguía en Texas. Una mañana me llamaron de Corpus para decirme que Javier se había suicidado. Sí, Javier el del taller. ¿Te acuerdas de lo que te conté de las muchachas que llegaban con Hixinio? Pues luego Javier también le agarró el gusto y el modo y comenzó a acostarse con todas las que pudo.

El caso es que comenzó a tener sexo con una gringa esquelética y cocainómana que asistía frecuentemente a las fiestas que hacía Hixinio en el taller. Igual que Hixinio, Javier se hizo el hábito de presumir cuando se acostaba con una mujer. Hasta que un día un conocido disparó las palabras que mandarían a Javier al desvarío:

—Deberías cuidarte, esa vieja seguramente tiene sida.

A Javier se le metió en la cabeza que tenía sida y comenzó a preguntarles a todos sus conocidos si creían que él se veía enfermo. No faltó quien le respondiera que sí. Empezó a tener síntomas a todas horas: dolores de cabeza, diarrea, náuseas. Finalmente Hixinio le dijo que fuera con un médico para que saliera de dudas. Mientras le sacaban sangre se le ocurrió preguntarle a una enfermera si sus síntomas eran de sida. No sé por qué ella le respondió que podría ser. Días después el médico le dijo que su único problema era que tenía el colesterol muy alto. Desayunaba cinco huevos con tocino todos los días y comía tacos, hamburguesas, *hot dogs* y luego en su casa cenaba la comida que su esposa hacía.

Nadie logró sacarle esa idea de la cabeza ni imaginó la dimensión de su miedo a la muerte. Sus únicas dos parientes habían fallecido un año atrás: su hermana por una enfermedad terminal y su madre había sido atropellada. La situación con su esposa no iba del todo bien, y se desmoronó la noche en que Javier le confesó que le había sido infiel quién sabe cuántas veces. Y lo peor: le aseguró que tenía sida. La esposa y los cuñados le dejaron de hablar hasta el día en que él optó por colgar sus penas en un mecate.

Me contaron que antes de colgarse le llamó a su esposa y le anunció que se pensaba matar; y que ella le respondió que le valía madre lo que él hiciera con su vida. Dicen que a la mañana siguiente, su cuñada estaba lavando los trastes cuando vio por la ventana de la cocina que en el garaje algo se columpiaba. El cabrón se había suicidado mientras todos celebraban el cumpleaños de un sobrino en otra casa.

Me subí a la camioneta y regresé a Corpus. En el camino pensé mucho en la muerte, en la vida, sobre todo en esta última. Pensé mucho en la forma en que vivimos, en cómo nos pasamos la vida corriendo de un lado para otro siguiendo el camino de los demás. Llevaba mi vida preocupado por triunfar, en tener dinero, éxito. Decidí que viajaría por todo el país después del funeral. ¿Qué más daba, si ya tenía un oficio? Podía vivir en cualquier parte de E.U.

¿TE GUSTA EL MAR? —me pregunta Porfirio.
—No lo conozco.
—Pues ahora vas a vivir muy cerca del mar.
Veo un anuncio en el cual se lee *Welcome to Corpus Christi*.
Minutos más tarde llegamos a la casa de Esperanza. Porfirio y ella hablan por unos minutos. En cuanto entramos, Esperanza me muestra el lugar, es pequeño, y me explica que se le llama *town house*. Es un rectángulo muy estrecho. Al cruzar la puerta de la entrada, a la izquierda se encuentran dos columnas de cajas; en ese mismo lado está una escalera recta; a mano derecha está la sala; el comedor en el centro, muy pegado al sillón; y la cocina al fondo. Arriba hay una habitación y el baño. Sólo hay dos camas.
—Siempre que subas avísanos —me indica Esperanza—. A veces Isabel o yo nos estamos cambiando —hay algo detrás de estas instrucciones que todavía no entiendo. Y no porque sea un imbécil, sino porque llego desarmado. No vengo con

la intención de buscarle el trasfondo a las palabras. Si dicen que es blanco, blanco será.

—Él es Maclovio —me señala a un perro labrador mientras abre la puerta de cristal que da a un patio trasero muy pequeño, con una barda hecha con tablas de madera.

Cenamos, ellas platican, Isabel ve la televisión en inglés; le cambia de canal cada cinco minutos: MTV, USA, CBS, ABC. De pronto aparece un canal en español. Esperanza le pide que le deje ahí un rato para que yo pueda ver la televisión, luego le dice que le cambie a las caricaturas. Isabel cambia el canal a Cartoon Network, se levanta del sillón y se va por las escaleras.

Ya es tarde y pronto asignan nuestros lugares para dormir. La tía Cuca se duerme en la cama de Isabel y ella con Esperanza. A mí me toca el sillón. Supongo que es mientras está la tía Cuca. Aunque también estoy decidido a regresarme con ella a México. Ella lo prometió. Ahora me lo cumple. Ya quiero volver para estar con Verónica. Todavía no llevo una noche y ya sé que no me gusta este lugar.

Hace varias horas que amaneció. Esperanza nos trajo a un *mall* donde me estoy aburriendo. Compran muchas cosas para la tía Cuca y unos cuantos juguetes para mí. Según Isabel las Tortugas Ninja están de moda.

Estoy seguro de que serán los últimos juguetes de mi vida. A partir de este momento no me interesan los juguetes ni las caricaturas, además, ni les entiendo.

Al llegar la madrugada del lunes algo me despierta. Escucho la frecuencia de un radio; muy mala, por cierto. No quiero despertar. No sé qué hora es. Imagino que deben ser como las seis o las siete. Entre sueños escucho lo que dicen en el radio. Es un locutor de una estación de México. Lo sé porque habla del tráfico y cosas relacionadas con el Distrito Federal. Todavía no abro los ojos porque creo que estoy soñando. Me siento tranquilo porque estoy en México. De pronto el locutor habla del presidente Carlos Salinas de Gortari. No es un sueño. Abro los ojos y vuelvo a mi pesadilla: sigo en el *town house* y en el mismo sillón. Me pongo de pie y me encuentro a Esperanza en la cocina.

—¿Qué hora es? —le pregunto arrugando los párpados.

—Son las cuatro y veinte —dice sin mirarme. Está frente a la estufa.

—¿Qué haces? —pregunto sin entender.

—Tacos.

—¿A esta hora? ¿Para qué? ¿Para quién?

—Para vender.

Esperanza se dedica a vender comida en las calles.

Intento volver a dormir. Me tapo con la cobija, pero el ruido me despierta. No puedo dejar de pensar.

—¿Me puedo subir a dormir a tu cama? —le pregunto a Esperanza.

—Ahí está durmiendo Isabel.

Me vuelvo a acostar en el sillón. No puedo dormir. A las seis me levanto al baño. Cuando bajo las escaleras Esperanza me pide que le ayude a subir una caja de frituras a la van. Ahora entiendo por qué hay tantas cajas en la entrada. Abro la puerta de cristal que da a la calle y siento el fuerte cambio de temperatura. Afuera hace mucho calor. A un metro de la puerta se encuentra la van estacionada. Abro la puerta de la van y entiendo por qué tiene tantas hieleras Igloo en su interior: ahí mete tacos y refrescos. Cuando regreso, Esperanza, que insiste en llamarme José, me pide —con tono de orden suave— que llene la hielera blanca con sodas.

—¿Qué es eso?

—Refrescos. Están debajo de la escalera. Ponlos revueltos. De todos los sabores.

En cuanto termino me señala tres tacos de huevo con papa en la mesa.

—¿Quieres desayunar?

Me rasco la nuca y camino a la mesa. Mientras como la veo sin que ella se dé cuenta. Se ve que tiene mucha experiencia en esto: voltea las tortillas con rapidez, les sirve una porción de carne y envuelve rápidamente los tacos en papel aluminio.

—¿Siempre has vendido tacos?

—No siempre. Tengo como trece años.

Trece años, justamente mi edad. Por mi mente comienzan a enredarse decenas de preguntas.

—¿Qué hacías en México?

—Vendía casas.

—¿Y por qué te viniste para acá?

—Me cansé. No me gusta el desorden de la ciudad de México.

—¿Y por qué vendes tacos?

—Una señora me invitó a vender tacos en Rosenberg. Me preguntó si podía vender tacos —Esperanza sonríe con ironía y orgullo— y le respondí: si pude vender una casa que no venda un taco.

—¿Y por qué no me trajiste contigo desde el principio?

—Mira la hora que es. Ya son las más de la siete. Luego platicamos. Vete a lavar las manos.

Cuando vuelvo me recibe con más instrucciones.

—Échale ese kilo de azúcar a la limonada —me señala una hielera Igloo cilíndrica de cuarenta litros. Me da un cucharón largo y me pide que revuelva la limonada.

Después ella sola sube a la van, con gran facilidad, la pesada hielera cargada de cuarenta litros de limonada y otra llena de tacos. Se quita el delantal y sube al baño. Me acuesto en el sillón: pienso dormir el resto de la mañana. Escucho cuando Esperanza sale del baño y se lava las manos. Baja las escaleras y antes de salir me dice:

—¿Quieres acompañarme?

En el camino me platica un poco de sus vidas; principalmente sobre Isabel. Está orgullosa de ella. Me cuenta que toca el clarinete, que está en la banda de la escuela y que es porrista.

Quince minutos después ya estamos en un taller de llantas usadas. Los empleados abandonan lo que están haciendo y corren en cuanto llega la van. Todos se pelean por ser los primeros y bromean.

—Señora, deme dos tacos de chicharrón y una limonada.

—A mí me da uno de huevo con papas y otro de carne guisada.

—Yo sólo quiero una coca.

—¿Cuánto le debo?

Esperanza los atiende rápido.

Luego vamos a otros talleres mecánicos donde se repite la escena. Después vamos a una zona afuera de la ciudad donde construyen casas por todas partes. Esperanza se detiene en todos las construcciones. Toca el claxon donde ya la conocen; y donde no grita:

—¿Quieren tacos?

Me presenta con todos los carpinteros, electricistas, plomeros y albañiles. Ahí está Porfirio. Me saluda y me dice hijo.

—¿Cómo está eso, señorita Limantour?

Los demás se ríen. Uno de ellos me mira y pregunta:

—¿No sabías que tu mamá es la pobre señorita Limantour?

Esperanza ríe con complicidad pero no aclara. Son muchísimos los mexicanos. Todos la tratan con cariño. Ella les fía y apunta todo en una libreta. Todos cobran cada viernes.

De regreso, a las dos de la tarde, Esperanza me dice que iremos al *Eichibí*.

—¿Qué es eso?

—Es un supermercado.

Aquí no hay Aurrera ni Comercial Mexicana ni Gigante. Solo el mentado H-E-B, o como lo pronuncie la gente, y un Albertsons. A partir de este día comienzo a detestar los supermercados. Esperanza va todos los días y se tarda horas. Y a mí me toca cargar todo al llegar al *town house*, donde la tía Cuca e Isabel se encuentran arranadas viendo televisión.

Así que ésa será mi rutina a partir de entonces: mal dormir de cuatro a cinco para levantarme, vestirme, desayunar tacos y luego ayudarle a acomodar las sodas, las frituras, galletas, pan dulce y hacer cuarenta litros de limonada entre seis y siete de la mañana; y en las tardes, a lavar los trastes y limpiar la van.

—¿Isabel por qué no nos ayuda? —se me ocurre preguntar.

—Ella ya me ha ayudado muchos años. Ahora te toca a ti.

Domingo 17 de junio de 2007

L A LLEGADA AL CENTRO de detención es un escenario conocido. El lugar tiene forma de pentágono, en el centro yace una amplia oficina a un metro sobre el nivel del piso, con ventanas por todos lados desde donde se puede ver todo y desde donde se controlan todas las puertas eléctricas. Una especie de recepción rodea la oficina, igual que las celdas. No hay barrotes. Éstas tienen grandes ventanas. Desde el interior de una se ven las de enfrente pero no las laterales. En el *front desk* esperan los cinco mojados en una banca.

—¿Cuál es su nombre? —pregunta el oficial frente a la computadora.

—Neftalí —responde el indocumentado. El oficial escribe en el teclado y se detiene.

—¿Cómo se escribe?

El indocumentado deletrea su nombre. Responde una lista de preguntas: veintidós años. De Oaxaca. Casado. Una hija. Quería llevarla con un médico porque tiene leucemia. No. No consumo drogas. Me dedico a la cosecha, y sólo quiero curar a mi niña, sólo eso, la vida se le está acabando.

Su esposa responde las mismas preguntas; los otros dos indocumentados, igual. Tras capturar los datos necesarios en el sistema llega el momento de las huellas digitales. Han pasado casi dos horas, los oficiales no tienen prisa. En ese momento entra otro oficial y entrega unos papeles; señala a los indocumentados de una celda y a los que acaban de llegar: serán deportados en ese momento.

—Tienen suerte ya se van. Serán deportados en ese momento. No van a tener que esperar hasta mañana. Vengan conmigo —dice y se lleva al matrimonio, al joven de catorce años y a la niña con el oficial que acaba de entrar y que rutinariamente revisa que no tengan armas.

—En tu caso debemos esperar porque la computadora no responde. Estamos esperando que el sistema nos verifique algunos datos.

El indocumentado ve cómo sus compañeros de viaje salen de ahí para nunca volver a encontrarse. En ese instante uno de los oficiales deja escapar una risa burlona.

—*Look at this. A christmas tree* —dice sin imaginar que el indocumentado entiende perfectamente lo que dicen.

—*Oh, man, he's in deep shit.*

—¿Ya habías sido deportado?

—Sí.

—Pues —el oficial hace una pausa, mira el monitor y prosigue—, ¿sabes que tienes cargos en tu contra y que no podías volver en un lapso de cinco años?

—Ya pasaron nueve.

—Sí, pero eso no quiere decir que podías pasar ilegalmente. Tenías que pedir una visa.

—No me la quisieron dar.

—Pues. Ahora vas a tener que ir a ver al juez para que dicte una sentencia.

—¿Cuál es el castigo?

—Si se porta decente puede que te dé uno o dos años de cárcel. Hay jueces que no les gusta que regresen los indocumentados y les dan hasta diez años.

—¿Puedo hacer una llamada?

—Tienes derecho a dos llamadas.

Sin espera llama a Isabel.

—*Hello!*

—Hola.

—¡Ya llegaste! —responde con alegría— ¡Qué bueno! *I'm so happy!*

—¡No! —interrumpe—. Nos detuvo migración.

—¡Oh, no! ¡No! ¡No! —Isabel llora y busca en su escaso vocabulario castellano alguna palabra que la ayude a decir lo que siente, pero no la encuentra— ¡Fue mi culpa! ¡Perdóname! ¡Perdóname! ¡Perdóname!

—No llores.

—Fue mi culpa. Yo te pedí que vinieras. Sabía que no debías cruzar.

—No llores.

—Déjame hablar con alguien.

La conversación con el oficial se lleva a cabo en inglés por el altavoz:

—Oficial —Isabel llora en el teléfono—. Mi hermano tuvo que cruzar porque mi mamá está en el hospital, se está muriendo: tiene cáncer, mañana la van a operar en la mañana; probablemente no sobreviva, tienen que dejar que mi hermano venga a Houston.

—Lo siento pero es domingo y no hay jueces trabajando. Yo no puedo dejar salir a su hermano.

—¿Qué tengo que hacer?

—El Estado le va a proporcionar un abogado. Usted necesita esperar a que se le asigne para ponerse de acuerdo con él. Es todo lo que puedo hacer. Si quiere le doy el número telefónico de aquí para que le informe a su hermano del estado de salud de su madre. Le paso a su hermano para que se despida.

—No te preocupes, yo te voy a sacar de ahí. Te lo prometo. Te lo prometo. Perdóname. *Oh, I'm so sorry, I'm so sorry! I don't know what to say! Please, forgive me!*

—Ya no llores —dice—. No llores, todo estará bien —se despide y cuelga.

Silencio.

El oficial observa al hombre, tiene los dedos de la mano izquierda entre los labios. Ve su rostro: sus ojos se inundan en lágrimas. Suspira con ahogo. No lo puede evitar. El llanto escurre por sus mejillas hasta el cuello. El indocumentado se derrumba en la silla frente al oficial. No puede más. Duele, y mucho. Lo legal no siempre es justo ni lo justo siempre es legal. No puede más. Son demasiadas espinas, demasiadas ventanas cerradas, demasiadas piedras en el camino.

Ha pasado un año y aún lo veo todo, percibo los olores. El duelo sigue, lo veo, lo veo todo, y aunque cierre los ojos, lo veo ahí, vivo, veo a ese otro *yo*; veo cómo es escoltado a su celda de donde no saldrá hasta nuevo aviso.

La celda se encuentra vacía. No hay camas. Sólo un par de cobijas. Desde ahí, a través del cristal, se puede ver el reloj petrificado, los escritorios, las computadoras, las celdas de enfrente, todo el movimiento: quién entra y quién sale.

La madrugada llega violenta, y con ella un par de rebanadas de pan integral con un pedazo de jamón al que llaman *bolonia*; el sabor es frágil, pero su estómago, en ese momento, no tiene dignidad.

Pero te digo que mi destino estaba en Corpus, porque justo al llegar se descompuso mi camioneta. Me quedé en donde vivía antes; con Israel y un salvadoreño que había llegado ahí poco antes de que me fuera a Colorado. De los amigos sólo quedaban Luisillo y Lucas; los demás ya habían desaparecido. Así es la vida de los inmigrantes. O más bien la de los ilegales. Hoy los ves y mañana: como si se los hubiera tragado la tierra.

Así como unos se iban, otros llegaban. El apartamento parecía hotel de paso, cantina, *ring* de box; todo menos apartamento. Lucas, Luisillo y yo no faltábamos a los *night clubs* cada viernes y sábado. Mi lugar preferido era el Skylight algo así como una discoteca «de lujo» en México. Que de lujo no tienen nada los congales rascuachos esos donde la gente se para en la puerta como si estuvieran pidiendo limosna.

Cuando fui en el noventa y cuatro a uno de esos antros en Polanco, me enojé al tener que esperar diez minutos y me salí de la fila. Para lujos The Palace. ¡Ése sí merecía respeto! Y ni así te trataban como en Polanco. Carísimo el pinche lugar, pero como dicen aquí: *Money talks, bullshit walks*. ¿Te das cuenta de lo que digo, de cómo sin pensarlo me sale lo Galván? Pues así se llamaba o se llama: Hixinio Galván. El llantero era un zopilote con dinero que inspiraba «respeto barato», caminaba con grandeza, incitaba a ser como él. Yo quería ser como él. Los favores malacostumbran. Y digo favores porque era un favor lo que Hixinio hacía por mí, hasta cierto punto. Dime tú, ¿cuándo en mi recochina vida, sin estudios, sin dinero y sin una familia iba a manejar un Corvette a los dieciséis años? Hixinio con sus favores me malacostumbró, llevándome a comer a los mejores restaurantes y a *night clubs* de lujo.

Lo más fácil de aprender en esta vida es tronar los dedos; y el talachero no se tardó ni dos meses en enseñarme los privilegios que da tan sublime sonido. No es lo mismo decir. «¿podrías?» que, «¡podrías!».

A mis dieciséis años ya sabía cómo ordenar sin decir nada. No porque tuviera dinero. El de la lana era Hixinio. Era mezquino para pagar sueldos, comprar herramienta para su taller o satisfacer las necesidades de su familia, pero para los privilegios noctámbulos era magnánimo. La primera vez que fuimos a The Palace, Hixinio me dijo: «Vístete bien». Nada de traje o corbata, Hixinio no era de ese tipo, digamos, de gente con dinero. Para él, vestir bien era usar ropa cara y punto. Luego me decía: «Saca el Corvette azul». Al llegar a The Palace no te encontrabas con alguien en la puerta. Aparecían tres o cuatro esclavos, que con tal de estacionar el Corvette eran capaces de poner un tapete en el pavimento para que no se te ensuciaran las suelas de los zapatos. Y eso me engolosinaba. ¿No te digo que estaba en la metamorfosis de uno de los peores *yos*?

Sin libros en la vida es como ir a la guerra sin fusil. ¿Cómo iba yo a entender tantas cosas, si había leído unos cuantos? El poder sin libros no es lo mismo que con ellos. Con los dedos callas a los jodidos y a los mediocres, pero con el conocimiento callas a los poderosos. Hixinio era poderoso, tenía dinero y con eso podía lo que él quería, pero sus pláticas eran limitadas. Podía comprar gratitud, aceptación, servilismo, pero no podía comprar respeto. Él obtenía respeto barato, vano, del que se compra en la pobreza, en la mediocridad y en los antros, como el Skylight.

Conocía a mucha gente en el Skylight. No eran mis amigos pero era como un código de borrachos: nos veíamos y sabíamos que no había problema entre nosotros. En fin, yo estaba sentado con mi cerveza Budweiser, mientras Lucas estaba en el baño o en algún lugar por ahí perdido. A mí no me importaba. Al entrar cada cual se perdía y nos encontrábamos casi al final. Lo excitante de una noche de antro es que todo puede suceder.

Caminábamos por el lugar buscando mujeres que estuvieran solas o con amigas. Lucas se les lanzaba preguntándoles con su inglés mocho. No sabía mucho, pero eso sí: *Where you going? What's your name? Need a ride? Got a boyfriend? Need a boyfriend? Wanna a beer?* se las aprendió de la noche a la mañana. Ya después de esas preguntas me ocupaba de su traductor. Es decir que si ya había hecho más de tres preguntas ya tenía garantizada por lo menos una plática.

Me encontré una mesa con dos jóvenes guapas y de curvas soberbias. Estaban solas. Me les acerqué, les invité una cerveza, luego de una plática en la que difícilmente nos escuchábamos, invité a una de ellas a bailar. Minutos más tarde llegó Lucas. Se las presenté. Apenas si podíamos platicar. Seguimos bailando y bebiendo.

Al finalizar la noche nos subimos a la camioneta y fuimos a cenar. O mejor dicho a desayunar a Whataburger, que estaba abierto las veinticuatro horas, todos los días del año.

Al atardecer sonó el teléfono.

—*Hi, is this Kiko?*

Estuve a punto de preguntar quién llamaba. Pero ella comenzó a preguntarme cómo estaba y qué estaba haciendo. Le seguí la plática hasta que por fin me dijo:

—*It's me, this is Carolina.*

¿Carolina?, pensé. Con la cruda que tenía me costó un poco recordar quién era. De pronto volvió a mi mente en fotografías fugaces. Todo estaba oscuro, y por segundos se iluminaba por las luces de neón. La música estaba a todo volumen. Estábamos en un rincón del Skylight. Nos besábamos como locos. Mis manos recorrían sus caderas y sus nalgas.

—¿Y qué estás haciendo, Carolina? —le pregunté.

Lucas al escucharme decir su nombre brincó del sillón y empezó a hacerme señas para que la invitara a tomar unas cervezas al apartamento. Él no es de esos que invitan a tomar un café o al cine. Entonces le comenté a Carolina que Lucas estaba allí. Y que me dice:

—*Let me say hello to him.*

Le di el teléfono a Lucas, y en menos de un minuto ya la estaba invitando; y en media hora ya estaban Carolina y Amanda con nosotros en el apartamento curándose la cruda.

Ellas se reían a carcajadas esa tarde con las bromas que Lucas hacía. Israel, aunque no tomaba, siempre le seguía el juego. Amanda se le quedaba viendo a Israel mientras Lucas ya se la imaginaba en su colchón.

Lucas tiene una esposa en Honduras a la que le dijo que venía a Estados Unidos buscando un mejor futuro para ella y sus tres hijos. Pero no les envía dinero. No es el único, hay muchos como él que al llegar a este país olvidan sus objetivos o promesas. Israel, como siempre con su cara de beato, la miraba de reojo. Ya sabía lo que estaba pasando y lo que iba a suceder, y por lo mismo siempre esperaba a que las cosas ocurrieran por sí solas. Ni él se enamoraría de Amanda ni yo de Carolina. Parecía brujo de Catemaco cuando hacía predicciones. Cuando fui a la cocina por una cerveza me dijo:

—Tú le gustas a Carolina, y si tienen alguna relación se va a enamorar de ti, yo sé lo que te digo.

Esa misma noche, mientras Lucas fanfarroneaba, Amanda despareció en un parpadeo: Israel se la llevó de la mano directo a la recámara.

Israel y Amanda iniciaron a partir de ese día un romance de maratón. Cuatro meses después, Lucas comenzó a salir con Amanda. Y desde entonces se dedicó a hablar mal de ella.

—Es una zorra, compadre.

Israel y Lucas se llaman compadres entre sí. Lucas tiene la habilidad de hacer reír a Israel con sus gestos o con sus frases.

—No debería hablar así de ella, compadre —le respondía Israel.

—¿A poco todavía la quiere, compadre? —decía con tono de burla.

—No, compadre —respondía con respeto y con una risa infantil—. Es su novia.

—Es mi putita. ¿Quiere que le diga cómo me la cojo? ¿Quiere saber si le doy por el chiquito? No lo niegue, compadre, usted quiere que le cuente porque todavía la recuerda.

Israel reía pero no respondía. No sentía nada por Amanda pues en ese momento estaba saliendo con Maite, una mujer de su edad a la que conoció en un restaurante. Tiene dos hijos. Es de raíces mexicanas pero nació en Estados Unidos. Vivió toda su vida en Reynosa y Monterrey.

Muchas veces me he preguntado cómo habrían sido nuestros destinos si tú y yo nos hubiéramos casado. ¿Me habría solucionado la vida? Digo, ¿cuántos problemas me habría ahorrado? ¿Sabes una cosa? Hubiese querido amar a Briana de la manera que ella lo hizo. No sé si me buscó o me encontró. Lo que sí sé es que ella se enamoró. Nuestro noviazgo duró diez meses.

Todo era tranquilo. Era un noviazgo insípido: «¿Me quieres? Sí, te quiero. ¿Qué hiciste hoy?» Ella se enamoró, pero yo no. Yo no sentía nada más que cariño, aprecio, excitación. Quería amarla, pero no podía. Y la verdad era un cuero, pero en ocasiones la pasión y el amor parecen no ponerse de acuerdo. Ella me llamaba por teléfono a diario, me buscaba como ninguna mujer antes lo había hecho. Era, para su mala suerte, una mujer enamorada del personaje equivocado. Yo no la buscaba, ni le hablaba, ni le hacía regalos. En ocasiones cuando no quería verla, no le contestaba el teléfono o no abría la puerta. No me importaba si se enojaba; pensaba que de esa manera me dejaría de amar. Un día Israel comentó que ése era el secreto: darse a desear.

—Quítale un dulce a un niño y hará un berrinche, dile que puede jugar con todos los juguetes que quiera, menos con el de la vitrina, y querrá jugar con ése.

Te digo que no sentía nada. Además, estaba más preocupado por mi trabajo que por cualquier otra cosa. Al regresar de Colorado comencé a trabajar con David Edwards. Le dije que ahí había construido unos apartamentos por mi cuenta. ¿Y qué crees? Que me creyó... y me ofreció un contrato, así, sin más ni menos. Bueno, era un subcontrato por cinco mil dólares. Él se estaba llevando como tres mil sin meter las manos. Inicié el 12 de julio de 1996. Era un viernes. Hice el trato por menos de la mitad del precio establecido.

Pero esta casa fue distinta a todas las otras en las que había trabajado. Creo que puedes amar tu hogar, el lugar donde vives y compartes tu vida con alguien, las anécdotas ahí vividas, pero no la casa. Sólo existe una razón para enamorarte de una casa: cuando tú la construyes. Y yo viví esa experiencia por primera vez en ese año, en esa construcción. Pasaba largos ratos después del horario de trabajo y los domingos recorriendo la obra, observando mi obra, esa que yo había creado. La satisfacción del creador es irremplazable. Hay quienes critican las construcciones de madera. Las comparan con las de concreto. Pero para mí eso era lo de menos. Frente a mí estaba mi creación. Porque antes de que yo llegara ahí no había nada. No es como trabajar en una fábrica y poner el tornillo que te corresponde. Aquí te dan unos planos y tú tienes que ingeniártelas, aún más con los techos, pues estas casas no tienen azoteas. Los techos de las casas son todos distintos, aunque a simple vista parezca que es lo mismo. No son solamente techos de dos aguas; son como pirámides, pero unidas entre sí, que da el efecto de que unas se traspasan a las otras. Los techos tienen distintos grados, desde quince hasta cuarenta y cinco grados.

Al principio creía que era difícil leer los planos. Luego entendí que lo verdaderamente complicado estaba en crear eso que el arquitecto había dibujado sentado en la comodidad de su estudio. Los planos no son un manual de ensamblaje. La diferencia entre un arquitecto y un contratista está en que el primero aprendió en las aulas; el segundo en la obra, descubriendo que el rompecabezas no siempre está bien diseñado. En varias ocasiones me contrataron para terminar casas que otros carpinteros no habían podido terminar o que no entendían. Incluso una de esas casas estaba mal diseñada. Podría sonar mamón pero ni el mismo arquitecto pudo solucionar el desorden que había tratado de inventar en sus planos.

Al terminar esa casa, David me ofreció otro contrato por seis mil dólares, el cual acepté sin vacilar. Se cobraba por pie cuadrado. El primer contrato me lo pagó como a dos treinta el pie; el segundo como a tres. Yo aún no sabía que se podía cobrar hasta seis dólares el pie cuadrado. El arquitecto de esa segunda casa se llamaba Lloyd Winston: mi trampolín, un señor de ochenta y tres años de edad e idéntico a Anthony Hopkins.

—Lloyd diseñó el Memorial Hospital, The Court House y muchos otros edificios importantes de la ciudad —me contó David Edwards con un tono de admiración y advertencia—. Él no es como los demás —se reía—. Debes tenerle mucha paciencia. Muy pocos contratistas le han sobrevivido más de un contrato. Muchos carpinteros le han dejado las casas sin terminar. Un día uno le aventó los planos en la cara y se fue furioso.

David no se encontraba en la lista de los tolerantes. Por eso me dio el contrato a mí. Pero yo fui la excepción. Lloyd llegaba todas las mañanas puntualmente. Me esperaba en su pickup Toyota. Apenas si bajaba de la camioneta, Lloyd ya me estaba mostrando los planos de la casa. Los empleados comenzaban a bajar la herramienta. El sol ya quemaba a esas horas.

—Escúchame, Kikou —así lo pronunciaban la mayoría de los gringos—. Te acuerdas que ayer te pedí que cambiaras esta ventana —la señalaba con su pluma en los planos—. No es una buena idea, hay que dejarla en su lugar.

—Ya la cambiamos.

—Sí —me miraba seriamente—, por eso es indispensable que la devolvamos a su lugar. Los dueños de la casa piensan poner un librero en esta zona de la casa —rayaba los planos haciendo círculos—, y la ventana les estorbaría.

La escena se repetía todos los días, dos o tres veces al día. Cada visita de Lloyd duraba en promedio una hora y media.

«Kikou, esta pared debe medir una pulgada más de largo. La escalera la vamos a armar con un borde de tres cuartos. Los arcos de enfrente deben medir lo mismo del centro al piso. Si utilizas esta fórmula podrías cortar todas las piezas del techo sin tener que pedirle a tu ayudante que se suba a medir».

—¿Cómo le haces para aguantarlo? —me preguntó David un día.

Me reí con satisfacción sin responder. Trabajar con Hixinio fue mi escuela. ¿Quién sería peor que él? Lloyd era terco pero muy sabio en la materia.

Total que al terminar ese contrato, Lloyd me colocó en un pedestal. Una semana antes de terminar la obra Lloyd se me acercó para platicar:

—Veo que no eres empleado directo de David.

Nunca le dije que estuviera trabajando por contrato. Se suponía que David Edwards era el carpintero. Pero Lloyd era un viejo al que ya nadie engañaba.

—¿Cuánto te pagó por el contrato?

Le respondí con la verdad.

—Pues deberías trabajar directamente con los *builders* y los arquitectos. Eres un buen carpintero. Sabes escuchar.

No pude evitar reírme. Quizá fue una forma idiota de mostrar mi gratitud.

—Estoy hablando en serio, Kikou. ¿Ya tienes un contrato en puerta?

—No.

—¿Cómo piensas mantener a tus empleados trabajando? Debes buscar contratos antes de que termines la casa que estás construyendo. Por el momento sólo tengo esta construcción, si no te la ofrecería a ti. La próxima casa la iniciaré dentro de unos meses. Ve a buscar un contrato. Si necesitas recomendaciones diles que trabajaste conmigo.

Fíjate el poder que tenía decir: «Yo he trabajado para Lloyd Winston». No era necesario hacer un currículum o decir: «Estudié en tal lugar o tengo tantos años de contratista». Nada de eso. Las palabras mágicas eran: *I've worked for Lloyd Winston*. Comencé a buscar otro *builder* y me contacté por teléfono con Braselton Homes.

Más tarde llegó un hombre alto, robusto, con paso lento a la casa que estábamos construyendo.

—*I need to talk to Kikou* —le dijo a uno de los trabajadores.

Le contestaron que estaba en la parte trasera de la casa. Yo estaba instalando las ventanas con dos ayudantes. Al llegar a mí, me miró, respiró profundamente y ¿sabes qué preguntó?

—¿Dónde está tu papá? —me preguntó en inglés.

Le respondí: «*I don't know*». Y tuve deseos de agregar: ¿Cómo voy a saber si sólo lo he visto cinco minutos en mi vida? Pero era un chiste personal.

—*Who's the contractor?* —aclaró mientras buscaba con la mirada a alguien que tuviera el porte.

—Yo soy el contratista.

Me miró con asombro.

—Me llamo Milton Jonhson, soy el superintendente de Braselton Homes —se escuchaba su respiración como si se estuviera asfixiando—. ¿Cuántos años tienes?

—Veinte años.

—Eres muy joven para ser contratista —observaba las paredes y las vigas—. ¿Tú construiste esta casa? —me preguntóincrédulo.

—Sí —caminamos por toda la casa.

—Esto es un trabajo muy bueno, muy limpio —observaba detalles que no cualquiera podía notar.

Me sentí halagado y a la vez alegre de haberme encontrado a Lloyd en mi camino.

—¿Quién es el *builder* o el arquitecto?

—Lloyd Winston.

—¿Estás construyendo esta casa para Lloyd Winston? —me miró como si le hubiese dicho una mentira.

No era necesario que yo intentara convencerlo. Milton Jonhson podría llamar en cualquier momento a Lloyd Winston. Siguió caminando por la casa.

—Sí —agregó moviendo afirmando con la cabeza—. Éste es definitivamente el estilo de construcción de Lloyd Winston.

Luego de un rato me mostró los planos de una casa. Hablamos del precio y el tiempo que me tomaría construirla.

—¿Cuándo puedes comenzar?

—Este lunes.

—Bien. Entonces te veo el lunes —me dejó los planos y se marchó.

Con eso no estaba dispuesto a construir una casa más para David. No porque tuviéramos problemas, sino porque había caído al fondo del abismo y rebotado en mi trampolín llamado Lloyd Winston.

Para finales de 1996 estaba construyendo tres casas simultáneamente, tenía entre quince y veinte empleados. Era el peor de los *yos*. Toda una caja de monerías: soberbio, egoísta, ambicioso y además ignorante. Me había convertido en el foco de atención de todos los que me conocían. Hixinio incluso se mostraba orgulloso de mí: les platicaba a todos sus amigos que yo era contratista. Incluso en una ocasión me invitó al taller no en forma de tregua sino como una reconciliación. Ya no le interesaba recordar los malos ratos. Actuaba como Esperanza, con la idea de que ahí no había pasado nada.

Y yo como Hixinio alimenté mi soberbia con veneración barata. Aun así pasé un fin de año muy solitario. Israel se fue a Veracruz y yo me quedé trabajando; incluso el 31 de diciembre y el 1 de enero de 1997 fui a trabajar solo.

Para entonces ya nos habíamos cambiado a un apartamento en la calle Glazebrook, una zona de clase media. Inicié el año completamente solo, gracias a mi estúpida habilidad para deshacerme de quien me quiere. No tengo idea a qué se deba, pero todo y todos me aburrían. Cuando trabajaba en el taller de Hixinio creía que la culpa era mía. Mientras todos platicaban y bromeaban con cerveza en mano yo me distraía pensando en alguna historia o imaginando el futuro, no necesariamente el mío. Cuando conocía a alguien lo entrevistaba, muchas veces para ellos, de forma incómoda. Quería saber sus vidas e imaginar una película. Tras escuchar sus patéticas historias, les preguntaba lo que nadie les preguntaba, indagaba tanto que me volvía antipático. ¿Qué quieres hacer de tu vida? ¿A dónde vas? La pregunta parecía tan simple que recibía respuestas idiotas. Ahora tengo la certeza de que es el entorno en el que me encuentro. No pertenezco a este lugar ni a este tiempo. No sé cómo explicarlo. Pero no me entienden ni yo los entiendo.

Soy un hipócrita. Les hago creer a todos que soy igual a ellos, que me divierten los mismos chistes, que tengo las mismas penas y los mismos objetivos. A veces creo que somos de distintos planetas: a Lucas no le importa traer a su esposa y a sus hijos a este país. Es más hipócrita que yo, porque vive al día. No tiene futuro. Se terminó casando con Amanda, a la que tachó de facilota y buscona. Lo peor de todo es que Amanda no podía arrojar al basurero el insanable dolor que le dejó el abandono de Israel; algo que le provoca una bilis a Lucas cada vez que Amanda se desaparecía. O peor aún cuando no sabía dónde estaba Israel.

Israel tiene un cerebro envidiable pero un corazón de mantequilla. Todos sus amigos y familiares se aprovechan de él. Les ha enviado dinero a sus hermanos a México para que inviertan en negocios y terminan gastándoselo en pendejadas. Hace unos años le dio dinero a un hermano para que pusiera una cantina. Luego se enteró que su hermano sacaba las ganancias de la caja y se iba a emborrachar a las discotecas más caras. Está construyendo una casa para su mamá y sus hermanos; una casa que él no disfruta. Hace poco llegaron seis inmigrantes al apartamento; le contaron lo que sufrieron en el camino e Israel terminó regalándoles ropa y dinero. A los pocos días se fueron y nunca más supimos de ellos. No sé. Son cosas que no puedo entender. Quizá tanta mierda me ha dejado el corazón vacío. Quizá sea esa mierda en mi cabeza la que no me deja ver el mundo de una forma más emocional. Comprender que hay alguien que me quiere, o que me ama.

Carolina estaba dispuesta a entregarme su vida y a mí eso no me provocaba un solo sentimiento. Por más que ella insistió en que fuera a su casa a pasar las fiestas de fin de año con su familia no acepté. Le dije que no iba a estar en la ciudad. Le inventé que estaría con mi madre. Ella no sabía nada de mi vida. Creía que la relación con mi familia era tan normal como lo que para todos es normal. Lo que quiere decir que en eso no estaba mintiendo. Todos somos patéticos, todas las familias son patéticas, incluso las que demuestran ser funcionales son patéticas por el simple hecho de fingir ser funcionales. Y si fingir que todo está bien es normal, soy completamente normal.

Y para hacerle creer a Carolina que no estaba, decidí no responder al teléfono. Hasta que un día se le ocurrió ir a buscarme. No sé si ya lo había hecho en días anteriores, pero ese día me encontró justo al llegar al apartamento.

—Quiero hablar contigo —me dijo en la puerta—. Es muy importante.

Estaba frente a la puerta del apartamento. El edificio era de dos pisos con dos apartamentos abajo y dos arriba. Una escalera recta de uso común en el centro del edificio dividía los apartamentos. La vi sin decir una palabra. Suspiré profundo. Traté de estar tranquilo. No me gustan las discusiones de pareja. No soporto los rituales de gritos y mentadas. Imaginé que iba a decirme que estaba harta de mí, que no quería verme más, que se arrepentía de haberme conocido.

—Estoy embarazada.

No le creí.

—¿No piensas decir algo?

—Pasa —me quité de la entrada y abrí la puerta.

Pensé en la última vez que tuvimos sexo. De pronto sentí deseos por llevármela a la recámara.

—¿Cuánto tiempo tienes de embarazo?

—Tres meses.

Teníamos un mes sin vernos, así que parecía congruente. Conocía su forma de ser. Entendía que un embarazo no es cosa fácil, pero también sabía que ella usaba anticonceptivos.

—Me haré responsable de los gastos.

—¿Qué? —arrugó las cejas—, pensé que...

—¿Que te iba a pedir matrimonio? —pensé en Esperanza. Imaginé que ella escuchó esas mismas palabras de mi padre, con el mismo tono de voz. Entonces comencé a entender. Pensé en él y en ella. No sé qué fue lo que sucedió pero si no había amor entre ellos no tenían por qué destruir sus vidas con un matrimonio. ¿Cuántos hijos serán la razón de matrimonios disfuncionales? ¿Cuántas mujeres se embarazan para retener a un hombre? Hombres pendejos e irresponsables que no usamos condón. ¿Cuántos hombres perdonan a las mujeres que se embarazan sin su consentimiento, engañándolos, diciendo que están utilizando anticonceptivos? ¿Cuántas mujeres se embarazan creyendo en las promesas de amor?

Y ni te imaginas lo que hizo. Al salir empezó a echar mentadas.

—*You're a mother fucker!* —salió del apartamento.

—Espera...

En el tercer escalón se dejó caer. Israel entró justo en el momento en el que ella caía. Corrió a ayudarla, la cargó hasta el apartamento y la sentó en el piso recargada en la pared. Yo permanecí inmóvil.

—Sé que no está desmayada: se mantiene sentada, firme —le dije a Israel—. Su desmayo es falso. Vas a ver que con un poco de agua en la cara se despierta —le dije mientras caminaba a la cocina para llenar un vaso en el fregadero.

Al regresar, justo antes de que le vaciara el agua en la cara ella abrió los ojos.

—¿Qué me pasó?

—Te caíste —dice Israel.

—No te preocupes ahora mismo vamos al hospital —le dije—. Estás embarazada. Tenemos que asegurarnos de que estés bien.

—No —respondió. Se puso de pie y salió por la puerta a pesar de que insistí.

Una semana más tarde la fui a buscar y ¿me creerás que me dijo que había perdido el bebé? No me estoy justificando. Debo admitir que mi comportamiento fue de lo peor. Sé que no se merecía el trato que le di, pero te digo que era uno de los peores *yos*. Un día Carolina se hartó y me mandó a volar. Ahí se acabó el cuento.

Israel se casó con Maite. Yo me cambié a la calle Weber, en una zona de clase media alta del otro lado del *freeway*, pero eso no era suficiente para mí. Faltaba saltarme al otro lado de Saratoga *avenue*, The South Side of Corpus. La mayoría de los apartamentos del país no están en edificios ni rascacielos como la gente en México los imagina. Por lo general son por bloques de dos pisos, con cuatro o seis apartamentos, con estacionamiento en la puerta.

Vivía en uno de los de abajo, pues debía bajar la herramienta de mi camioneta todos los días. Tenía seis serruchos eléctricos, tres escaleras plegables, una compresora, mangueras y pistolas de aire. Mi recámara era una bodega. Por lo demás era muy cómodo y amplio. Tenía una cocina completa, baño con tina y sala. Cosas que en los otros lugares donde había vivido estaban en pésimas condiciones. Por primera vez comencé a comprar muebles nuevos.

    Con respecto a lo económico y laboral me sentía muy bien. ¿Te acuerdas de Albino? Terminó trabajando para mí. Tenía el «respeto y la admiración» de todos los *builders* que me conocían. Iba directo a la cima sin saber que era una subida a la gran caída. *Buckle your seat belt.*

    Recibo cheques semanales de diez mil dólares, de los cuales yo me quedaba con el veinte o treinta por ciento. Estaba construyendo casas para Braselton, Hampton, Emerson y Winston, los mejores *builders*. El que mejor pagaba era Jim Emerson, él no regateaba, no se quejaba, sólo exigía calidad, lo cual no era un problema. Fue con Jim Emerson que conseguí el mejor contrato de mi vida: una casa en Flour Bluf por la cual cobré veinte mil dólares. Al terminar el contrato recibí un cheque de seis mil dólares, sólo para mí. No tardé en dar el enganche para una camioneta Dodge Ram del año, las cuales eran la sensación. Todos querían pickups. Dodge, Ford, GMC. Jim comenzó a llamarme: *The Moneyman*.

    Y justo en ese momento me cargó la calaca. Tan bien que iba todo. Claro que en ese instante pensé todo lo contrario. El dinero siempre saca lo peor de las personas. Sin darme cuenta terminé siendo como Hixinio: fiestas, mujeres, alcohol. Lucas, Luisillo y yo salíamos cada dos semanas fuera de la ciudad: Houston, San Antonio, Dallas, Austin y todos los pequeños pueblos de Texas. ¿Quién pagaba todo? Yo. Mis amigos llevaban las mujeres; yo ponía mi apartamento y el alcohol. Mis vecinos comenzaron a odiarme.

    Las cosas se aceleraron de una forma inesperada. La gente entraba y salía del apartamento. A algunos ni siquiera los conocía.

—*You want some dope?* —ofreció alguien.

No respondí.

—*You know, weed, pot, grass, dope, smoke, mother fucker.*

Las gringuitas se emocionaron al escuchar aquellas palabras mágicas.

Comenzó a oler a marihuana. Todos platicaban de tonterías. Empezaron a rolar el churro. Yo estaba consciente de que era una línea que no debía cruzar, un juguete que no debía robar. *Peer pressure*, le llaman aquí. Es decir que tus amigos te empujan, pero es puro choro. Cuando tienes ganas no hay quién te detenga. En el fondo es porque quieres probar. Y ya tomado, me valió madres. Estábamos sentados en el piso como niñitos, en círculo. Comenzaron a rolar el churro. Y ahí estaba yo —ese otro *yo*— listo para darle el jalón. Pues venga pa' dentro. Después, todo empezó a darme vueltas, me reía como idiota y me aceleré estúpidamente con la coca. Estaba *spaced out*. Más tarde conocí el efecto de la cama reguilete; y después la cama voladora. Total que tuve que dormirme con un pie tocando el piso. ¿Cómo se dice en México? ¿«Haciendo tierra»?

No sé si tuve miedo. Lo que sí sabía era que eso no era lo mío. Ya me encontraba vacío. Estaba consciente de eso y sabía que seguirles el ritmo me hundirá aún más. Ya de por sí no le encontraba salida a mis borracheras. Cualquier otro alucinógeno daba lo mismo.

Para pasar del cielo al infierno sólo hay que asomarse por la ventana. No lo entendía. Lo que quería no estaba donde lo estaba buscando. Tenía que encontrarme, dejarme caer al vacío, pero sin trampolín; necesitaba estrellarme. Quería estar solo. «¿Qué no había estado así varios años?», me preguntaba. «¿Qué estoy haciendo aquí? ¿Para dónde voy? ¿Qué quiero?». No encontraba una respuesta. Esperaba que algo ocurriera, que le diera un cambio a esa vida sin vida, que me rescatara del naufragio. Como dicen: «El que se lleva se aguanta». «Escúpele al cielo y verás». Se me ocurrió escupirle, y vaya que me respondió con tremendo gargajo en la cara.

La tía Cuca mintió. Se fue hace varias semanas sin mí. Ya no podré ver a Verónica. La extraño. Estoy estancado aquí, donde soy un verdadero intruso.

Se estableció la rutina, desaparecieron los gratos momentos de convivencia, los obsequios y paseos de los primeros días y entró la indiferencia. Isabel nunca habla conmigo. Es un hecho que el sillón será mi cama por el resto del tiempo que esté aquí. Y como van las cosas parece que hasta que sea adulto. Lo peor de todo es que faltan cinco años para que cumpla los dieciocho, lo cual me parece una eternidad.

La nostalgia crece conmigo; a veces más que yo. Intento escribir cartas para Verónica todos los días y no sé ni cómo empezar. Tengo deseos de revelarle toda la verdad, decirle que estoy en casa de mi madre biológica y que una vez más me han cambiado el nombre. Pues resulta que la tía Cuca creía que Isabel y yo éramos hijos del mismo padre y me registró en la escuela como José Antonio Sánchez Rangel.

Pero Esperanza dice que el apellido de mi padre es Martínez. La tía Cuca lo supo desde que fuimos a visitar a ese hombre y se lo guardó. Esto es una segunda ofensa a mi identidad. Pero me hago una promesa. En cuanto cumpla la mayoría de edad recuperaré el nombre de Antonio Guadarrama Collado.

Mientras tanto tendré que aguantarme con esos pinches apellidos. Y más ahora que he entrado a la escuela. Se llama Baker Middle School. Por primera vez, en mucho tiempo, me dio gusto volver a clases. Esperanza me llevó hasta el salón, me presentó con mi maestra y me pidió que al finalizar las clases la esperara en el mismo lugar donde había estacionado la van. Se marchó y me quedé nuevamente lleno de miedo entre docenas de niños güeros y negros.

Nadie habla mi idioma, no entiendo lo que sucede en la clase. Una hora después suena la campana y todos salen rápidamente mientras yo me quedo paralizado sin saber qué hacer. Un niño me pregunta algo que no entiendo.

—¿Qué?
—¿Habla inglés?
—No.
—¿*Cómo te amas?* —pregunta con un intento de español.
—Antonio.
—*I'm Jesse. ¿Tenes tu class schedule?*
—¿Qué es eso?
—*Un pepel que deron a tú cuando egates.*

En cuanto le doy el famoso *pepel*, me apresura para que lleguemos a mi siguiente clase sin retardo. Al llegar a otro salón, habla con el profesor y me dice que lo espere después de clase para que él me lleve a todas mis clases. Se va. Ninguno de mis compañeros de esta clase estaba en la anterior.

Me encuentro con un salón enorme que tiene apariencia de un estudio de grabación. «¿Clase de coro?», me cuestiono con asombro. Sigo sin entender pero sé que debo incorporarme lo más pronto posible. El profesor se me acerca y me dice algo. Sólo entiendo: *Yu goa tu for froun in ga yea.*

Yea, la tuya, no te entiendo, güey, pienso. Entonces, aunque no comprendo las instrucciones, simplemente trato de entonarme como lo hacen los otros niños.

Cada hora suena la campana. Los niños salen corriendo sin importar lo que diga el profesor. Corren a sus *lockers,* cambian de libros, juegan entre ellos, corren, gritan, el director —al que llaman *principal*— ordena que nos apuremos.

Casi nadie habla español. Se me quedan viendo. Sólo algunos niños me hacen la plática, pero luego ni les entiendo. Me hacen preguntas. De pronto uno de ellos me dice en español:

—¿Eres un *wetback*?

—No sé qué es eso.

—Que si eres *mojao.*

—¿Por qué mojado?

—¿*Pasates* el río nadando?

—No.

—¿Cómo *egates* a los Estados Unidos?

—En una camioneta.

Hablan entre ellos y se ríen. Dicen que no me creen. No me interesa convencerlos.

Esperanza me llevó a la escuela el primer día y me enseñó el camino para que regresara solo. No se dio cuenta de lo que hizo: comienzo a conocer las calles y las avenidas principales y los callejones y las tiendas y todo lo que aparece en mi camino. Las calles son fáciles de aprender, todas son paralelas. En donde vivimos hay alberca, así que aprovecho para pasar ahí el resto de la tarde. A veces me meto en el callejón de atrás y pierdo el tiempo. Otras juego con el perro. Esperanza no me regaña ni me pregunta dónde estuve. Después de trabajar pasa la mayor parte del tiempo viendo el *show* de Cristina Saralegui y telenovelas venezolanas y mexicanas, y los fines de semana no se pierde *Sábado Gigante,* que dura cuatro horas.

Isabel habla por teléfono a cada rato con sus amigas. Cuando llega de la escuela me mira con desprecio. Ni siquiera me saluda. Sus ojos me dicen cada vez que se cruzan con los míos: «Hijo de la chingada, ¿por qué tenías que aparecer?».

Toca el clarinete en la banda de la escuela. Tenemos que chutarnos sus ensayos todos los días, tres horas diarias. Por eso mejor me salgo.

Un día le avisa a Esperanza que va al cine. A mí se me ocurre decirle que quiero ir con ella. Viéndolo desde un lado racional, no tendría porque pedir algo así. ¿Por qué querría un niño ir al cine con la hermana que ni siquiera le habla? Para arruinarle el día.

No le gusta mi presencia, pues que ahora se chingue, ¿quién le manda a andar teniendo un hermano menor?, y peor aún, no quererlo.

—¡No!

—Nena, por favor, llévalo. Es tu hermano.

—Llévalo tú.

—No puedo. Estoy ocupada.

—Que vaya sólo.

—¿Cómo se te ocurre decir eso? Está muy chico. No conoce la ciudad.

—Si me enseñas a llegar yo puedo ir solo después —abogo por mí.

Isabel acepta llevarme por dos razones: la primera porque he prometido que después de esta ocasión no volveré a pedirle que me lleve al cine; la segunda porque Esperanza la ha sobornado con treinta dólares.

Pronto recibo mi castigo: Isabel y sus amigas deciden ver la película más aburrida que recuerdo.

A la siguiente semana se me ocurrió pedirle permiso a Esperanza para ir al cine. Me dio permiso y fui sin problemas tomando el bus 26 que se va todo derecho por la avenida Staples.

Al llegar pagué mi boleto, entré y me sentí grande. Podía moverme solo en esta ciudad. Una semana después, pedí permiso para ir al cine nuevamente, pero en esa ocasión me quedé toda la tarde. Nadie se dio cuenta. Justo antes de que terminara la función me salí para entrar a otra sala, sin importar la película.

Ahora voy cada sábado. No hay matiné, pero me las ingenio para entrar a todas las salas. Mis películas favoritas son *Volver al futuro* uno, dos y tres. La primera la vi en México; la última está en cartelera. Me las sé de memoria, a pesar de que aquí las películas no tienen subtítulos y yo no entiendo inglés.

Yo soy Marty Mcfly. Quiero volver al pasado para arreglar eso que rompió la línea del tiempo, como bien lo explica el doctor Emmett L. Brown. Necesito evitar que la tía Cuca llegue esa tarde a la casa de mamá Tina para exigir que me devuelvan con lo que ella dice es mi verdadera familia. Quiero fracturarle una pierna para que no vuelva por lo menos en dos meses. Sólo eso necesito, dos meses, pues en ese tiempo mamá Tina se va a mudar a Monterrey. Ahí no podrá encontrarnos la tía Cuca. Ni que me quisiera tanto como para gastar tiempo y dinero en ir tan lejos.

Conozco todos los rincones del cine, entradas y salidas de emergencia, cuartos exclusivos para empleados, etcétera. En ocasiones me meto a las salas vacías entre una y otra película y juego solo. Cuando los empleados entran a limpiar, me escondo bajo las butacas y me escabullo por la puerta de emergencia.

Luego paso horas en las maquinitas. En ocasiones ni llevo dinero. Debo decir: casi nunca, pero aun así me las ingenio para jugar. Aprendí a madrugarme a otros. Me adueño de la máquina que más me gusta. Sólo llevo dinero para jugar una o dos veces. Apuesto el valor de la jugada con otros niños que a fin de cuentas ni conozco, pero bien les gano. Además me como sus palomitas, me bebo sus sodas y luego hasta dinero les robo.

He encontrado una nueva forma de fugarme de mi realidad, fantaseando un poco, escondiéndome en ese mundo, sólo mío, intocable, insaciable. Retomo mi vida de vago, de forma muy distinta. Y también de raterillo.

Soy adicto a dos cosas: al cine y al robo hormiga en las tiendas departamentales del Padre Staples Mall. Cuando me aburro de estar en el cine me paseo por las tiendas. Ya ubiqué todas las cámaras en el techo, el número de vendedores, las salidas, los probadores y la mercancía, por supuesto. Sólo falta el atraco en abonos. Les digo a las vendedoras: «Mi mamá me mandó a que me pruebe esto».

Entro y salgo como rayo.

—Voy a decirle a mi mamá que sí me quedó toda la ropa —le digo a la vendedora. Incluso le pido que me la cuide.

Entonces desaparezco lo más pronto posible, pero sin correr. Hasta me doy dos o tres vueltas por la tienda para despistar. Cuando encuentro el terreno libre salgo por la puerta grande, con pantalones, camisa y calzones nuevos debajo de mi ropa vieja. No sé si Esperanza se hace la mensa cuando me ve con ropa nueva o de plano no se da cuenta, porque nunca me pregunta ni me comenta sobre mi cambio de vestuario.

Llegó el día en que me tuve que retirar. Qué vergüenza, tan joven y jubilado. Soy un fracaso. No la hice. Me dio miedo. No pensé en las consecuencias. Me acababa de robar una chamarra de lujo, bonita, de piel, creo que el precio andaba por las nubes. Llevaba otra y la nueva me la puse debajo. Pero en esa ocasión no me hice menso por la tienda. Salí casi corriendo. La vendedora se me quedó viendo. Caminé hasta los pasillos del *mall*, me dirigí a los baños públicos, me quité la chamarra y la escondí en el basurero. *Luego la lavo*, pensé.

Caminé casi por veinte minutos por todo el lugar tratando de despistar al enemigo pero ése fue mi error, hacerme menso. Si hubiera salido, quizá no me hubiera metido en tantos problemas.

Pero no. Quería sentirme la gran caca, burlarme de los sistemas de seguridad. Casi casi saludando a la cámara, como reina de la primavera.

La verdad es que no sentí ni la mitad de lo que experimenta uno de esos licenciados en cleptomanía. Más bien como cucaracha. Casi muerto cuando los guardias me arrestaron. Me llevaron a un cuarto y me medio encueraron. Pensé que había llegado el fin de mi vida. Pero al ver que no tenía nada me dejaron ir.

No había pruebas ni videos ni mercancía ni nada de nada. Tan sólo la duda de la empleada. Del puro miedo me fui corriendo. Pensaba en lo que me pasaría si me descubrían robándome cualquier cosa. Ya ni me preocupaba por la chamarra. Sólo quería sentirme seguro. Abordé un camión imaginando lo peor. Llegué a pensar que ya le habían llamado a Esperanza para contarle que me habían descubierto.

No sé si me preocupa lo que ella piense de mí si se entera de esto. No creo que del enojo me mandé a México. Aunque pasamos mucho tiempo juntos en la mañana, Esperanza y yo no logramos congeniar. A veces se me ocurre preguntarle cosas sobre mi padre biológico y se molesta. Jamás responde. Me regaña, me dice que me apure, que haga bien las cosas, que no tiene tiempo para platicar, que otro día y quién sabe qué tantas cosas.

Isabel también es porrista de la escuela, así que todos los viernes o sábados vamos a los partidos de futbol americano de la escuela. Todas sus amigas le preguntan cosas sobre mí, pues de acuerdo con lo que sabían Isabel era hija única; y ella se ocupa de responder que soy adoptado. Según ella no entiendo inglés, pero *adopted* y adoptado suenan igual, más si todas se me quedan viendo como si me tuvieran lástima. Nunca tenemos una conversación. Aquí el asunto está peor que en la casa de la tía Cuca.

Un día le llaman a Esperanza para preguntarle si da permiso de que el principal me dé dos nalgadas con la paleta. Todavía es legal en este estado con permiso de los padres. Esperanza da su consentimiento y el principal y dos personas más me llevan a una oficina. Uno de ellos es el *school counselor* —asesor escolar— y la otra es una maestra. No sé para qué tiene que llevar testigos. Seguramente es para que se incremente mi vergüenza.

—*Put your hands on the desk* —dice el *principal*.

Tiene en las manos una paleta que parece un bate aplastado con muchos hoyos para que el aire no detenga la paleta.

—*This is gonna hurt.*

Ya entendí que el verdadero castigo está en la tortura. El *principal* es un negro como de dos metros. Tiene unas manotas y unos brazos que intimidan. Parece luchador de lucha libre.

—*I promise* —digo en inlgés—. Me voy a portar bien —continúo en español porque no sé cómo decirlo en inglés.

—*Too late* —y veo en su rostro la maldad.

Me da el primero de los madrazos en las nalgas. Jamás me habían golpeado tan fuerte y mucho menos un extraño. Me llevo las manos a las nalgas, doy de brincos, grito y lloro. Estoy seguro que este pinche negro ya me fracturó las nalgas. Los tres me observan sin consolarme. No se ven arrepentidos.

—Falta una —me dice el *principal*.

—*No, no, please* —le ruego. Tengo la cara empapada. Los mocos me escurren por la boca.

—*Put your hands on the desk* —repite el *principal*.

Parece que no tienen prisa. No me obligan a poner las manos en el escritorio pero tampoco me perdonan. Insisten en que obedezca. Finalmente hago lo que me dicen y recibo el segundo madrazo. La escena se repite: me llevo las manos al trasero, doy de brincos, grito y lloro.

Luego de un rato el *school counselor* me lleva de regreso a mi salón, donde todos saben lo que me acaba de ocurrir. Y aunque no lo supieran, con el chorro de lágrimas y mocos que tengo en la cara sería más que suficiente.

Llego a casa muy molesto y le reclamo a Esperanza. Ella dice que me debo educar de alguna manera. No estamos en guerra, simplemente siento que ya no tengo motivos para estudiar. Total, ¿para qué?

Lunes 18 de junio de 2007

El detenido de la celda F hace una seña al oficial en la oficina; la puerta se abre automáticamente; sale y camina al garrafón de agua; bebe como nunca como si quisiera alcoholizarse. Un par de mujeres platican en el interior de la celda E; del otro lado se encuentra media docena de indocumentados que llegó hace media hora. De vuelta a su celda observa una máquina de frituras y otra de refrescos; se detiene frente al oficial y le pregunta si puede comprar algo.

—Si tienes dinero sí.
—Sí.
—Ok. Vuelve a tu celda. Yo los compro por ti. Dime qué quieres.
—Unas papas y una coca-cola.
—Dame el dinero.
—Otra cosa. ¿Le pueden bajar al aire acondicionado?

—No. Lo siento.

Pronto la bebida se desliza por la garganta del indocumentado, como un manjar comparado con las porquerías que les dan de comer. Los huesos duelen por el frío, los párpados pesan, el hambre no se conforma con lo que acaba de recibir, exige más, y el tiempo sigue de haragán; la tristeza no tiene para cuándo partir: se aferra a hacerle compañía al detenido de la celda F.

El oficial abre la puerta y anuncia que tiene una llamada.

—Hola, ya hablé con el abogado —anuncia Isabel en el teléfono—. Dice que vas a ver al juez mañana a medio día. Mamá va a entrar al quirófano hoy a las once. No te preocupes más —el llanto la traiciona—. Te vamos a sacar de ahí. Te lo prometo. *I'm so sorry! I'm so sorry! I don't what to say.*

La llamada llega a su fin y el detenido es llevado a su celda donde la estancia resulta insoportable: el aire frío congela el tiempo e intensifica la pena, el futuro parece desierto, un suplicio inaguantable, la incertidumbre baila, baila, baila como marioneta, todo se reduce a qué pasará mañana. El detenido en la celda F decide acostarse, obligarse a dormir: el cuerpo admite que han pasado muchas horas sin descanso y se pierde en una neblina de incongruencias. Sueños y pesadillas se revuelven. Despierta, se desbarata en llanto, vuelve a caer dormido y vuelve a despertar. El tiempo se mofa. Los ilegales que llegan esposados siguen el mismo proceso, permanecen unas horas en otras celdas y salen deportados ese mismo día. Él es el único que permanece ahí, solo. Nuevamente hay un cambio de turno. Ya conoce de vista a cada uno de los oficiales, la mayoría son hispanos, mexicanos deportando mexicanos.

Todos se portan lo más humanamente posible —pese a todo lo que se murmura en los noticieros—, les conmueve, quizá se identifican con la situación.

El detenido de la celda F ha recibido una segunda llamada telefónica:

—Mamá sobrevivió a la cirugía —dice Isabel.

¿Tú CREES QUE LE HE DADO MUCHAS VUELTAS a la historia para llegar al final? Quizá. Tal vez no quiero terminar. Supongo que ha llegado el momento de decir cómo llegué a este lugar del cual no quiero escribir; porque al hacerlo sé que me desmoronaré como un castillo de arena.

La cosa es que en agosto entró a trabajar conmigo un tipo que se llamaba César. Trabajaba medio tiempo en la construcción. Entraba a medio día. Y luego se iba a su empleo nocturno en una bodega. Lo trataba muy poco, casi no hablaba con él, yo andaba en mis negocios.

A finales del noventa y siete había salido de mi depresión, ya no veía a mis amigos, sólo a Lucas y a Israel, con quienes salía a algún bar de vez en cuando. Me dedicaba a mi trabajo, estaba construyendo tres casas. Todo iba bien. Parecía que las aguas se habían calmado. Se me ocurrió pensar que ya no volvería a tener problemas.

Para construir las casas usábamos unas pistolas de aire para clavar la madera. Siempre les dije a los obreros que usaran gafas para protegerse de los clavos que rebotaban. Pero a uno de ellos se le ocurrió pensar que nunca le pasaría algo así. De pronto alguien gritó:

—¡Kiko, César se enterró un clavo en el ojo!

¿Te das cuenta? Él solito se clavó. Hasta ese momento él había sido un total desconocido en mi vida. Bueno, ni tanto. Ya habíamos platicado, tú sabes, charlas en horas de trabajo, pero la verdad, no me importaba su existencia. Y eso debí haber hecho después de lo del clavo. Pero no. ¿Quién me manda?

Me encontraba construyendo unas escaleras. Fui lo más rápido que pude, y al llegar le estaba sangrando el ojo a chorros. Creo que me proyecté. La verdad no le había brotado ni una gota de sangre. Pero lo demás sí fue cierto. Ya le habían sacado el clavo. Él seguía ahí tirado en el piso. Llamamos al 911; llegó la ambulancia y lo llevaron al hospital en donde lo operaron esa misma tarde. Ahí me encontré con su esposa. La había conocido anteriormente mas nunca le puse atención. Hablé unos minutos con ella: «Hola, buenas tardes, cuánto lo siento».

No la volví a ver hasta el día que le llevé el pago de incapacidad a su casa. Pasaron varias semanas y él no se aparecía por el trabajo. Pero le seguía llevando dinero cada semana. Cuando no lo encontraba, se lo dejaba con su esposa y me iba. Nunca me llamó la atención su mujer. Quizá porque la veía como mujer casada, mayor, madre. ¿Ya te imaginas a dónde voy? Era varios años mayor que yo. No me pasaba por la mente que entre ella y yo pudiera ocurrir algo. Nunca había sido amante de una mujer casada ni me había llamado la atención. No hasta el día que me habló por teléfono para preguntarme por su esposo. Me sorprendió mucho que me llamara a mí si él tenía semanas de no ir a trabajar, y mucho más si no había una relación amistosa entre él y yo.

Nuestras conversaciones habían sido sólo de trabajo. Sólo sabía que era casado y que tenía una amante que iba a verlo a la construcción. En fin, que me dice Elena, por teléfono, con mucha formalidad:

—Disculpe que lo moleste, pero ¿sabrá usted dónde está César?

—No —le respondí—; la última vez que lo vi fue cuando le llevé el cheque la semana pasada.

Y de ahí se aprovechó para contarme todo un rollo:

—Pues desde que le pagó se fue de la casa y no ha vuelto.

Te digo que no me interesaba. De veras. Incluso quería terminar la llamada: «¿Quiere que llamemos a la policía?», y ahí estaba haciéndose la sufrida: «No; seguro que está con la otra mujer». Y sin que yo preguntara comenzó a contarme todo. Nos empezamos a tutear; luego cambiamos de tema, y sin saber cómo, nuestra primera conversación duró tres horas. En realidad hablamos de puras trivialidades. Dos días más tarde, me volvió a llamar con una excusa barata.

¿Cómo te lo digo? Me movió el tapete. Me gustaba su plática. Pocos días después, fui al restaurante donde trabajaba. Noté en ella una alegría. Me coqueteaba mientras atendía a los demás clientes. Esa tarde iba con Lucas. No hablamos mucho, pero al día siguiente, en la noche, como no sabía a qué hora salía, la esperé afuera del restaurante por casi dos horas. Era la primera vez que me interesaba por una mujer casada o con novio. No sabía las reglas. Pensaba invitarla a tomar un café, platicar con ella, conocerla, como se hace con una novia. Si Hixinio me hubiese visto, se habría burlado de mí:

«¡No, camarada, eso no se hace así, a esas viejas te las llevas al hotel!», me diría.

Elena salió como a las once de la noche. En cuanto me vio afuera del restaurante se comportó como si no me conociera; luego caminó hacia mí.

—¿Qué haces aquí? —me preguntó.

—Vine a verte —sonreí; ella no.

—¿Dónde vives? —dirigió la mirada en varias direcciones una y otra vez.

—En la calle Weber. Los apartamentos que están a un lado del *freeway*. Número 35.

—Ya sé cuáles son. Vamos a tu apartamento, espérame ahí —se dio media vuelta, caminó a su auto y se fue.

Compré cervezas y comida. Ya en mi apartamento esperé a que llegara. Me sentía un donjuán. ¿Yo, un Sancho? ¡Ah cabrón! Me parecía algo inverosímil, una burla a la vida, un trofeo más, le quitaba la mujer a un bravucón.

Las pocas veces que platiqué con él, siempre lo escuché hablar de cómo engañaba a su esposa. En una ocasión, antes de conocer a Elena, le pregunté qué haría si un día descubriera que su mujer lo engañaba, y él, despreocupado, respondió que no le importaría. Claro que yo jamás pensé en hacerle justicia a su esposa.

Veinte minutos después llegó Elena a mi apartamento. Me explicó que tuvo que ir a ver a su cuñada para que le cuidara a los niños toda la noche. Es decir que, mientras yo estaba preparando un café, ella ya tenía listo un bufet. Platicamos un largo rato, en realidad ella me platicó de su vida, de la infidelidad de muchos años, particularmente, de los últimos nueve meses. Después de dos cervezas me besó. Fuimos a dar a la alfombra. ¿Para qué miento? Ella estaba dirigiendo la orquesta:

cabalgaba sobre mis caderas, sus manos presionaban mi pecho, su cabellera latigueaba enloquecida. Me sentí tan bien al verla derrumbarse sobre la cama que no me reconocí a mí mismo. Me besó, me abrazó y me dijo:

—A que no sabes qué día es hoy; o no, ayer. Ya son más de las dos de la mañana. Fue mi cumpleaños. Cumplí treinta y dos. ¿Cuántos años tienes? Déjame adivinar, treinta y tres, treinta y dos, ¿treinta?

Imagina las patadotas que me ha dado la vida para que pensara que tenía treinta y tantos. Me quedé mudo, no tenía idea de cómo decirle que tenía veintiuno. Le dije que no me acordaba. Me reí, me di la vuelta y jugando se me montó encima y me atacó con un cosquilleo.

—¡Ya dime! ¿Cuántos tienes?

Hasta que por fin le respondí:

—Veintiocho. —Abrió los ojos.

—¿Veintiocho? ¿Eres menor que yo? Pero no hay problema, mucha gente me dice que me veo de veintitrés. ¿Tú crees que me veo vieja? ¡Dime la verdad! —sonreía—, no mientas.

Reímos y jugamos mucho. Ella lo necesitaba, y, debo admitirlo, yo también: buscaba un trago de felicidad. Nos encontramos en el momento preciso, justo cuando ambos habíamos tocado fondo, lo cual hizo de ese instante algo inolvidable, inefable, lo que ansiábamos: una fuga, una cura, un paliativo, un placebo a nuestros malestares.

Platicamos el resto de la madrugada de todo y de nada. Reímos mucho en ese momento sin yo aún darme cuenta de lo que era a partir de ese momento. Nunca había sido el amante, y no entendía cómo funcionaba eso; como que esperaba que al día siguiente todo tuviera la formalidad de un noviazgo. Me cayó el veinte un poco antes de que dieran las seis.

—¡Mira la hora que es! —se puso de pie y corrió desnuda a la sala en busca de su ropa.

—No vayas a trabajar —le dije desde la cama.

Estaba en el baño, abrochándose el brasier frente al espejo. Pude ver sus nalgas y su espalda.

—Estoy casada, tengo hijos y no me puedo arriesgar. ¿Sí me entiendes? —me dijo al entrar a la recámara al mismo tiempo que se hacía un nudo en el cabello—. No me puedes llamar, nunca, por ninguna razón, para nada, ni se te ocurra, porque me vas a meter en un problema, y tú también, no sabes cómo es César. Yo te llamo —me dio un beso y se fue.

Esa tarde le conté a Israel y lo primero que me dijo fue: «No te enamores». Me reí con una soberbia estúpida.

—Puedo dejar de verla cuando quiera.

—Vamos a ver si es cierto. Cuando te llame no le contestes.

Justo cuando Israel me dijo eso, sonó mi teléfono celular. Era ella, su primera llamada después de aquel encuentro. Me dio tal gusto que se me olvidó lo que acababa de decir. Elena me pidió que nos viéramos esa noche. ¡Y claro!, le dije que sí. Nos encontramos en mi apartamento y antes de que se fuera, me dijo que era la última vez, que no podíamos seguir así. Le respondí que no había problema y nos despedimos.

¿Me crees? ¿Sí? Pues yo sí le creí. Lo decía con tanto sentimiento que parecía cierto. Pero a partir de ese día la madeja de llamadas telefónicas se volvió interminable: tres, cuatro, cinco veces al día. Y nos veíamos a diario, ¿y su esposo? Ni sus luces. En menos de dos semanas ya estábamos… *infatuated*, así se dice en este país. Uno no está enamorado; uno cree. Y digo estábamos, porque cuando eso ocurre, uno se pierde en una hipnosis. ¡Eso es! Estábamos hipnotizados, enredados en un hechizo maléfico.

Tenía tres casas en construcción, una de ellas con un valor de medio millón de dólares. Claro, ése es tan sólo el valor de la casa, no lo que uno gana. Y con esa cantidad de trabajo ni tiempo me daba de pensar en alcohol. Había dejado de fumar y de tomar. Pensaba en Elena todo el día. Con su esposo ausente, nada nos detenía. Todo era como un noviazgo.

A mediados de febrero, fuimos tres días de paseo a San Antonio. Llegamos a un *night club,* donde el baile se convirtió en un evento, ¿cómo definirlo? Deja busco la palabra. ¿Erótico? Eso. Y sí, nos divertimos imbécilmente, de la manera más infantil que puedas dibujar en tu imaginación. Allí era totalmente ella, no como en Corpus que no salíamos juntos ni a la esquina. Me decía: «¡No, ni de chiste!». Nunca me llamaba por mi nombre. Me decía mi amor. Alegaba que en un día se podría confundir y decirle a su marido el nombre impronunciable. En una de esas tantas le dije con burla:

—A mí se me hace que no te acuerdas de mi nombre y te da vergüenza preguntarme.

—Sí sé cómo te llamas —se reía como tonta.

—¿Cómo me llamo? —le preguntaba—. Dímelo. No sabes.

—Sí sé —se carcajeaba—, pero no te lo voy a decir.

Nunca lo dijo. Así como yo con mi edad, le hice creer que tenía veintiquiensabe cuántos. Mi ridículo e inverosímil teatrillo duró hasta la noche que llegamos al hotel en San Antonio. Saqué la licencia para registrarnos; entonces, me pidió que se la enseñara, y yo de bruto se la di, y, ¡madres!, que ve mi edad. Se quedó callada, nunca hacía escenas de ningún tipo.

—¿Tienes veintiún años? —me preguntó al llegar al cuarto.

¿Ya que podía decirle? Más que enojada estaba sorprendida, tenía un mes acostándose con un hombre mucho menor que ella. De ahí en adelante, siempre me decía que no podríamos tener una relación formal, porque para entonces ya habíamos hablado de vivir juntos y toda la cosa. Lo que me fascinaba de ella era que los enojos le duraban muy poco. Se ocupaba de que nuestros encuentros fueran divertidos. Siempre decía que lo importante era la calidad del tiempo y no la cantidad. En ese viaje a San Antonio, no dejamos de hablar —nunca en realidad—, siempre teníamos algo que decir, ella sobre todo, hablaba hasta por los codos.

Analiza esto. ¿Cómo se diagnostica la felicidad? ¿Se cuentan los besos que recibes o los churros que te fumas? ¿Se mide el estado de estupidez en el que uno se ubica? ¿Existe algún pendejómetro? Qué sé yo. Lo que sí te puedo asegurar es que flotaba taradamente feliz en una nube blanca que pronto se tornaría gris, y luego negra. Pero si ése era el costo, adelante, venga, ¿ya qué le podía hacer? No nací con una torta bajo el brazo, lo que quiere decir que nada era gratuito, y que todo tenía un precio, hasta perder la cabeza por una mujer.

En el hotel de San Antonio descubrí que ella era bastante vanidosa. Se ponía maquillaje sólo en los labios. Tenía la cara tan limpia y tan chapeada que parecía que traía rubor o algo así. Pero te estaba diciendo que pecaba de vanidad, o narcisismo, porque saqué la cámara para tomarle unas fotos, y ella soñada mientras la retrataba, se acomodaba para un lado y para el otro; luego se cambiaba de ropa para que no pareciera que habíamos tomado las fotos el mismo día. Le tomé cerca de setenta fotos. Para su tristeza, dos de los rollos se velaron. Pero nos quedamos con veinticuatro fotos. Luego me preguntaba: «¿Cuál te gusta más de estas dos, ésta o ésta? ¿Y de estas otras dos? ¿Sí te gusto, mi amor? ¿No me veo vieja? No vas a decir lo mismo cuando tenga cuarenta». Su más grande miedo era que si un día hacíamos una vida juntos, le fuera infiel cuando yo llegara a los treinta. No se cansaba de decirme lo que no debía hacer el día que me casara con otra mujer. Ella estaba consciente de que nuestro idilio no duraría mucho.

De regreso a Corpus, nos dio tristeza que se acabaran esos tres días. La llevé a su casa y se bajó de la camioneta unas cuadras antes. Al llegar a mi apartamento, esperé a que ella me llamara, pero mi teléfono no sonó en toda la noche. Me dieron ganas de marcarle, pero sabía que no podía. Nunca lo había hecho, porque no había surgido la necesidad, pero esa noche tuve un presentimiento, sentí que algo andaba mal, muy mal. La incertidumbre me hacía cachitos. No tenía idea de cómo reaccionar. Dormí muy poco. Al amanecer, tampoco me llamó, fue hasta las ocho de la mañana que se puso en contacto conmigo para decirme que César estaba de regreso en casa y que por eso no me había marcado la noche anterior.

Aunque no lo creas sentía que él estaba invadiendo mi territorio, que me estaba robando algo. Dime, psicóloga, ¿quién era el intruso? ¿No se supone que el que se fue a la Villa perdió su silla? Sí, lo sé, soy un papanatas. Si quieres pensar que soy un ardido está bien. Mi coraje no me deja en paz. Ya no sé qué decir. Elena me decía que no podía decirle a César que se fuera de la casa, pues era el padre de sus hijos.

A partir de ese día las cosas cambiaron, era el principio del fin. Los encuentros, ahora, sí se sentían como lo que en realidad eran: clandestinos, una miserable humillación al hombre que le hace el amor a una mujer y no puede decirle a todos que él es quién la hace feliz. ¿Cómo salirme de esa relación si ya estaba atorado en un túnel, esclavizado a su aliento? No sabía cómo dar marcha atrás.

—Te lo dije —me regañó Israel—. Ya no la busques, olvídate de ella, todavía estás a tiempo.

Para evitar culpas y juicios comencé a mentirle a Israel, asegurándole que ya no la veía. Pero lo seguía haciendo con mucha más cautela. Conocimos todos los hoteles de la ciudad, e incluso íbamos a los pueblos cercanos para revolcarnos y terminar diciendo que sería la última vez. Casi no dormía, porque nos pasábamos hablando por teléfono de nueve a doce, y cuando los niños se dormían, iba a su apartamento, estacionaba la camioneta del otro lado del estacionamiento —tal como Elena me lo decía: «Estaciónala lo más lejos posible, no te pongas ropa interior ni calcetines ni perfume ni reloj, no traigas ningún objeto personal»— y entraba por la puerta de atrás, la cual siempre estaba abierta. Elena me exigía silencio total. Al entrar me preguntaba si no había visto gente en el estacionamiento; me decía que cuando viera alguna persona, me esperara en la camioneta hasta que se fueran. En ocasiones sonaba el teléfono. Era César que hablaba desde su trabajo para saber cómo estaba. *¿Ahora sí le preocupa su matrimonio a este cabrón o ya se las huele?*, pensaba. *Se supone que ella está durmiendo, ¿para qué la despiertas, pendejo?*

—*Hello* —respondía ella fingiendo un bostezo, desnuda, sudando, conmigo sobre su cuerpo. Había (no, más bien, habíamos) perdido los escrúpulos: éramos un par de mierdas. Una pérfida ninfómana y un pipiolo calenturiento.

A mediados de mayo a Elena no parecía preocuparle si César nos descubría o no. Dejó que él se enterara que tenía un amante. No le dijo quién, pero sí lo aceptó en una de sus tantas discusiones. Llegué a creer que sí lo dejaría. O más bien dicho, llegué a soñar, a vivir con esa ilusión.

Era, según yo, un nuevo *yo*. Estaba ahorrando como nunca antes, llevaba en la cuenta de banco diez mil dólares. Todavía estaba pagando la camioneta, me faltaban menos de nueve mil dólares, no la terminaba de pagar porque según mis cálculos, para mediados de año, Elena y yo ya estaríamos viviendo juntos.

Con decirte que para entonces los niños ya me conocían. Para el mayor yo era Toño. César sólo me conocía como Kiko. Era la primera vez en muchos años que alguien se refería a mí por ese apelativo. Júnior me preguntó un día: «*When are you gonna take us to the beach?*». Le respondí que pronto y se lo cumplí dos semanas después. Fuimos los cuatro a Padre Island, nadamos, jugamos y corrimos. Estaba consciente de que no eran mis hijos, y que nunca me verían como a un papá, pero me gustaba el papel de padre, quizá, porque no convivía con ellos todo el tiempo. Lo que sí sé es que Elena estaba feliz. Me decía que le daba pena que sus hijos no disfrutaran de esos ratos con su padre, no porque lo extrañara, sino porque sus niños no sabían lo que era reír con él.

Se puede pensar y decir lo que sea de un amante, pero nadie sabe lo que se siente serlo hasta que se está en su lugar. Uno no existe, no aparece en las fotos, no es invitado a las fiestas. Y yo en particular no existía. Para qué te miento, hay momentos que me gana la tristeza pero me aguanto para que se me quite lo baboso.

¿Sabes qué es lo peor para mí al visitar a los parientes? Que en cada reunión sacan algún álbum de fotos. No digo que me desagrade recordar, sino que nunca salgo en ellas. ¿Te das cuenta? No existo. No hay bautizo, boda, cumpleaños, navidad en la que esté yo. A veces me duele pensar que no soy parte de una familia. No existo ni existiré en las fotos familiares. Pero ¿sabes lo que también me duele? No estar en tu álbum de fotografías, no haber estado en tus cumpleaños, en tu graduación, en tus navidades, en tus vacaciones. Soy el recuerdo clandestino escondido en una caja de zapatos en el clóset; soy una historia que no tendrá segunda parte; soy el pecado que nadie conocerá, el sueño que nunca se hará realidad. Analiza esto, psicóloga.

De las tantas fotos que nos tomamos, Elena se quedó con una en donde estábamos los dos abrazados. Ella siempre me dijo que estaba muy bien guardada y que César de ninguna forma la encontraría. La tenía en la Biblia, un libro que él nunca abre. ¡Vaya sorpresa!, un día se le ocurrió rezar por su alma puerca y la encontró. Según me contó Elena días más tarde, discutieron un largo rato; luego, él marcó mi número y yo contesté —al ver su número en el identificador de llamadas— con un cursi: «Hola, mi amor».

Me dijo: «Yo no soy tu amor». Entonces le colgué, y luego —como después me contó Elena— él se dirigió a la recámara, sacó una pistola, la cual ella no sabía que existía, y salió rápidamente. Elena me marcó por teléfono, pero yo no contesté, temía que fuera él.

Minutos más tarde, afuera de mi apartamento, estaba César golpeando la puerta y gritando: «¡Sal de allí, hijo de tu puta madre, que salgas te digo!». Me asomé por la ventana y vi que tenía un revólver en la mano. De pronto oí un disparo, no sabía qué hacer. *¡Si abro la puerta, éste me va llenar la panza de plomo!*, pensé. Entonces fui a la cocina y saqué el cuchillo más grande que encontré. Yo había aprendido a pelear con Hixinio en el taller, pero el box no era nada comparado con estar frente a un tipo con un revólver.

Me tronaba los dedos, me temblaban las piernas, comencé a sudar. En eso, que abro la alacena y me encuentro con una botella de Jack Daniel's que tenía desde antes de conocer a Elena. Escuché un segundo disparo, pero éste había dado en la puerta. De la desesperación me empiné la botella: *Si me va a matar, por lo menos que no lo sienta tanto*, pensé. Mi apartamento tenía dos puertas. Imaginé que si salía por atrás podía brincarme la barda y salir a la otra calle. Pero me dije a mí mismo: «¿Qué tal si en lo que sales él ya está del otro lado con el carro?, ¿qué hago, qué hago, qué hago?».

Los gritos se seguían escuchando, el teléfono sonaba: era Elena, pero qué le iba andar contestando si ya sabía lo que me iba a decir: «César va para allá y va armado». ¿Qué le iba a responder?: «¿A poco?, ¡no me digas, con razón algo agujeró la puerta!». ¡Ni madres!, jalé el cable del teléfono para que no siguiera sonando y me seguí empinando la botella. Entonces, ya con casi un cuarto de la botella en el estómago, abrí la puerta. Todo esto pasó en minutos, no creas que fueron diez o quince, estoy hablando de tres o cuatro. César guardó la pistola porque unos vecinos llegaron. Supuse que todos ya se habían dado cuenta, y esperaba que llamaran al 911.

Abrí la puerta y el hijo de su madre se me fue encima. No sé cuantos chingadazos me dio, pero sí sé que me los dio con ganas, y bien puestos, vaya que dolieron. Como pude me defendí, quién sabe cómo le hice pero el güey cayó sobre la mesa del comedor; entonces, que le reviento la botella de Jack Daniel's en la cabeza. *Ya con eso tiene que roncar un rato*, pensé. ¡Pues no!, el cabrón se paró con la cabeza llena de sangre, sacó la pistola y empezó a disparar. Y que corro al cuarto, cierro la puerta y que me salgo por atrás. Mientras me brincaba la barda, escuché un balazo. *Este güey ya me mató*, pensé. Y que me caigo. En eso que llegan los policías. Para esto apenas habían pasado unos diez minutos, lo sé por el reporte de la policía, y arrestaron a César.

Elena fue a verme al día siguiente pero Israel la corrió: «¡Sácate de aquí, bruja maligna!». Bueno, quién sabe si eso fue lo que le dijo, pero sí sé que la trató muy mal y que le dijo quién sabe qué tanto, pero no me dijo que ella había sido. Me enteré hasta que la vi una semana después. Israel nuevamente me insistió que no la volviera a ver. Entonces le hice caso, pero ella me buscó hasta encontrarme; hablamos de lo sucedido y acordamos que no nos volveríamos a ver. No sabía qué hacer, no bebía, pero me revolcaba por los rincones de mi apartamento. Cuando me preguntaron en la corte si quería poner cargos, contesté que no —una más de mis babosadas—. Un mes después salió César bajo libertad condicional.

La paranoia se había apoderado de mí: lo veía en todas partes, tenía pesadillas, bajé de peso, casi no trabajaba. Un día Lucas me invitó a un bar con unos amigos. Acepté y fuimos al VIP, un *night club* muy cerca de mi apartamento. Poco después de entrar, uno de los amigos que nos acompañaban esa noche me invitó coca en los baños. Con esos acelerones la cerveza se evaporó en mis manos. Todo estuvo divertido por un par de horas hasta que vi en el centro de la pista a César bailando con Elena. Lucas me dijo: «No te preocupes, nosotros nos encargamos de ponerle en su madre». No tenía miedo, sentía rabia.

Fui a los baños y me eché otro pase de coca. Ya tenía la quijada y la nariz dormida. Volví al bar y traté de fingir un rato. Elena me vio y encontró la forma de acercarse a mí mientras César estaba en el baño.

—Te extraño —me dijo.

Sentí ganas de reventarle la botella de cerveza en el cráneo.

—Ya me voy. César está a punto de salir del baño.

Lucas llevaba unas amigas, entonces empecé a bailar con una de ellas. Ironías de la vida: comenzó una canción de Los Cardenales de Nuevo León: *Si yo fuera él, no te dejaría un momento... ni siquiera un instante... de adorar.* No sé qué tanto me decía la chamaca con la que bailaba porque yo no le ponía atención, sólo buscaba a Elena y César.

Si yo fuera él… estarías conmigo en la Gloria.

De pronto, Elena y César estaban bailando a un lado mío. Por un momento en mi mente pareció que la música había enmudecido. César y yo nos vimos a los ojos fijamente. Con esas miradas con las que no necesitas decir una palabra, le lees el pensamiento a la otra persona; y sé que me decía: «No te meto un plomazo porque ahora sí me encierran varios años». Pero yo le contestaba: «Mira, ésta también es casada». Sí, cómo no. Estaba que me cargaba la chingada y pensaba en esperarlo después del baile, ahora sí como dicen en la primaria: «A la salida nos vemos». Seguimos bailando y al terminar la canción salí furioso, tú sabes cómo soy cuando estoy así, no escucho a la gente, no me importa lo que me digan. *Qué lo voy a estar esperando, que se pudran los dos*, pensé.

Lucas me siguió hasta el estacionamiento, me decía que me esperara, pero arranqué la camioneta y aceleré todo lo que pude, me quería matar. No. La verdad no, pero estaba en esas situaciones en que —como te acabo de decir— uno no sabe lo que desea. Mi pie pisaba el acelerador hasta el fondo. Vi en la calle todos los semáforos en verde. Había pocos carros. Aceleré. Ya no me importaba Elena. No la quería volver a ver. Quería llegar a mi apartamento. Quería estar solo. Seguí manejando a toda velocidad. Me pasé. Me seguí hasta el *freeway* y no me di cuenta de que la luz estaba roja.

—¡Puta madre! —reaccioné mientras quitaba la bolsa de aire de mi rostro—. ¿Qué pendejada acabo de hacer?

Ha pasado un año desde que llegué aquí. En cuanto terminó el año escolar, Esperanza me llevó a un internado católico. Según ella es una invitación exclusiva. Una prueba para los prospectos o nuevos internos. Dos semanas en las que supuestamente íbamos de vacaciones. Esperanza dijo que era una escuela católica muy cara, pero que gracias a la ayuda del padre de la iglesia a la que va, me pueden dar una beca. Creo que se tomó muy en serio eso que la tía Cuca le dijo que quería ser sacerdote.

En esas dos semanas en las que estuve ahí lo único que hacíamos era rezar: al despertar, antes de desayunar, al inicio de cada clase, antes de comer, al finalizar nuestros alimentos, antes de cenar, después de cenar y antes de dormir. Todo tenía que ver con la Biblia. Si acaso nos daban tiempo libre era dos horas en la tarde. A veces veíamos los partidos del mundial Italia 90, cosa que a mí nunca me ha interesado.

Terminé asqueado. Al volver a casa le dije a Esperanza que no quería quedarme ahí. Tuvimos una discusión al respecto. Se enfureció. Le dije que si me obligaba me fugaría. No sé si me creyó. A fin de cuentas no lo hizo. No me imagino cuatro años ahí metido rezando a todas horas.

Una semana más tarde, Esperanza rentó una casa en la avenida Louisiana a dos cuadras de la playa. En cuanto llegamos pensé que por fin tendría mi propia recámara o por lo menos una cama. Pues aunque nadie me lo dijo, yo había concluido que si no tenía cama era por el espacio y si nos estábamos mudando era por solucionar dicho dilema. Toma, mugroso, tus cobijas, vete al sillón. Lo peor de todo es que aquí no hay aire acondicionado; únicamente un ventilador en el techo con sonido de matraca.

Según las leyes la gente debe llevar a sus hijos a la escuela más cercana. He vuelto a clases pero en otra escuela. Se llama Wynn Seale Middle School. Está a varias cuadras de la casa, del otro lado de la avenida Staples, gran divisora de dos mundos extremadamente contrastantes. Las casas exhiben pequeños jardines descuidados, angostas fachadas de madera bañadas con grandes costras. Automóviles añejos y carcomidos por la humedad costera deslustran aún más la calle 17. La gente aquí tiene la piel morena, los ojos negros y facciones toscas.

Al llegar a la escuela me encuentro con unas instalaciones enormes de antaño, muy elegantes por cierto. La escuela da la impresión de ser uno de esos internados viejos, instalados en los antiguos castillos. Los pasillos amplios y de muros altos y grandes casilleros de lámina en las paredes. Tiene un teatro abrigado en su interior con largas cortinas rojas. Al fondo del pasillo hay una majestuosa cancha de basquetbol y a su lado una amplísima cafetería con enormes ventanales en tres paredes. La escuela parece un gran laberinto; por lo mismo, no logro encontrar la primera de las siete aulas que serán, a partir de este instante, y a mi pronóstico, recintos de aburrimiento.

Después de una ardua búsqueda, la encuentro. Para mi sorpresa todos mis compañeros e incluso la profesora son hispanos.

—Bienvenido a la clase de ESL, English as a Second Language —dice una mujer que elegantemente luce un traje sastre azul, falda a la rodilla, y una melena abultada—. Yo te voy a apoyar con tus otras materias mientras aprendes inglés.

Parece buena idea, aunque también pienso que no me interesa. En Baker pasé el año sin estudiar. Jamás hice una tarea. Y eso que me llevaron una maestra para mí solito que me ayudaba dos horas diarias. Lo que sí me gusta es que por fin me encuentro con alumnos como yo.

Antes creía que «residencia» sólo tenía un significado, casa grande y lujosa. Hasta que llegué a vivir aquí comprendí que «residencia» simboliza estar legalmente en el país.

Roldán, ciudadano americano, pero de origen mexicano, con una niñez extensamente vivida en los barrios polvorientos de Reynosa me preguntó: «¿Y tú tienes tu residencia?» ¿Y qué le iba a decir? «¡Claro, rentamos una residencia en la avenida Louisiana!». Pues no.

El grupo se compone de catorce adolescentes, unos de Honduras, Guatemala, El Salvador, Cuba; pero la mayoría somos de México.

Pronto me hice de amigos. La mayoría de las materias las paso de panzazo. Se supone que el idioma ya no debería ser una excusa porque estoy en el programa de ESL. La verdad es que ya lo entiendo casi todo, gracias a que en Baker casi nadie hablaba español.

Ahora hago como que no entiendo, pero bien que sé cuando alguien está hablando mal de mí. Igual me sirve para hacerme güey en las clases. Si un profesor pregunta por mi tarea digo que no entiendo. La que de plano no se traga el cuento es la maestra de matemáticas. Dice que dos millones por cuatrocientos treinta mil dan lo mismo en inglés que en francés o español.

El profesor de historia de Texas estuvo a punto de reprobarme por decirle mentiroso. Según él, México invadió Estados Unidos. Y según mis vagos recuerdos, fue al revés. Una cosa es que juegue en clases, que responda los exámenes al ahí se va y otra muy distinta que no aprenda o que no entienda. Además esto de la historia me entretiene cantidades. A pesar de que me hago menso, escucho toda la clase y se me queda grabada. Y eso fue lo que el profesor comprendió en cuanto me le puse al brinco. Se rió y me dijo que me estaba haciendo menso en las clases, que sí sabía inglés y que ya no pensaba perdonarme las tareas, pues hasta el momento me estaba regalando las calificaciones.

Cuando vivía con la tía Cuca reprobaba todas las materias en forma de huelga, al llegar a Estados Unidos era porque no entendía nada de inglés, ahora ya no sé si sea por hacer enojar a Esperanza o porque de plano ya me gustó esto de ir a la escuela sin hacer nada. Tengo la cabeza llena de historias. Pienso en las películas del sábado y la repito en mi cabeza como si las estuviese viendo por primera vez, y si me da la gana le cambio los diálogos e incluso el final.

Lo único que no me gusta es que los compañeros de clases se burlen de nosotros los extranjeros, aunque no todos sean ilegales, gritándonos por los pasillos mojados o *wetbacks*. Así como en México a los niños morenos les llamaban indios o nacos. De ahí en fuera me gusta mucho ir a la escuela, tanto que llego a las seis y media de la mañana. Me gustan sus instalaciones, sus salones y la enorme cafetería, pero principalmente el tiempo que paso con mis amigos. Hay clases que también me gustan, debo admitirlo, como la clase de arte —donde pinté una docena de cuadros al oleo horrorosos y otra docena de esculturas de igual calidad—, de guitarra, de coro y, la que menos me esperaba, la clase de lectura.

El tío Alberto decía que leer novelas es una pérdida de tiempo. De acuerdo con Mrs. Duff: «La lectura de todos los buenos libros es como una conversación con la gente más inteligente de los siglos pasados». Claro que ella no inventa estas frases ni pretende engañarnos. Siempre nos nombra el autor. Según esta frase es de Descartes. Otra que nos repite muy seguido es la de Edmund Burke: «Leer sin reflexionar es como comer sin digerir». Y con la que me dio en la madre fue cuando dijo una frase de Emilie Buchwald: «Los niños se hacen lectores en los regazos de sus padres».

Al comenzar el año y ver en mi lista de materias la de lectura, pensé que nos obligarían a leer libros muy aburridos. Entré con indiferencia, como en la mayoría de mis clases. Lo que jamás me imaginé fue que la maestra nos invitara a sentarnos en el piso. Nada sirvió como excusa. Y sin más comenzó a leer en voz alta:

—*El extraño caso del doctor Jekyll y el señor Hyde,* de Robert Louis Stevenson —dijo y nos miró con intriga—. ¿Alguien sabe quién es el doctor Jekyll o el señor Hyde?

Nadie respondió. Entonces leyó la primera página. La maestra imitaba voces, hacía gestos y ruidos, silbaba, gritaba, aullaba o corría de un lado a otro si era necesario. Todo por llamar nuestra atención. Nada comparado con las aventuras de Memín Pingüín, Condorito, Archi o las novelas del puesto de revistas que compraba en México. En su clase no tenemos que hacer nada más que escucharla. No hay resúmenes ni exámenes ni tareas.

—No vayan a leer en sus casas —nos amenaza enérgicamente—. No hagan trampa —apunta con el dedo índice—, no se adelanten a la historia. Yo les leo mañana el siguiente capítulo.

Todos tenemos un ejemplar. No sé los demás, pero a mí me deja con las ganas de saber qué sigue, así que en cuanto tengo tiempo me pongo a leer.

Esperanza tiene por lo mucho unos veinte libros; todos de superación personal y religión. Nunca me ha visto leer. Es más, ni siquiera me pregunta por mis tareas. Cuando no estoy con mis amigos, me voy a la orilla del mar, mi lugar predilecto, donde paso la mayor parte del tiempo, y me siento a leer o a dibujar, escucho música en mi *walkman*. Comienzo a escuchar lo que llaman *country music*. Garth Brooks se ha puesto de moda con una canción que Elvis Presley hizo famosa muchos años antes: *If tomorrow never comes*.

En la zona donde vivimos no hay playa; las olas golpean un montón de piedras. A unos cuantos metros está la avenida Ocean drive. En algunos tramos hay parques o estacionamientos para que la gente se detenga a ver el mar. Siempre busco los lugares más solitarios. Claro que tengo amigos, pero ninguno sabe quién soy en realidad. Para ellos soy igual que ellos. A veces me pregunto si ellos ocultan tantas cosas como yo. ¿Serán tan solitarios?

Por lo mismo he adquirido un nuevo gusto: entrar a las casas ajenas, por supuesto que con invitación. Me idiotiza conocer los interiores; imaginar sus rutinas, sus conflictos, sus chismes; husmear en sus pertenencias aunque sea de reojo, investigar que hay ahí; olfatear sus rincones, como si con ello pudiera leer sus pasados. Los muebles revelan el abandono o la pretensión; los retratos en las paredes desnudan a sus habitantes; los trastes en el fregadero y la ropa en el baño delatan su higiene. El número de libros en una casa revela su nivel de pensamientos.

Por eso prefiero no invitar a mis amigos a la casa. No vaya a ser que en una de ésas pregunten dónde está mi recámara. Ni modo de decirles: «Estás sentado en ella». Por eso siempre les digo que a mi mamá no le gusta que meta gente a la casa. Saben dónde vivo. Y claro que el nombre de la calle los impresiona. No cualquiera vive en Louisiana Avenue. Lo que no se imaginan es que la casa donde vivo es la más pobre de la calle. Tanto así que ni aire acondicionado tiene.

Esperanza tiene dos reglas inquebrantables que aplica personalmente: Nunca faltar a trabajar y jamás estar desocupada. Desde que llegué aquí, nunca he faltado a la escuela, aunque me enferme. Y con respecto a las ocupaciones, si estoy en la casa siempre me pone a hacer tareas: limpiar y acomodar las cosas para la venta de tacos, cortar el pasto y plantar árboles, flores y plantas. Llevó cinco árboles plantados en la casa. Cuatro en el jardín de enfrente y uno atrás. Los primeros meses no me decía nada por pasar tanto tiempo en la alberca, luego me metió a algunos cursos de pintura los fines de semana y después a la YMCA. El caso es que no debo estar desocupado.

Por lo mismo me hice al hábito de salirme de la casa. Hay cosas que sí me entretienen, como la jardinería. Un día me puse a cortar el pasto de la casa y una vecina se acercó a mí para ofrecerme diez dólares por arreglar su jardín. Acepté y me gustó eso de obtener dinero, por supuesto, de forma legal. Al fin de semana siguiente me di a la tarea de tocar las puertas de los vecinos. Cuando acabé con los jardines de la cuadra salí con la podadora a tocar de puerta en puerta por toda la colonia.

Esperanza se dio cuenta de que me gusta trabajar, entonces el día que termina el año escolar me informa que ya decidió mandarme a trabajar a un taller de llantas usadas todo el verano, por un sueldo de veinte dólares por día. Una miseria en comparación con los cinco dólares por hora, el sueldo mínimo que se da en todo el país, pero para mí, toda una fortuna. Ya conocía el taller. Nunca había entrado, sólo lo había visto desde el interior de la van cuando acompañaba a Esperanza a vender tacos.

Martes 19 de junio de 2007

Un oficial le anuncia que es hora de ir a ver al juez. Al salir de su celda, los demás detenidos lo observan con atención. Luego de tomarle nuevamente sus huellas dactilares y un par de fotografías, lo esposan de pies y manos y lo suben a una camioneta. Dos oficiales de inmigración van al frente del vehículo, platican, mientras tanto el indocumentado ve tras el cristal una autopista casi vacía.

Media hora después entran a la ciudad de McAllen. Se dirigen al centro donde se encuentra la Casa de Corte. Las calles, los edificios, los anuncios en inglés, los automovilistas y los peatones apurados por llegar a sus destinos son imágenes que alteran las emociones del indocumentado.

Los oficiales estacionan la camioneta frente a la puerta principal. Lo bajan y lo llevan al interior del edificio esposado.

Para la gente que se encuentra ahí no es interesante ver escenas así. Un reo más, un indocumentado más, un caso, un número, da lo mismo.

Luego de un largo proceso burocrático, entra a la sala de la corte. Esposado espera la entrevista con el juez. Es el primero en llegar. El oficial le dice que no lo puede dejar ahí solo, así que esperará con él mientras llegan los oficiales encargados de la sala. Se sienta junto al indocumentado que no sufre con la incertidumbre de no saber qué pasará mañana, si despertará en una celda. ¿Cuánto tiempo tendrá que ver las rejas? ¿Y su vida? El oficial encargado de escoltarlo no se aparta de él ni un solo momento.

Poco a poco comienzan a llegar más detenidos hasta llenar el lugar. El oficial que lo llevó se retira. Algunos de los indocumentados platican entre sí. Los guardias los callan. Luego de una hora en la sala se encuentran más de cuarenta indocumentados. Más tarde llega el abogado, que insólitamente es anglosajón. Ocupa uno de los escritorios que se encuentran frente al estrado, manda llamar uno a uno a los detenidos, los entrevista y promete hacer lo posible. Pasan dos horas eternas. Llega el fiscal —irónicamente hispano—, quien debe acusar a los indocumentados como criminales y alcanzar las sentencias más altas. «¿Qué pedo con este güey?», murmuran unos. Dos oficiales comienzan a repartir audífonos inalámbricos por los cuales escucharán la traducción simultánea.

—Pónganse de pie para recibir al juez —dice uno de los oficiales.

El juez llama uno por uno a los indocumentados al frente, lee los cargos; el fiscal propone condenas inhumanas; el abogado apela y propone reducirlas. El juez decide la sentencia. La mayoría acepta su condena. Uno, dos, cinco meses;

dos, seis, diez años de cárcel. Sólo dos apelan a la sentencia, esos que ya tienen media vida en el país, que ya conocen las leyes, que tienen dinero para pagar abogado; los demás callan, agachan la cabeza, aceptan su castigo. La ignorancia es su peor enemiga.

El indocumentado no puede creer lo que está viendo. Cuando llega su turno decide adelantarse a lo que tengan que alegar el fiscal o el abogado. Habla en español pues teme que demostrar su conocimiento del inglés pueda ser usado en su contra.

—Tengo casi treinta y un años, llegué a este país cuando tenía doce; hice una vida, aprendí un oficio, fui deportado hace nueve años —una mujer traduce simultáneamente desde su silla—. Tenía un futuro y lo perdí todo. Fui deportado, sin clemencia, a mi país, el cual no conocía, donde no veía posibilidades de progreso. Viví la miseria, conocí el hambre en mi propia tierra, esa que mata de hambre —nadie en la sala hace un solo ruido—. Lloré mucho, mucho más de lo se imagina; sufrí la deportación, una deportación que usted no conoce y que probablemente jamás vivirá. Lo perdí todo: mi casa, mi trabajo, mis triunfos, mi vida. Y gané mucho más de lo que anhelaba. Fue difícil y muy lento. Revivir y sobrevivir cuesta. Me eduqué: leí, estudié, compré libros, esos que no leí aquí, me construí a mí mismo, me reconstruí, aprendí de la literatura, conseguí un empleo modesto. Cometí errores en la adolescencia, pero aprendí de ellos, pagué la factura y con intereses muy altos. Ahora tengo un trabajo, una compañera de vida, un deseo por vivir. Tengo mucho que aprender. No quiero volver a este país. No busco dólares. No me interesa. Busco mi libertad para seguir mi camino. Quiero llegar a casa y besar a esa mujer que me espera. Quiero trabajar. Un día recibí una llamada: era mi hermana que anunciaba que mi madre estaba al borde de la muerte. «Tiene cáncer» me dijo, «tiene muchísimos tumores en la cabeza, suficientes para matarla en un par de días». Pedí una visa y su embajada me la negó. ¿Qué se debe hacer? ¿Obedecer la ley? Las leyes no siempre son justas, ni la justicia siempre es legal. No tuve otra opción. Crucé de mojado. Sí. Fue un acto ilegal. Pero tampoco fue fácil. El trayecto no es cómodo. Se sufre y mucho; usted no sabe cuánto. Ahora sólo quiero volver a mi vida. Y si eso no cuenta, mutíleme, mándeme a la cárcel los años que quiera.

El abogado se pone de pie y entrega unos papeles al juez:

—Éstos son los estados médicos de su madre. Ayer recibió una cirugía en el cerebro. Se le diagnostican pocos días de vida.

La sala permanece en silencio total. El juez lee detenidamente. El fiscal propone tres años de cárcel. El abogado pide la absolución.

Un silencio domina la sala.

El juez levanta la mirada, se acomoda los anteojos, se dirige al acusado y responde en inglés:

—Siendo así y esperando que lo que dices sea verdad, tu deuda está saldada. *Time served*.

M E ESTRELLÉ CONTRA DOS CAMIONETAS. La mía quedó como acordeón. Llegó la policía y me arrestaron. Al día siguiente me notificaron que mi seguro expiró dos días antes. Conseguí un abogado y pedí un préstamo para pagar la fianza.

Elena y yo no nos vimos más. No iba a trabajar, no me bañaba, no me rasuraba. Era un muerto en vida; y no porque estuviera enamorado. No lo estaba. Nunca lo estuve. Y lo supe todo el tiempo. Me engañé. Tardé en comprenderlo. No te lo había contado porque esperaba cambiar la historia, evadir esto que duele tanto. Me encontraba vacío, cansado de mí mismo. No sé si esperaba mi muerte. O mi salvación. Nada me divertía ni me motivaba. Todo julio y agosto fueron meses de melancolía, estrés y soledad. Tenía dos meses de no ver a Elena y una deuda de más de veinte mil dólares. Todo se me juntó y aún no sabía que lo peor, o más bien dicho lo mejor, mi salvación, estaba por llegar. El fin de aquella historia estaba muy cerca, y el principio de una nueva etapa también. Fue lo mejor.

Algunas personas aprenden leyendo; otras escuchando consejos; y otros, en la escuela de la vida, de la manera más difícil, donde se aprende la lección a coscorrones, como yo.

Y como ya no tengo otra salida más que contarte dónde estoy, y por qué estoy aquí, te diré que todo terminó la mañana del 2 de septiembre de 1998 a las seis cuarenta y cuatro de la mañana. Y digo la hora exacta porque alguien tocó la puerta: los golpes me despertaron y lo primero que hice fue ver el reloj. Me puse de pie, abrí y encontré dos personas vestidas de civiles preguntando por José Antonio Guadarrama Collado o José Antonio Martínez Rangel. ¿Qué podía decir?, si no sabía quiénes eran. Contesté que era yo. Sacaron sus credenciales y se identificaron como agentes de inmigración.

—¿Eres ciudadano americano? —preguntó uno de ellos.

¿Qué les podía decir? ¿Que mis papeles estaban en casa de mi mamá? ¡No! Ya no, ya no había puerta de emergencia, ya no tenía un as bajo la manga. Cuando la única piedrita que te sostiene al borde del precipicio se zafa, sólo te queda cerrar los ojos y dejarte caer hasta el fondo. Quién sabe si haya trampolín. Y si lo hay, ni cómo predecir cuánto tiempo tome rebotar.

—No —suspiré con desolación—. No soy ciudadano americano.

—¿Tienes algún permiso para estar en el país?

—No.

—Te voy a pedir que te vistas y nos acompañes.

Entré al apartamento y los dos oficiales me acompañaron hasta la recámara al mismo tiempo que reportaban por radio cada uno de sus pasos.

Mientras me ponía los zapatos observé aquel apartamento, los muebles que tanto me habían costado, aquella vida que había logrado construir y que también había derrumbado yo mismo. Sin caminar, mi mente recorrió todo el lugar para guardarlo mentalmente: viajó fugaz y me hizo recordar mi llegada a este país, mis años escolares, mi tiempo en el taller de llantas, mi paso por el restaurante como lavaplatos, mis inicios como taquero, el sol sobre mí mientras claveteaba y cortaba la madera, mis triunfos como constructor; y pronto, todos mis fracasos —todas mis estupideces, todos esos errores pueriles— cayeron como una inmensa granizada de la cual no me podía esconder, mientras esos agentes de inmigración se encontraban en espera de que caminara junto a ellos para ser deportado.

Minutos después ya estaba en una camioneta rumbo al centro de detención para indocumentados. Era miércoles, por alguna razón las calles estaban vacías. El camino se me hizo eterno, pero bien recuerdo haber visto las calles, los edificios, los semáforos, todo, pues sabía que era el final, mi final en aquella ciudad, en este país; y a la larga, un principio todavía incierto, el inicio de este otro *yo*, este que te escribe ahora.

Pero en ese momento sentía como si fuera el último día de mi vida. Y así fue, es decir, el último día de mi vida en Corpus, porque, en la noche me llevaron a la cárcel de Portland. A partir de ese día los oficiales y agentes de migración comenzaron a llamarme *The Guy with Many Names*. Al parecer me iban a poner cargos por usar doble identidad.

Luego de hacerme firmar varios documentos me permitieron hacer una llamada.

—Israel —le dije sin poder evitar las lágrimas—. Me arrestó la migración. Saca las cosas de mi apartamento. Llévatelo todo y véndelo. Quédate con la camioneta —estaba a nombre de su esposa.

Hoy es 13 de octubre de 1998. ¿Ya te cayó el veinte? Ahora imagina cuán pesado resulta cargar este costal de memorias, vaciarlo como bolsa de basura, hacer un inventario y revelar dónde me encuentro: un tortuoso ritual. Tendrías que estar aquí, vivirlo en carne propia. No es que te lo desee. ¡No! ¡Claro que no! Es un comentario irracional, de esos que uno hace por inercia. Pero te diré que tengo cuarenta y dos días que no puedo dormir, que no como bien: los alimentos tienen un deterioro indefinible. No sé si debería decirlo así. Corrijo: no es la comida; es este lugar que le da ese sabor insípido a todo lo que me llevo a la boca y que me hace sentir que estoy rumiando plástico. Aquí dicen que las heridas se borran con el tiempo, y que poco a poco uno le va tomando sabor al pan. No quiero llegar a ese punto. En este lugar uno se ve forzado a olvidar quién fue, pero inevitablemente se encuentra con ese que tanto ocultó ante la sociedad. Las sombras del ayer hostigan. Uno mira al pasado y se compara con este instante y comprende que no es ni la mitad de lo que fue. En esta oscura soledad aparecen todas las cicatrices, uno descubre las marcas de esas flagelaciones que se hizo allá. Qué importan los logros; de nada sirve saber quién es uno en la calle; qué valen las virtudes; lo que cuentan son los errores que lo trajeron a uno a esta pocilga. Aquí afloran, revientan como palomitas de maíz, los delincuentes en potencia, esos que eran gente civilizada, esos que simplemente necesitaban un detonador: el acoso en la cárcel. ¡Pinche lugar de mierda! Lo peor de todo es estar aquí sin haber cometido un crimen.

Hace poco más de cuatro semanas comencé a redactar todo esto. Eso explica la extensión de mis cartas: tengo todo el día para escribir. El primer día me encerraron solo en una celda. Me quitaron todas mis pertenencias. Sin reloj perdí la noción del tiempo, viendo muros opacos, percibiendo cómo se desvanecía mi vida. Ya no sabía si era de día o de noche. Creo que era de madrugada cuando me sacaron de esa celda solitaria, para que me desnudara frente a dos guardias y me vistiera con un uniforme blanco, como de enfermero. Me dirigieron a otra celda, la cual tenía en la entrada tres mesas con bancas y once literas al fondo. Estaba casi llena de convictos: unos jugaban baraja, ajedrez, o dominó; otros platicaban, pero ninguno se veía triste o preocupado. Todos estaban allí por cuestiones de droga, robo, multas, cosas así, ninguno por crímenes mayúsculos. Pero aún no lo sabía y estaba temeroso. No puedo dormir. Aún no puedo creer lo que me está pasando. Por primera vez en mi vida le tengo miedo al futuro. Uno sabe que va a morir algún día, y de eso no se preocupa, pero la incertidumbre de cómo va a vivir es otra cosa.

Cuando por fin logro dormir me despierto agitado, pienso que todo esto es una pesadilla, pero me desbarato cuando me encuentro con las rejas a mi lado. Me tapo el rostro con las sábanas y lloro en silencio, sufriendo la eternidad del tiempo. Sé la hora que es por la llegada de la comida: a las cuatro nos despiertan para que nosotros mismos limpiemos la celda: tallar el escusado y la regadera, barrer, trapear y limpiar las mesas. Luego nos llevan de desayunar a las seis, como si fuera hotel de lujo, nomás que con comida jodida; y otra vez a las doce, y para finalizar a las seis.

Los primeros días regalaba mis alimentos, no me interesaba platicar con nadie; ya después, empecé a hablar con los presos, me contaron cómo habían llegado, cuánto les queda de encarcelamiento, cómo les da lo mismo estar afuera que adentro.

Algunos de ellos hasta les gusta porque no trabajan, se ríen diciendo que el gobierno, manteniéndolos, les está pagando lo que les debe. Todo era tranquilo, no se peleaban ni discutían. Su tranquilidad me ayudó a pensar un poco.

Estuve dos semanas en esa cárcel debido a que primero me iban a procesar por usar doble identidad, y los demás cargos que ya llevaba desde el accidente automovilístico. El caso es que el *builder* al que le estaba construyendo la última casa pagó una fianza creyendo que con eso me iban a liberar. Yo también creí que así ocurriría. Ocurrió a medias: el condado me liberó pero me entregó al apartamento de inmigración.

Hace cuatro semanas me trasladaron aquí, a San Antonio. Primero estuve en el centro de migración todo el día, en una celda muy grande sin camas ni mesas. Éramos aproximadamente cincuenta ilegales esperando a que tomaran nuestros datos. Estaba prohibido fumar, y un salvadoreño sacó un cigarro que tenía escondido entre las costuras de la chamarra. Todos desesperados rogaban por una fumada.

Cuando me mandaron llamar, el agente de inmigración me preguntó en inglés: «*Who took out the cigarettes?*». ¿Y qué crees que le respondí?: «*No spik inlish*». Y que me dice: «Si tú dices *quen tene* el cigarro, yo doy a ti un taco». ¡No, pues sí! Con eso quién no iba a dar de brincos. No habíamos comido en todo el día. Entonces le dije: «Fui yo». Se detuvo y me miró. Y que le digo: «Ya me vas a dar de comer». El gringo se encabronó, pero ¿qué me podía hacer? Ya me iban a deportar.

¿Cómo debe comportarse una persona cuando la despojan de todo lo que tiene? «Oh sí, disculpe usted, por fumar en su cárcel. Lo que pasa es que se nos ocurrió tragar humo para ver si así se nos quitaba el hambre».

Y todavía me dijo en inglés: «*The good thing is that you're leaving America*». ¡Ah, chinga! ¿Te vas de América? ¿Pensaba mandarme a Europa?

Finalmente me llevó a una oficina y una vez más se refirió a mí como *The Guy with Many Names*. Los que me recibieron se rieron. Y otra vez me tomaron las huellas dactilares, fotos y firma.

Esa tarde me trajeron a esta cárcel fuera de San Antonio. La pesadilla todavía no termina. Éramos entre veinte o treinta ilegales. Siete de ellos entraron conmigo. Al llegar al *tank*, como le llaman los presos a la celda, nos dieron un recibimiento. Eran quince contra ocho. Y te lo digo así porque rápidamente saqué la cuenta cuando uno de ellos se me acercó y me dijo:

—Mi amigo quiere pelear contigo.

¿Y qué te puedo decir: que traía muchas ganas de darme en la madre? ¡Pues claro que no! Bajé la cabeza y respondí con una negativa. Entonces el chaparro me respondió:

—Pues, es entre tú y él o todos nosotros contra ti.

La verdad sí andaba prendido con lo del agente de inmigración entonces le dije:

—No veo el porqué, pero...

Sentí un golpe en la nuca. De pronto se volcaron todos sobre mí, caí al suelo y cerré los ojos, sentía patadas, puñetazos y jabonazos —meten barras de jabón en los calcetines para usarlos como armas— por todas partes. Fue cuestión de dos, tres minutos. Cuando al fin dejaron de golpearme, me ayudaron a que me pusiera de pie, me extendieron la mano y me dijeron que era su amigo. Sí, cómo no, cabrones.

El mismo ritual se repite día tras día con los otros ilegales que llegaron el mismo día que yo y con todos los que entran.

Uno de ellos, Teo, se desquitó hace una semana. Mientras Joe, el jefe del grupo, estaba dormido en la litera de arriba, Teo y otros cuatro lo amarraron con la sábana a la cama. Joe ni tiempo tuvo de defenderse. Teo con un jabón en uno de sus calcetines lo golpeó sin misericordia. Cuando el resto de sus amigos se dieron cuenta ni se movieron. Joe es el que más tiempo tiene en el «tanque» —dos años—, y por eso es supuestamente el líder. Todos han pasado por lo mismo. Por eso nadie lo defendió. Los otros cuatro le quitaron la sábana y Teo siguió golpeándolo.

—Defiéndete, pinche pelón —gritaba con rabia.
—*Enough* —decía Joe cubriéndose con los brazos.
—*Inof*, madres, cabrón —Teo le respondía con jabonazos en la cara.

Los guardias saben lo que ocurre pero no mueven un dedo. Sólo cuando hay sangre actúan conforme a sus obligaciones. Cuando entran a investigar quién ha golpeado a uno de nosotros nadie responde.

Ayer la excusa fue la televisión. Se agarraron a golpes Teo y Joe, una vez más. La pelea duró casi veinte minutos. Nadie los detuvo. Teo quedó con toda la cara hinchada y Joe con un brazo fracturado. Nuevamente nadie vio nada. No se puede dormir aquí, cuando lo logro me atacan las pesadillas: me veo llegando a un país desconocido, donde hablan otro idioma.

En ocasiones dudo que hayas leído las cartas que te escribí mientras estaba detenido. Ahora que estoy fuera prefiero pensar que sí. Prosigo. La mañana del 16 de octubre de 1998 fue la última vez que desayuné en esa cárcel. Con un grito, me ordenaron que tomara mis cosas y me preparara para irme. Todos los presos me observaron con envidia. Yo mismo llegué a sentir lo mismo cuando alguien más salía libre. Fue la mañana más feliz —en realidad la única— en estos eternos cuarenta y cinco días. Me devolvieron la ropa con la que me habían arrestado y mi cartera sin documentos. Dijeron que por ser ilegal no tenía derecho a ellos, ni siquiera a mi licencia de conducir. Me llevaron a la corte y la juez me preguntó si quería ir a juicio para arreglar mi situación legal en el país; entonces le pregunté cuánto se tardaría eso, y me respondió que no sabía y que me quedaría detenido hasta entonces.

—No me interesa —le respondí.

No estaba dispuesto a regresar a esa celda ni a ninguna otra. Me dio dos opciones. Una, que me deportaran; y otra, que yo pagara mi boleto de camión como salida voluntaria. Tenía dieciséis dólares en la cartera y el boleto costaba quince.

Esa misma tarde me subieron a un camión. La verdad no recuerdo lo que pasaba por mi mente. Al anochecer llegamos a la frontera de Laredo, Texas y Nuevo Laredo, Tamaulipas; nos bajaron del camión, nos quitaron las esposas y nos señalaron el camino.

—No regresen —dijo uno de los oficiales.

Frente a nosotros se encontraba la incertidumbre; a nuestras espaldas, el fracaso. Llevaba un dólar en la cartera. Al cruzar la frontera me encontré con una ciudad, unas calles, un país desconocido. Sentí un dolor en el pecho, un cansancio en los ojos, mucha sed, miedo. Caminé sin rumbo, sin razón. Me sentía muy débil, no había comido desde el día anterior. Recuerdo quizá las primeras dos horas. De ahí en adelante todo se me borró de la memoria. Es como si esa tarde y esa noche se me hubieran extraviado. No tengo la certeza de lo que ocurrió. No recuerdo qué vi, oí o sentí; sólo que caminé muy lento, sin ganas. No sé cuántas horas. No estoy seguro si en verdad caminé tanto. No recuerdo en qué momento perdí la conciencia, no sé si me desmayé o simplemente me quedé dormido, pero cuando abrí los ojos ya había amanecido. Estaba tirado en el piso. Creo que eran las seis o siete. Me puse de pie y caminé y caminé.

A medio día intenté cruzar la frontera caminando por el puente. Ya lo había hecho exitosamente en años anteriores: cruzaba en la camioneta o en taxi. Para mi mala suerte, en mi último intento, el agente no me creyó cuando le dije que era ciudadano americano. No me detuve a pensar que el aspecto de indigente que traía no convencería a nadie. Me interrogó, me tomó las huellas dactilares y supo por la computadora que me habían regresado a México la tarde anterior. Me dijo muy tranquilamente que lo acompañara a una oficina. Supe que me estaba cargando la chingada. Me encerró. Una vez más estaba en una celda. No lo podía creer.

Horas después me llevaron a Port Isabel Processing Center en Los Fresnos Texas. La celda era enorme, había casi doscientos ilegales. Las camas tienen unos colchones muy cómodos, creo que están rellenos de algodón, porque se sentían muy suaves. O quizá era porque estaba muy cansado; dormí toda la noche. Al despertar, pensé que estaba en mi apartamento en Corpus. A la hora del desayuno nos llevaron a un comedor donde había aún más detenidos. Conté el número de edificios, lo multipliqué por el número de pisos —tres— y luego por el número de detenidos en cada piso. Yo creo que en Port Isabel Processing Center había aproximadamente cuatro mil indocumentados. El trato fue muy diferente al de la cárcel, nos hablaban con respeto, nos daban comida con platos más llenos, inclusive, podíamos pedir más.

Allí conocí a un joven que se rehúsa a hablar en español. Su inglés es bastante malo, lleva casi dos años detenido, porque él dice que no tiene nacionalidad —algo muy inteligente de su parte—, no lo pueden deportar, ¿a dónde?, si no saben de dónde viene. También conocí a un salvadoreño que había intentado cruzar la frontera en tres ocasiones. En el segundo intento los polleros los abandonaron en el desierto de Arizona; tres hombres, cinco mujeres y dos niños murieron de deshidratación. Él perdió un brazo cuando uno de los rancheros en Douglas, Arizona, le disparó. En su huida perdió mucha sangre, se le infectó la herida y perdió el conocimiento. Al despertar estaba en un hospital en Douglas. Cuando se recuperó lo deportaron a México. Los centroamericanos casi siempre dicen que son mexicanos, para que no los deporten hasta su país de origen. Y así intentó cruzar la frontera de Brownsville, donde una vez más lo detuvieron. No era la primera vez que escuchaba historias así. Cada inmigrante ilegal carga con su historia.

El 19 de octubre de 1998 me deportaron una vez más. En esta ocasión en la frontera de Reynosa. De acuerdo con la sentencia del juez, no debo volver en un lapso de cinco años, de lo contrario me condenarán a cinco años de cárcel.

Hace dos días llegué a Reynosa, busqué a Rubén, el hermano de Israel, le conté un poco de lo sucedido. Me ofreció su casa y sugirió que consiguiera trabajo en una de las maquiladoras pero no acepté. No tengo deseos de nada, hablo muy poco, pierdo la mirada, pienso en todo lo sucedido y no lo puedo creer; aun ahora, sigo sin creer que estuve allí. Es como haber muerto y haber nacido en otro mundo. Como en las películas donde el personaje de pronto desaparece y aparece en otro lugar. Así me siento, como que espero encontrar un túnel que me devuelva a mi vida anterior. Pero no es posible, aquel hombre, Kiko, lo traigo en hombros, muerto, apestado, podrido. Tengo que enterrarlo, no lo puedo tirar en cualquier lugar, pero ¿cómo, cuándo, dónde se puede arrojar un cadáver de estas magnitudes? Sé que tarde o temprano tendré que buscar un inicio, un trabajo, una vida.

Quiero volver a mi infancia y decirles a todos que me quiero quedar con mamá para bañar a los perros, para jugar con Gonzalo, abrazar a Natalia y pedirle que no me deje partir.

Hoy me comuniqué por teléfono con Israel. Me envió dinero y en cuanto pueda me iré a la ciudad de México. Me iré, me iré, me iré. ¡Aja! Me río con sarcasmo para no llorar. Cuando me deprimía en Corpus pensaba en eso, decía: «Un día me voy a ir». ¿Pues cómo? Sueños guajiros. Al final, a donde uno vaya, por mucho que se aleje, siempre, siempre habrá un principio, un final y un pasado aferrado a nuestro presente como una puta celosa. Siempre habrá dudas, conflictos, siempre habrá una verdad que lo persiga a uno. Llegó la hora: no lo planeé, y mírame —o léeme— no fue lo que esperaba. Ya me alejé, o me alejaron, de aquella vida, y ¿qué crees? Ahora no sé qué hacer con esta que tengo frente a mí. No me puedo esconder debajo de las piedras. No sé qué hacer con este final ni con este inicio.

Te he contado mi vida en un puñado de cartas extensas, desnudando el alma, exponiéndolo todo, augurando algún juicio y esperando una absolución. Escribirte todo este tiempo se convirtió en un modo de desahogar el sentimiento apretando firmemente una pluma. Sé muy bien que el tiempo ha pasado y que ahora somos dos perfectos desconocidos. Y también sé que no te he estado escribiendo a ti, sino a esa niña de la cual me enamoré en la infancia.

A ella le digo, a ella le escribo. Donde quiera que esté, espero, conozcas de ésta, mi última carta; y que sepas que fuiste más de lo que yo esperaba. Te amé sin condiciones, sin expectativas, viviendo siempre para ti. Te extrañé en todo momento y en todo lugar. Te lloré a escondidas, en las navidades, en los veranos, en las primaveras, incansablemente. Yo quería pasar mi vida a tu lado; ése era mi sueño de vida; el anhelo que se forma un adolescente, que se fabrican todos los jóvenes; ese sueño que pocas veces se cumple, porque luego llega la terrible realidad y uno no se termina casando con quien quería, sino con quien podía; ni se dedica a lo que pensaba, sino a lo que había; ni vive como planeaba, sino como puede. Y en su momento, también aprendí a resignarme, a quererte, así, de lejos, a escondidas, a ser sólo un fantasma. Por tu parte, sé que firmemente llegaste a amarme, lo sé, lo sé, de eso no tengo duda. Nunca te olvidaré.

¿Sabes por qué me decidí a contarte mi vida? Porque fuiste la primera en verme con inocencia, la primera en no preocuparse por mi pasado, la primera en escucharme. Y claro, ahora, mucho tiempo después, yo necesitaba una psicóloga; y tú, quizá un paciente, un conejillo de indias para experimentar. Pero no me importó, quería que me escucharas sin criticarme, sin darme un consejo, sin articular un «por qué» o un «para qué». Sin darme cuenta perdí el control de la situación, me quité la máscara y develé todos los secretos posibles; y guardé otros, los más tortuosos.

Ahora, te habla tu paciente que solicita ayuda, te ruega lo analices; tu eterno enamorado que te pide que no lo olvides, que lo extrañes por lo menos en tus más triviales recuerdos; tu paciente que suplica una solución para esta vida sin vida. Líbrame de este suicidio, quítame de la orilla del abismo. Regresa de tu tumba y sácame de este suplicio. Quítame este otro difunto que llevo cargando por meses. Quizá ya no quiero tenerte. Con tanta ausencia ya te tuve demasiado. Y si te soy sincero, me da miedo descubrir que no eres quien yo me inventé. Entiérrame en vida. Acaricia mi soledad para que se sienta quebrantada, para que por lo menos tenga una excusa de sentirse digna de otro amor. Y si quieres, viola tu recuerdo, hazlo vulgar, indecente; oblígame a borrar de la memoria tu fotografía, ponme una pistola en la sien, haz lo que tú quieras, pero ayúdame, psicóloga, ayúdame a olvidar todo este infierno. Necesito darle muerte a todos esos *yos*, reinventarme, crearme una nueva vida, una nueva historia para contar.

Al llegar a Galvan's Tire Shop, mi nuevo empleo, me recibe un empleado que sin gran recibimiento me lleva a la oficina y explica mis responsabilidades:

—Acomoda toda la herramienta de esos casilleros, barre y trapea.

Hay cuatro empleados. La oficina tiene un escritorio de lámina en el centro. A mano derecha hay columnas de llantas. Del otro lado están unos casilleros de lámina y una máquina para balancear llantas. En los casilleros hay herramienta y alrededor de cincuenta revistas pornográficas. El lugar solía ser una gasolinera. Ya no tiene las bombas pero siguen teniendo la misma estructura en el piso y el edificio. Hay bastidores de llantas por todas partes. El ruido de las pistolas neumáticas y las desmontadoras se escucha todo el tiempo. Entran y salen carros a cada rato.

En cuanto termino de limpiar la oficina, el encargado me dice que lo acompañe. Caminamos a la parte trasera del taller. Es enorme. Se aparece un perro. Detrás de la modesta construcción que funciona como oficina hay una pequeña casa rodante.

—Hay entre diez y quince mil llantas —me explica—. Tienes que acomodarlas y contarlas.

En cuanto el encargado se va, veo otro perro. Lo saludo. Comienzo a acomodar las llantas. Están llenas de agua y mosquitos. Hace un calor insoportable. Estoy sudando desbordadamente; con eso, la mugre y el agua de las llantas adopto una pestilencia que ni yo mismo tolero.

Estoy solo. Escucho el ruido de la compresora de aire, las pistolas y las desmontadoras. De pronto veo otro perro. Siento que alguien me observa. Sigo trabajando. Minutos después veo otro perro que no había visto. Ya no sé cuántos hay.

A medio día sale de la casa rodante un hombre alto, con gafas oscuras, pelo un poco canoso, panzón mas no obeso y muy imponente. Me saluda y camina al taller.

Sólo basta una mirada suya para que todos se pongan a trabajar arduamente. El taller funciona a la perfección. Don Casiano es un hombre fuerte, con actitud dominante. Uno de los empleados me cuenta que don Casiano fue boxeador, ganador de los guantes de oro en los años sesenta.

—Su más grande fracaso fue perder los guantes de oro frente a su padre —me cuenta el empleado—. Tanto le dolió esa triste y última caída que abandonó el boxeo para siempre e inmigró a los Estados Unidos para trabajar como albañil. En pocos años logró poner su taller.

—¿Cómo le hizo?

—Ahorrando. Es un pinche viejo codo. ¿Ya te diste cuenta dónde vive?

—No.

—Vive en el tráiler.
—¿Vive sólo?
—Sí. Tiene hijos y todo el pedo, pero no los mantiene.
—¿Y tiene más familiares?
—Tres de sus hermanos viven aquí. Una hermana, no sé cómo se llama, Hixinio, también dueño de un taller de llantas y Germán, un electromecánico, con quien no habla desde hace años.

Ese día vuelvo a la casa más apestoso que nunca.
—No toques las paredes ni los muebles. Métete directo al baño —dice Esperanza.

Me voy al trabajo en una vieja bicicleta de Isabel que ya ni usa.

Cuando uno empieza a recibir dinero lo que quiere es gozar de su sueldo o ahorrarlo, pero a fin de cuentas, saber que es suyo y que puede hacer lo que se le dé su regalada gana. En algunos casos regalárselo a quien más le conviene. En el mío no tengo intenciones de hacer ninguna donación al hogar, por no llamarle de alguna manera despectiva. ¿Quién quiere darle su primer sueldo a quien ni siquiera le da un abrazo o un saludo? Claro que Esperanza sí me saluda y me habla y me hace preguntas. Jamás me abraza ni me llama hijo. Los abrazos caducaron el día que nos conocimos. Y de la otra ni se diga. Sus saludos sólo van dirigidos a su madre y al perro. A estas alturas no. Ya no me hieren sus desprecios.

Lo que me duele es que en cuanto llego con mi primer pago, Esperanza me exige que se lo dé. Discutimos y nos decimos todo lo que se nos ocurre. Finalmente le digo que quiero ahorrar para comprar una máquina de aire acondicionado para la casa.

—Pues yo te lo guardo —me responde.

Yo y mi bocota nos tenemos que aguantar con la promesa. Luego pienso que si ambos tenemos un mismo objetivo bien vale la pena ahorrar. Así que llevo mis cuentas y me dedico a buscar precios en los periódicos. Con el calor que hace aquí, los aparatos para las ventanas los venden hasta en Walmart.

Hace un mes cumplí quince años. Fue como un día más. Hace años que no celebro ese día. Con la tía Cuca nunca me celebraron un cumpleaños porque siempre estuve castigado. Y aquí, dice Esperanza que no le gusta celebrar. Es cierto, no celebra ni la Navidad ni el Año Nuevo ni su cumpleaños. Sólo el cumpleaños de Isabel. La lleva a comer y a comprar ropa. Me ha tocado presenciar dos cumpleaños de esa tipa. El primero las acompañé. O mejor dicho, me llevaron a huevo. Ni modo que lo dejemos en la casa limpiando las hieleras. Fue un evento muy extraño. Yo era como una silla más. De repente me dirigían la palabra: «Pásame el salero». Me aburrí. El segundo año decidí no ir. Este año estoy planeando ir para arruinarle la noche. Se me ocurre dejar caer mi soda o la sopa. Sería divertido vomitar ahí mismo. No sé.

Tengo que cobrarme lo que me hizo. El sábado pasado por fin llegó el día en el que fuimos a comprar el chingado artefacto de aire acondicionado. Pero como no ahorré lo suficiente, tuvimos que comprar el más pequeño. De haber sabido que «más pequeño» significaba que sólo enfriaría una recámara, especialmente la de Isabel, me habría aguantado un año. Digo, si esta madre costó trescientos dólares por qué no comprar uno de ochocientos.

Ahora me tengo que aguantar mi coraje y seguir sufriendo en las noches mientras esa cabrona ronca a setenta y cinco grados Fahrenheit.

La idea de guardar mi sueldo para pagar aparatos de aire acondicionado le pareció buena a Esperanza, entonces promovió el ahorro para otro más, con la promesa de que éste sí sería para la sala. Caí redondito.

Se acabó el verano y con esto mi trabajo en el taller. El último domingo hablé con don Casiano y le pedí que me dejara trabajar los fines de semana. Me dijo que no le interesaba.

Me subí a la bicicleta y me fui al taller de Hixinio, el hermano de don Casiano, que también se llama Galvan's Tire Shop. Me saludó cordial. Tenía en la mano un enorme teléfono celular que apenas si le cabía entre los dedos. Me presenté y me respondió que sabía quién era, que ya me había visto en el taller de su hermano. Entonces le pedí que me diera trabajo los fines de semana y en las tardes, después de clases.

—¿Ya sabes cambiar llantas?
—Sí.
—¿Sabes parchar y balancear?
—Sí.
—¿Cuánto te estaba pagando mi hermano?
—Veinte dólares al día.

Aceptó y me presenté a trabajar al fin de semana siguiente. Me presentó a Gil y a Javier, sus únicos empleados. Gil tiene tres años trabajando con Hixinio. Es un chicano asqueroso. Javier acaba de llegar de Puebla, está casado y tiene un hijo.

Este año cambié de escuela por tercera vez. Me tocó entrar a W.B. Ray High School, una escuela mucho más grande que las anteriores. Conozco nuevos compañeros, muchos de ellos son mayores que yo. Ya van a terminar en uno o dos años. Pero tengo contacto con ellos porque pertenecen al grupo de alumnos extranjeros.

Algunos de mis amigos de la escuela anterior también están aquí pero ya casi no hablo con ellos. El tiempo nos ha distanciado, supongo. Ahora salgo con Santiago de Monterrey y Emilio de El Salvador. Es un imbécil. Si por mí fuera me juntaría sólo con Santiago, pero Emilio pasa todas las tardes en la casa de Santiago, que tiene una vecina que se llama Kim, pero le dicen: la Gordita de los Mamones. Ella está enamorada de Santiago y por eso accede a chupársela cuando él se lo pide. Emilio se muere de envidia y quiere que a él también le haga esos favores, pero no corre con la misma suerte. Si le va bien, le toca una vez a la semana.

Emilio es el pendejo que se burla a carcajadas de todo y de todos. La mayoría de los compañeros de clases dicen ser sus amigos.

Mis materias son siempre las mismas, excepto las electivas. El año pasado tomé arte y clases de guitarra. Este año estoy tomando un curso llamado NJROTC, Naval Júnior Reserve Officers Training Corps. Según el *school counselor* estos cursos prometen, a los adolescentes, grandes oportunidades y a los ilegales la posibilidad de convertirse en residentes si se integran a la fuerza naval al terminar la *high school*.

Quieren que sintamos que esto de ser marineros es siempre divertido. Cada viernes debemos utilizar traje: saco y pantalón negro, camisa blanca, zapatos muy lustrados y un sombrero de cadete. En la clase no hacemos nada, absolutamente nada.

Nos enseñan a marchar, pero de forma muy amena. Nos dan un poco (diez minutos) de historia de los marines, pero sin tareas ni exigencias. Si uno llega tarde no hay regaño. Si uno se sale del salón sin permiso, tampoco. Cada viernes o sábado nos llevan a los juegos de futbol entre escuelas para que pongamos la bandera antes de que inicien los partidos. Cuando hay eventos importantes en la ciudad también nos llevan de paseo. Todo esto tiene fachada de puerta al paraíso para que en cuanto crucemos la línea nos caigamos directo al infierno de la guerra.

Tomé el primer semestre creyendo que sería interesante. Pero ya me arrepentí. Hace unas semanas comenzó una invasión a Irak, aunque ellos le llaman *Desert Storm*. Eso quiere decir que si esta invasión no acaba pronto, cuando me gradúe tendré que ir a matar iraquíes, gente que ni siquiera conozco y que a mí no me ha hecho daño. Qué me importa que no me den la residencia.

Ayer escuché en el noticiero de Jorge Ramos que unos soldados de nacionalidad mexicana murieron en Irak y que al regresar sus cuerpos les darán la ciudadanía póstuma.

¿Ya para qué?, ¿para que no los deporten del cielo gringo al infierno mexicano? Yo no voy la guerra. Terminando el curso me olvidaré de ser marinero, soldado o lo que esté relacionado.

En cuanto junto el dinero para comprar otro aire acondicionado, se repite la tranza. Ahora el segundo lugar más cálido de la casa es la recámara de Esperanza. Cada noche que intento dormir sufro de rabia al escuchar los aparatos. Veo la ventana abierta de la sala y las cortinas que bailotean y pienso: *Ahí, debería estar mi aire acondicionado.*

Un día no soporto más y reclamo la injusticia. Sin darme cuenta, mi lengua deletrea adjetivos inesperados. Ya enardecido deshilacho mis incomodidades, desempaco mis penas, suelto frases hirientes, escupo verdades insoportables, desenmascaro mi repudio. Mis palabras tienen mucha dinamita; y la tolerancia de Esperanza, una mecha muy corta; así que para callarme me tapiza la cara a cachetadas. Una, dos, tres, otra y otra, camino en reversa, me tapo la cara, mientras ella grita:

—¡Ya me tienes harta, harta, harta! —hasta que llegó al retrete.

Si alguna vez me pregunté qué necesitaba para huir, ahora tengo la respuesta: unas buenas cachetadas. Esperanza se va a su recámara, azota la puerta, y de pronto aparece en la entrada del baño la pendeja de Isabel para lanzar su granada:

—A mí jamás me ha pegado —no sonríe porque sabe que así tronará mejor la pólvora de sus palabras.

Ya no sé si lo que pretendo hacer es huir o liberarme. ¿Quiero escapar del purgatorio para entrar al infierno? ¿Brinco o espero a que me empujen? Pasan los días y Esperanza jamás ofrece disculpas por la madriza, pues a su entender me lo tengo bien merecido. Y en mi caso, ya no pienso buscar una reconciliación. No puede haber reconciliación cuando jamás ha existido una relación.

Necesito lanzarme al mar, naufragar, tocar tierra firme, encontrarme, descubrirme, quedarme sin luz para aprender a hacer fuego. En el fondo busco enflacar mis temores para rastrear un futuro.

Ya me comí las uñas toda la noche pensando en las palabras exactas para informarle que ya no pienso vivir en su casa. Corro el riesgo de que me diga: «Pues te chingas porque mientras seas menor de edad no sales de aquí». Pienso que eso es muy poco probable. La verdad no tengo idea de qué me responderá.

Al día siguiente intento hablar con ella pero no encuentro el momento preciso. En cuanto oscurece entro a su recámara. Tiene estados bancarios, facturas, una calculadora, billetes y monedas sobre la cama.

—Ya no quiero vivir aquí —le digo y las piernas me tiemblan.

—¿Y qué piensas hacer? —me pregunta sentada en la orilla de su cama, serena, con sus lentes para leer al nivel de sus fosas nasales, evadiendo las miradas. Sé que quiere mostrarme que las cuentas que está haciendo son mucho más importantes que lo que le estoy diciendo.

—Hixinio me va a rentar un cuarto en el taller —miento. Todavía no le he dicho nada a Hixinio. Ni siquiera tengo idea de lo que me responderá. Bien podía haber hablado con él antes de hacerlo con Esperanza, pero corría el riesgo de que él se negara y me quedara con las intenciones de salirme de la casa de Esperanza. Así que pensé que lo mejor era cortar los cables de un solo machetazo. Entonces pienso llegar con Hixinio con un plan de contingencia. Si lo primero no funciona le diré que ya me corrieron de la casa. Y ahí habrá de dos sopas: que me acepte o que me mande por un tubo. De cualquier manera no pienso seguir en casa de Esperanza.

—Está bien —responde indiferente—, pero sé que volverás.

Pues ahora, menos, pienso enfurecido. Sé que en el fondo quería que me pidiera que no me fuera o que me prometiera que podíamos intentarlo. Vamos, ¿no es eso lo que uno espera de su madre? Hijito de mi vida, yo te parí, te vi nacer, te amamanté. Pero si nada de eso ocurrió entre ella y yo, no puedo esperar más de lo que acabo de escuchar. Somos dos desconocidos que han tenido que vivir juntos poco más de dos años.

A la mañana siguiente voy al taller y hablo con Hixinio para pedirle asilo sin decirle que ya brinqué del precipicio.

—Sí. No hay pedo, camarada, pero te voy a cobrar cincuenta dólares de renta por semana —responde Hixinio porque en el fondo cree que es un berrinche de adolescente. Pero no sabe que la sombra de mis arrebatos suele ser muy larga y bastante oscura.

Parece que Hixinio y yo estamos hechos el uno para el otro: él, un hombre sin hijos varones; y yo, huérfano desde siempre. Él carga con sus envidias y yo con mis rencores. Ya todos lo conocen y pocos le creen. A mí pocos me conocen y casi todo me lo creen.

Mi salida de la casa de Esperanza es como si me fuera de vacaciones. Ella me ayuda llevando mi ropa guardada en cajas, las sube a su camioneta, tranquila, despreocupada, como una madre que lleva a su hijo a la casa de algún amiguito que lo ha invitado a un campamento el fin de semana. Me ayuda a bajar mis cosas y se despide con la seguridad de que pronto, al cruce del primer torrente que me dé una revolcada por la vida, volveré a su casa con la cola entre las patas.

Saluda a Hixinio y le da la estafeta como diciendo: «Ahí hágase bolas con este cabrón; cuando lo eduque, me llama».

Lunes 2 de julio de 2007

Han pasado quince días desde la inevitable deportación. Nunca antes había visto a la ciudad de México tan hermosa como la tarde en que salí del aeropuerto. El estruendoso ruido del tránsito, el caos vial, la monotonía urbana, la neurosis colectiva y el conflictivo ir y venir de los transeúntes me daba, incongruentemente y por primera vez, un aliento de paz.

Han sido dos semanas de total incertidumbre. Isabel llama todos los días para informar el estado de mamá: algunos días ella se encuentra en buen estado; otros, llora mucho: «No soporta los dolores; a veces no responde. No habla. No escucha», dice Isabel con melancolía.

La madrugada del 2 de julio transcurre sin percances; eso parece hasta el momento. Duermo. En mi sueño me encuentro en un cuarto. No lo reconozco. No es mi recámara ni tampoco la sala. Es una casa donde jamás he estado; no la ubico; no lo entiendo. ¿Dónde estoy? ¿Qué pasa? De pronto entra Esperanza sin decir una sola palabra; me mira de lejos, no puedo moverme, no puedo hablar; camina hacia mí y en silencio me da un abrazo muy fuerte y amoroso. Duele, duele ese encuentro sin palabras. ¡Habla! ¡Dime algo! ¡No te vayas así! Despierto llorando. No me levanto de la cama. No me arranco las lágrimas. No hay otra cosa que hacer a esas horas y a esta distancia. Mi esposa duerme. No quiero despertarla.

El celular vibra sobre la mesa: hay un mensaje. Sé que debe ser algo importante, pero me rehúso a leerlo. Decido esperar hasta que amanezca para enterarme que Isabel me ha escrito:

—*Call me. It's important.*

Tengo un pronóstico de lo que me va a decir. Me desbarato de miedo. Voy a trabajar sin hacer esa llamada. Cometo errores, muchos, qué importa, a quién le importa, sólo a mí. La depresión se vive a solas. Vuelvo a casa a medio día. El teléfono yace sobre el escritorio. Jamás he tratado de evadir ese aparato. Ahora parece una bomba que al levantar el auricular explotará.

Suena el teléfono. Intento caminar y siento cual si me encontrara en medio de un lodazal. Los pasos se me dificultan. Cuesta avanzar. El teléfono sigue sonando. Aturde. Por fin llego, levanto el auricular:

—Mamá murió esta mañana a las tres con cuarenta.

Cuelgo el teléfono sin despedirme. Me derrumbo en mi soledad. Decido no volver al trabajo: llamo para anunciar que mi madre ha muerto y que el duelo me arroja trincheras en el camino, sin imaginar que en dos días me van a despedir con una mano en la cintura. El luto lo llevo por dentro: no visto de negro.

Dos días más tarde Isabel me llama y me dice que quiere que esté presente en el sepelio, aunque sea vía telefónica. Sé que ella está sufriendo.

Escucho desde el sofá de mi sala. Isabel anuncia que mientras introducen el ataúd en la tierra llueve a cubetazos y la gente corre a sus automóviles. Lo imagino todo. Conozco ese cementerio. De lejos parece un enorme jardín. Todas las tumbas tienen una pequeña placa horizontal en el piso. Nadie puede decorar ninguna tumba más que con un ramo de flores.

No estuve ahí, no estuve con Esperanza en su último aliento, en sus últimos momentos. ¡Murió pensando que no hice nada por acudir a ese encuentro! ¿Por qué no se lo dijeron? Qué injusto que no se lo hayan hecho saber. ¿Para no preocuparla? ¡Qué importa! Era más justo notificarle que su hijo taladraba la frontera por estar ahí. Murió pensando que yo aún sentía rencor. No se vale. No es justo. Lo intenté. En verdad, lo sacrifiqué todo. No pude llegar. Me duele no haber llegado. Vuelve a mi mente el momento en que el oficial de migración apareció en escena: el río, la ropa en las bolsas de plástico. ¡Toma la bolsa de ropa! ¡Corre, corre, mojado! Había dos caminos. Uno: permanecer ahí, obedeciendo al oficial que aseguraba que del otro lado se encontraban más agentes de inmigración esperando para detenernos; y el otro: darnos a la fuga, correr, lanzarnos al río, nadar. ¡Mentira! ¡No había nadie del otro lado del río! Los coyotes y la pareja de amantes jamás llegaron al centro de detención. Lograron su objetivo. No los arrestaron. ¡No! Llegaron. Yo habría llegado a mi destino. ¡Carajo! Sólo se trataba de dar un salto al agua.

Viernes 1 de enero de 2010

F UI DEPORTADO Y VOLVÍ al punto donde empezó todo. Decidí comenzar una nueva vida con el nombre que me dio identidad: Antonio Guadarrama Collado. Ése soy yo. Fui Kiko por mucho tiempo por la simple y sencilla razón de que sólo aquellos que carecemos de identidad o necesitamos ocultarla somos capaces de tolerar cualquier seudónimo, por ridículo que sea.

Llegué a México con un dólar en la cartera. Israel vendió mi sillón reclinable —que recién había comprado por quinientos dólares— a doscientos dólares y me mandó el dinero.

Una semana más tarde estaba en el lugar donde pasé mi infancia, de donde no quería salir. La vida cambia. Y uno también. En 1998 México se convirtió en el peor desencanto de mi vida. Era un extranjero en mi propio país. Había olvidado tantas cosas. Desconocía muchas más. Me sorprendí al saber que en las tortillerías cobran por el papel en el que las envuelven. Me desilusionó ver corrupción, impunidad y desorden por todas partes.

Llegué a la casa del tío Alberto y sus cinco hijos. Todos se mostraron genuinamente afectuosos, solidarios, pero me otorgaban compasión que a mí no me servía de ninguna manera. No entendían el sentimiento de fracaso que me asfixiaba día y noche, ni mucho menos que los fracasos no se miden por la intensidad de la pena que dejan, sino por la incapacidad de deshacerse de ellos. Trabajé haciendo encuestas; engrapando calendarios en una imprenta en la plaza de Santo Domingo a unas cuadras del Zócalo; como ayudante de mesero y finalmente como profesor de inglés. Meses después me salí de la casa del tío Alberto y renté un cuarto de tres metros cuadrados.

Lo mejor que pudo hacer el régimen yanqui por mí, fue deportarme, botarme en la frontera de Laredo con un doloroso dólar en la bolsa. No pude hacer más que dejarme demoler por el infortunio del despojo; luego entre las arenas movedizas de la pobreza tuve que rastrearme a mí mismo, para más tarde reconstruirme con los restos de aquel que conocí; o que creí haber conocido. Sobrevivir no fue fácil; vivir tampoco; y revivir: una labor maratónica. Recogí mis recuerdos y comencé a armar un nuevo *yo*, uno menos conflictivo y más tranquilo con lo que le ha tocado vivir.

Ocasionalmente, cuando mis ingresos lo permitían, compraba seis cervezas de lata que bebía antes de dormir. Sólo tenía una maleta de ropa. Las noches eran muy largas y silenciosas. A pesar de que no tenía despertador me levantaba automáticamente a las seis de la mañana para ir a trabajar. Mis compañeros de trabajo eran muy distintos a los que había conocido en Texas, mas no por ello menos ignorantes. Los obreros eran vulgares y honestos; los profesores —no todos— eran educados pero hipócritas y pretenciosos. Los horarios laborales se me hacían eternos. La rutina se tornó insoportable.

Pronto adopté el hábito de cenar seis cervezas de lata. El pasado rebotaba en mi cabeza. Revivir cuesta.

Dediqué los fines de semana a escribir. Empecé con algunas cartas que jamás envié. Quería contarle a Israel cómo me sentía. Después decidí escribir mi vida. Al principio me parecía una historia patética. Me pregunté quién querría leerla. ¿Quién se desnuda en público? Sólo alguien que no le teme a mostrar todas sus arrugas, estrías y lonjas. Hay cosas que jamás se cuentan y resulta preferible inventarse una nueva historia. Comencé a omitir lo que me avergonzaba. Me justifiqué. Después inventé cosas menos tortuosas. Mentí, mentí y mentí. Y entre tantas mentiras fui deslizando mis verdades justo cuando tuve la certeza de que ya nadie me creería; con el único objetivo de que la realidad pareciera falsa. Escribí —debería decir reescribí— esta novela muchas veces y le inventé tantas historias que el protagonista dejó de parecerse al verdadero. Finalmente me di por vencido y no me quedó más que contar la verdad. Y descubrí que lo que más me entretenía era escribir. Decidí entonces escribir un cuento; y luego otro y otro; y más tarde mi primera novela.

Todo era en mi tiempo libre, el cual era poco. Debía hacer material para mis clases, el cual era bien recibido por mis alumnos. En alguna ocasión una alumna que se dedicaba al periodismo me sugirió que reuniera todo el material que había hecho y que hiciera un librito para venderlo a mis alumnos. Tomé en serio aquella recomendación y decidí elaborar un método de enseñanza del idioma inglés. Recordé a la tía Maro y pensé que si ella había podido yo también.

Un día el tío Alberto me dijo que él tenía muchos libros de inglés en la azotea, que me serían de utilidad y que pertenecieron a la tía Maro, quien había muerto meses atrás. La vi en su lecho de muerte una semana antes. Tenía noventa y ocho años y una lucidez increíble pese a su cansado estado de salud. Me reconoció al verme y me llamó por mi nombre como si no hubieran pasado los años. Jamás tuvo hijos y por ello todos sus sobrinos rondaban como buitres esperando el momento para darle mordiscos a su fortuna. Ella intentó inútilmente ahuyentarlos teatralizando una bancarrota inexistente. Pero para ellos resultaba inverosímil que una mujer que se había caracterizado por ser una gran administradora terminara sus días de esa forma. Anidaron pacientemente hasta el día de su muerte para desgarrarse las vestiduras en el funeral y sacarse los ojos entre ellos para llevarse la mejor tajada. Se apestaron el aliento en acusaciones que destrozaban la integridad de los otros. Un día uno remodelaba su casa, otro día otro se compraba un carro mientras otra compraba casa nueva; y al mismo tiempo todos aseguraban que era base a su esfuerzo y ahorro de muchos años.

—En esta caja están todos los libros de tía Maro —dijo el tío Alberto sacudiéndole el polvo.

Al abrirla me encontré con un ejemplar de cada una de sus publicaciones desde 1957 hasta 1998. Los primeros eran en blanco y negro, con dibujos extremadamente austeros, y en formato pequeño. Las últimas ediciones tenían ya el formato de libro de texto con dibujos profesionales y a color. Uno de estos ejemplares estaba encuadernado de forma rudimentaria, tenía una pasta de cartulina azul y una frase escrita con lápiz: *Mi primer libro*. Estaba escrito a máquina y tenía correcciones a mano. En la primera página se leía: «Nuevo método de inglés para los alumnos de las escuelas secundarias, 1957. Profesoras María Luisa Garduño y Carmen Ochoa Fernández».

—Sí quieres llévatelos todos —dijo el tío Alberto.

Mientras todos pugnaban por la herencia de la tía Maro, su joya más preciada yacía olvidada en una caja de cartón en una azotea. Pensé, y quiero seguir creyendo, aunque suene demasiado romántico, que la tía Maro de alguna manera buscó la forma de que su tesoro más valioso llegara a las manos apropiadas.

Ese año invertí todo mi tiempo libre y una gran cantidad de mis ingresos en un libro —dibujos, diseño de portada, logotipo, registro de marca— que jamás pude publicar. Toqué las puertas de todas las editoriales dedicadas a los libros de texto. Incluso viajé a la Feria del Libro de Guadalajara para entrevistarme con editores. Uno de ellos me dijo sin pudor que mi texto era tan rudimentario que apenas si sería apto para alguna escuela rural. Finalmente me di por vencido.

De acuerdo al entorno y circunstancias en mi vida, se podría decir que yo estaba condenado a vivir alejado de la literatura. Pero los libros estaban ahí, todo el tiempo. Yo los buscaba, pero una u otra cosa me alejaba de ellos. Cuando vivía en Corpus le pedí a una prima que me consiguiera libros de filosofía en México. En sí no digería bien a bien de qué trataba dicha doctrina. Pero estaba sediento: un auténtico apetito de ilustración. Sentía la necesidad de leer algo inteligente, el pensamiento de alguien que pudiera aclarar tantas inquietudes; alguien que me dijera: «Tus momentos de silencio en las tertulias no son más que la prueba de que no estás en el lugar apropiado». Aquellos libros nunca fueron enviados.

La moneda ya no giraba en el aire; estaba en el piso: me tocaba ganar. Estaba dispuesto a ilustrarme a como diera lugar, luchar contra dos corrientes: la miseria económica y el atraso literario que me había heredado el pequeño mundo desinformado en el que había habitado.

Apareció Juan Rulfo. Descubrí que me había plagiado la idea cinco décadas atrás. Destruí mi primer cuento, el cual carecía de narrativa y originalidad. Trataba de unos personajes que habían sufrido un accidente en un autobús, se rescataban entre sí y se contaban sus vidas mientras esperaban la llegada de un auxilio, que jamás llegó, sin saber que ya estaban muertos. Luego leí *Aura*. Carlos Fuentes también se me adelantó. Tuve que destruir otro cuento en el que un joven iluso le escribía cartas a un amor primaveral. Al llegar a su encuentro lo recibía una anciana, que a su vez era ella misma. Más coscorrones. El proceso creativo no sólo depende de la audacia, sino también de la ilustración.

Debo admitir que como aprendiz autodidacta mi primera lectura de *Pedro Páramo* fue un laberinto de ideas. Releí y releí. Mi lectura era lenta debido a mi falta de tiempo y de hábito. A esas lecturas les siguieron historia universal, historia de México: el México antiguo principalmente, la conquista, la colonia, la independencia hasta la revolución, y todos los gobiernos hasta llegar a la política actual, literatura contemporánea, entre muchos otros. Mi visión del mundo se transformó y por fin me sentí a gusto con este nuevo *yo*. Mucho más solitario pero menos ruidoso.

Esperanza pasó años pagando sus culpas. Me enviaba pequeñas cantidades de dinero una o dos veces al año. Isabel quiso hacer lo mismo, un par de meses después de la muerte de Esperanza. Especialmente el primer mes. Me llamaba todos los días y quería platicarme sobre su día y que yo le contara de mi vida. Necesitaba remplazar a la madre ausente y al mismo tiempo borrar la huella de la culpa. Pero seguíamos siendo dos extraños. Un día dejó de llamar.

Me quedaba el consuelo de que algún día podría reencontrarme con mamá Tina. Quería volver a ver sus ojos, esos que seguían tatuados en mi memoria. En muchas ocasiones preparé las palabras que le diría al encontrarla. Imaginé en incontables ocasiones su cara al tenerme frente a ella. Estaba seguro de que sonreiría, quizá con un par de lágrimas, pero con los brazos bien abiertos. Pensé en ella en mis noches eternas de insomnio. Busqué su nombre en Internet y en las páginas amarillas sin éxito. Fui a las dos casas donde vivíamos en Santa Mónica y sólo un vecino me pudo dar unos cuantos datos pero no los suficientes para dar con aquella mujer que no me dio la vida pero que me dio la suya en los primeros años de mi infancia.

El día menos esperado recibí un mensaje en una red social de Internet. No conocí el nombre del usuario.

—¿En tu infancia conociste a la familia de la Miss Tina? —me preguntaban.

Estaba seguro de que se trataba de mi hermano. Quién lo diría, cuando creí que mi búsqueda había terminado, volvió el pasado. Respondí inmediatamente. Escribí como náufrago llamando al barco que navega a lo lejos.

—Yo vivía con su familia que era mi familia. Y si estamos hablando de la misma Ernestina, sí, es correcto. Y si no me equivoco tú debes ser Gonzalo —escribí.

Esa noche no dormí pensando en ellos. Al día siguiente leí su mensaje.

—¡Sí, soy yo, hermano! ¿Cómo estás? No me vas a creer de qué manera tan chistosa te encontré. Hace unos días un amigo me preguntó por el significado de mis apellidos; saqué mi teléfono y escribí en Google *Guadarrama Collado*; y lo primero que apareció en la pantalla fue Antonio Guadarrama Collado. No lo podía creer al principio. Y mucho menos porque se trataba de un escritor. Yo tenía la certeza de que te habían cambiado los apellidos. Pero seguía pensando que era mucha coincidencia. Así que pensé que no se perdía nada con preguntar.

Me contó que viven en Puerto Vallarta desde que me fui, que mamá Tina murió en agosto de 2007, un mes después de que muriera Esperanza. Ahora me invade una melancolía insanable, y a ratos un poco de coraje por no haber logrado llegar a tiempo.

Gonzalo dice que estaban seguros de que yo era muy feliz con mi nueva vida. Le cuento que a mí me dijeron que mamá Tina ya no me quería por malcriado.

—A mí y a Valeria nos dijeron lo mismo que tú sabías. Que ibas a irte de vacaciones. El día que te fuiste, mamá lloró toda la tarde. Con el paso de los días yo le pregunté por ti y me dijo que ya no volverías. Nos explicó todo. Dijo que tu mamá llegó un día contigo en brazos y que le preguntó cuánto le cobraría por cuidarte una semana. Luego fueron varias semanas hasta que se convirtieron en meses. Al principio iba a verte cada semana, un día dijo que se iría a Estados Unidos, que volvería en un par de meses. Le mandaba dinero a mamá. Cuando llegó el momento para que entraras a la escuela, mamá te registró como su hijo. Confesarte tu origen le resultaba cada vez más complicado. La única que sabía de ti era tu madrina, quien un día le llamó a tu mamá para preguntarle cuándo volvería por ti. Tu mamá le respondió que pronto. Tu madrina le dijo que no sabría qué hacer si un día ella faltaba. Y ella dijo: «Pues le dices a Cuca». Tu madrina no tardó en contarle todo a tu tía que llegó, según ella, en tu rescate. Le dijo a mamá que tú debías estar con tus familiares. Amenazó a mamá con denunciarla con las autoridades. Finalmente mamá dejó que te llevaran. Después de eso nos vinimos a vivir a Puerto Vallarta, mamá, Naty, Valeria y yo. Cecilia entró a trabajar como aeromoza, Naty se casó y Valeria y yo nos quedamos solos.

Hoy es un gran día. Naty viene a verme. La espero en un Starbucks en una plaza comercial. Estoy ansioso. La busco entre la gente que entra y sale. Para mí sigue siendo una joven. Me pregunto si tiene el pelo largo. ¿Habrá subido de peso? ¿Seguirá sintiendo la misma pasión por los perros? ¿Cuántos tendrá en su casa? Calculo que debe tener mínimo cinco. Su rostro está tan desvanecido en mi recuerdo que apenas si podría reconocerla en una fotografía vieja. Son tantos años. Carajo. Me da miedo que no me reconozca y se marche. No sé. Creo que es el miedo a que yo tampoco la pueda reconocer a simple vista. Decido recorrer toda la cafetería. Camino a lado de todas las mesas. Les sonrío a las personas. Pero me ignoran o me miran con desconfianza. Me dirijo a la puerta y me quedo ahí. Los empleados me observan. Qué importa lo que piensen. No voy a moverme. Aquí la esperaré. Le he comprado un ramo de rosas. Ojalá eso llame su atención. De pronto veo a un señor, un joven y una mujer de pelo corto caminando hacia mí. Ella sonríe y yo también. Entonces levanto mi ramo de flores.

México, D. F., septiembre de 2012

Sueños de frontera, de Antonio Guadarrama Collado se terminó de imprimir y encuadernar en noviembre de 2012 en Quad/Graphics Querétaro, S.A. de C.V. lote 37, fraccionamiento Agro-Industrial La Cruz Villa del Marqués QT-76240